STAR TREK VOYAGER

FERNE UFER

CHRISTIE GOLDEN

Based

Star Trek

created by Gene Roddenberry

and

Star Trek: Voyager

created by Rick Berman & Michael Piller & Jeri Taylor

Ins Deutsche übertragen von

Andrea Bottlinger

cross cult

Die deutsche Ausgabe von STAR TREK – VOYAGER: FERNE UFER
wird herausgegeben von Amigo Grafik, Teinacher Straße 72, 71634 Ludwigsburg.
Herausgeber: Andreas Mergenthaler und Hardy Hellstern, Übersetzung: Andrea Bottlinger; verantwortlicher Redakteur und Lektorat: Markus Rohde; Lektorat: Wibke Sawatzki und Gisela Schell; Satz: Rowan Rüster/Amigo Grafik; Cover Artwork: Martin Frei;
Print-Ausgabe gedruckt von CPI Moravia Books s.r.o., CZ-69123 Pohorelice. Printed in the Czech Republic.

Titel der Originalausgabe: STAR TREK – VOYAGER: THE FARTHER SHORE

This book is published by arrangement with Pocket Books, a Division of Simon & Schuster, Inc., pursuant to an exclusive license from CBS Studios Inc.

Print ISBN 978-3-86425-288-4 (November 2013) · E-Book ISBN 978-3-86425-323-2 (November 2013)

WWW.CROSS-CULT.DE · WWW.STARTREKROMANE.DE · WWW.STARTREK.COM

Dieses Buch widme ich in aller Bescheidenheit
den sieben Astronauten der Columbia*:*

Rick Husband
William McCool
Ilan Ramon
David Brown
Laurel Clark
Michael Anderson
Kalpana Chawla

Wir trauern um euch und ziehen den Hut vor euch.
Mögen eure Seelen zwischen den Sternen tanzen.

Nun, da die Arbeit ist getan,
Nun, da vorbei der Tag der Schlacht,
Nun legt am fernen Ufer an
Der Reisende durch tiefe Nacht.

- Hymne von John Ellerton

PROLOG

Im Alter von einundzwanzig Jahren

Sie macht ihren Abschluss als Beste ihres Jahrgangs und hat an der Akademie mehr gelernt, als die meisten ahnen.

Sie hat gelernt, sich zu verstellen, das Verhalten anderer nachzuahmen, sich anzupassen. Man hat sie sogar zur Klassensprecherin gewählt, und sowohl Mitschüler als auch Lehrer bewundern sie für ihre Intelligenz und ihre Führungskompetenzen. Sie hat gelernt, wann sie lachen und wann sie ihr Mitgefühl ausdrücken muss, mit wem sie sich anfreunden und wen sie meiden sollte, und wie sie mit jedem umgehen muss, der ihr begegnet. Sie beherrscht es meisterhaft, Schwächen zu finden und auszunutzen, Geheimnisse aufzudecken, Menschen zu erzählen, was sie hören wollen, und sie dazu zu bringen, zu tun, was sie wünscht.

Ihr Vater stirbt ein paar Jahre später beim Angriff der Borg auf Wolf 359. Auf der Beerdigung geben sie und ihre Mutter sich stoisch, aber die junge Frau weiß, in ihrer Mutter brennt die gleiche wilde Freude wie in ihr. Einmal wendet sie sich ihrer Mutter zu und sieht das Gefühl in deren blauen Augen, bevor sie es schnell verbirgt.

Ihr ist klar, dass das Massaker eine Tragödie darstellt, dass viele unter dem Verlust geliebter Menschen leiden. Aber sie kann nichts anderes empfinden als Erleichterung und grimmige Befriedigung. Das, zusammen mit Wut und Hass, ist das Einzige, das zu empfinden sie fähig ist, und die Bilder, die sie damit zeichnet, sind dunkel und klar.

In diesem Moment, während sie den Tod ihres Vaters feiert und dabei eine Maske der Trauer trägt, erfährt sie noch eine weitere Emotion: Dankbarkeit gegenüber den kybernetischen Monstern, die vollbracht haben, wonach sie sich ihr Leben lang gesehnt hat.

1

Das Wasser sah wenig einladend aus. Auf der Oberfläche wuchsen irgendwelche Algen, und es roch leicht faulig. Dennoch schöpfte B'Elanna etwas davon mit den Händen heraus und trank in tiefen Zügen.

Beinahe eine Woche war vergangen, seit sie auf zitternden Beinen in die Wildnis von Boreth getreten war. Ihr erster Impuls war gewesen, die stinkende Mischung aus Blut und Asche abzuwaschen, die ihren Körper bedeckte. Es hatte allerdings eine Weile gedauert, bis sie Wasser gefunden hatte, und bis dahin hatte sie ihre Meinung geändert.

Das Zeug, das die Priesterinnen als Teil der Zeremonie auf ihren nackten Körper geschmiert hatten, brachte trotz aller Nachteile auch einige wichtige Vorteile mit sich. Es hielt Insekten ab, und in diesem tropischen Klima gab es davon einige. Es schützte ihre Haut zudem vor der erbarmungslosen Sonne und wärmte in den kühleren Nächten sogar ein wenig. Bei einem unerwarteten Zusammenstoß mit einem grasenden *maasklak*, der sie selbst ebenso überrascht hatte wie sie das Tier, hatte sie außerdem festgestellt, dass es offenbar ihren Körpergeruch überdeckte.

Wahrscheinlich hätte sie einen ähnlichen Effekt erzielt, hätte sie sich in Fäkalien gewälzt, und sie war sich nicht sicher, ob sie das nicht vorgezogen hätte. Es hatte beinahe zwei Tage gedauert, bis sie sich an den Gestank gewöhnt hatte. Aber ihr war klar, dass sie an diesem Ort jeden Vorteil brauchte, den sie bekommen konnte.

Zuerst hatte sich B'Elanna keine allzu großen Sorgen gemacht. Die Sternenflotte unterrichtete ihre Kadetten recht gründlich im Umgang mit Notsituationen, und in den letzten sieben Jahren auf der *Voyager* hatte B'Elanna einige Erfahrung darin gesammelt, sich schnell anzupassen. Aber die Sternenflotte ging normalerweise davon aus, dass man eine medizinische Notfallausrüstung, einen Phaser und so weiter dabei hatte, wenn man eine Bruchlandung auf einem unwirtlichen Planeten hinlegte. Vor allem gingen sie davon aus, dass man Kleidung am Leib trug.

B'Elanna hatte nur ihren Verstand und ihre Hände.

Zuallererst hatte sie Wasser gesucht. Dunkel erinnerte sie sich an ein paar der Pflanzen auf Boreth, die nicht giftig waren, und sammelte Beeren, Früchte, essbare Knollen und Wurzeln. Nach ein paar Tagen hatte sie ihren Ekel weit genug überwunden, um Insekten ebenfalls auf die Speisekarte zu setzen. Feuer machen war einfach - das hatte sie immer gut gekonnt und Chakotay damit ohne Ende aufgezogen.

Sie hatte zwei Ziele, die hin und wieder in Konflikt miteinander kamen. Das erste bestand darin, einfach nur am Leben und so gesund zu bleiben, wie es unter den Umständen möglich war. Das zweite lautete, in die Richtung zu gehen, die ihre Mutter auf der Karte angegeben hatte. Beides war eine Herausforderung, Letzteres allerdings mehr als Ersteres. Ohne Kompass und ohne Kenntnis der Gegend oder zumindest der Sterne am Himmel dieser Welt hatte Torres ziemlich wenige Bezugspunkte.

Der Karte zufolge wartete Miral irgendwo nordöstlich des Tempels auf sie. Torres hatte zwei wertvolle Tage damit verschwendet, in die falsche Richtung zu laufen, bevor sie sich daran erinnert hatte, dass dort, wo sie sich auf Boreth befand, die Sonne im Westen auf- und im Osten unterging. Als ihr dieser Fehler klar geworden war, hatte Torres einen Wutanfall bekommen, der selbst Logt beeindruckt hätte.

In diesen Zeiten extremer physischer Belastung leisteten ihr ihre doppelten Organe gute Dienste. Sie erinnerte sich an das Gespräch mit dem Doktor, der so überzeugend wie möglich argumentiert hatte, was für eine gute Sache es doch sei, dass auch die kleine Miral eine zusätzliche Lunge und andere Organe haben würde. Ein Mensch hätte sich hier schwergetan, und selbst sie als Halbmensch fiel am Ende jedes Tages in einen tiefen Schlaf der Erschöpfung.

Gegen Ende des zweiten Tages bekam sie Blasen an den Füßen. Sie rieb sie mit Schlamm ein, um sie zu kühlen, und überlegte, was sie als Schuhwerk verwenden konnte. Ihr erster Versuch, sich Blätter um die Füße zu wickeln, scheiterte. Nach einer halben Stunde Marsch auf nicht einmal sonderlich rauem Terrain waren die Blätter nur noch Fetzen. Sie würde etwas Festeres brauchen.

Sie brauchte außerdem etwas Nahrhafteres zu essen als Wurzeln und Larven. Jeden Morgen ging sie beim ersten Sonnenstrahl los und hielt bis zum Abend nicht an. Dann suchte sie sich einen Unterschlupf und entzündete ein Feuer. Sie verbrannte wie verrückt Kalorien und fühlte sich langsam schwach und zitterig.

Widerwillig kam sie zu dem Schluss, dass sie eine Waffe herstellen musste. Auf Boreth gab es alle möglichen Tiere, und ein einziger *maasklak* würde sowohl Nahrung als auch Kleidung liefern. Das war eine logische Schlussfolgerung, aber der Gedanke führte dazu, dass sie sich noch elender fühlte. Sie kämpfte, wenn sie musste, und hatte in Selbstverteidigung bereits mehr als einmal getötet. Aber mit der Absicht auszuziehen, ein Leben zu nehmen, selbst das Leben eines Tieres, war etwas anderes. Wahrscheinlich stellte für die meisten Klingonen, die zur Prüfung des Geistes aufbrachen, die Frage, ob sie ein Tier töten sollten, das geringste Problem dar. Aber für sie war es eine große Sache.

Als sie Chakotay kennengelernt hatte, hatte sie einmal mit ihm über die Jagd gesprochen. Wie erwartet war er bei dem Thema ziemlich philosophisch geworden. Wenn es nötig war, schien er damit jedoch weder in der Theorie noch in der Praxis ein Problem zu haben.

»Aber Sie sind Vegetarier«, hatte sie angemerkt.

»Ich habe Zugang zu einem Replikator«, hatte er geantwortet. »Ich muss nicht jagen gehen.«

»Und doch würden Sie es tun, wenn Sie müssten?«

»Auf jeden Fall.«

»Ohne mit der Wimper zu zucken?«

Daraufhin hatte er nachsichtig gelächelt. »Das wohl kaum. Mein Volk hat komplizierte Rituale für die Vorbereitung auf die Jagd. Mit Meditation und rituellen Bädern versuchen wir, eines Erfolgs bei der Jagd würdig zu werden. Wir rufen die Geister der Tiere an, die wir töten wollen, und bitten um Erlaubnis, uns zu nehmen, was wir brauchen. Und wenn wir etwas erlegen, dann danken wir dem Geist der Beute. Nichts wird verschwendet, weder Knochen noch Sehnen noch das Fleisch, die Hörner oder die Haut. Es wird alles als Geschenk des Tieres angesehen und ist Teil des Kreislaufs. Aber in der heutigen Zeit ist es nicht nötig, ein Leben zu nehmen. Man kann in einen Replikator alles einprogrammieren, von gefüllten Pilzen bis hin zu Schokoladenkuchen.«

Das hatte ihr eingeleuchtet, und sie hatte nicht weiter darüber nachgedacht, auch dann nicht, wenn sie den Replikator um ein dickes T-Bone-Steak gebeten hatte, nur leicht angebraten. Tom mochte sein Steak medium, mit Bratkartoffeln und ...

Von einem Moment auf den anderen musste Torres weinen. Sie wusste instinktiv, dass sie keine Energie darauf verschwenden durfte, Tom und Miral zu vermissen, und hatte die Gedanken an die beiden absichtlich in den hintersten Winkel ihres Bewusstseins verbannt. Im Verlauf der letzten sieben Jahre hatte es nur wenige Tage gegeben, an denen sie Tom nicht gesehen hatte. Er war ein fester Bestandteil ihres Lebens gewesen, schon bevor sie geheiratet hatten. Und Miral hatte sie in sich getragen, hatte sie auf diese Welt gebracht und vermisste es nun schrecklich, sie in ihren Armen zu halten. Nach ihrer Zählung war Miral inzwischen neun Wochen alt.

Neun Wochen. Plötzlich wurde Torres klar, dass sie zwei Drittel des gesamten Lebens ihrer Tochter verpasst hatte.

Sie hatte keine andere Wahl gehabt, als die beiden zurückzulassen und die Prüfung des Geistes anzutreten. Verstandesmäßig und selbst in ihrem Herzen wusste sie das. Aber ein Teil von ihr, der Teil, der Ehefrau und Mutter war, litt schwer unter der abrupten Trennung. Heiße Tränen liefen ihr über die Wangen, und Torres wusste, dass sie helle Spuren in der Asche hinterließen, die ihr als Maske diente.

Immerhin waren sie in Sicherheit. Tom war wahrscheinlich gerade bei Harry Kim, lachte mit ihm und entspannte sich, während Miral friedlich in ihrem Kinderzimmer schlief. Der Doktor würde sicher den einen oder anderen sarkastischen Kommentar über ihre Abwesenheit verlieren, aber sie wusste besser als die meisten, zu wie viel Fürsorge das Hologramm fähig war. Er liebte Miral, und kein Kind konnte einen besseren Patenonkel haben.

Torres fluchte. Sie verschwendete kostbares Wasser auf diese dummen Tränen. Also schluckte sie, wischte sich die Augen trocken und fluchte wieder, als dabei Dreck hineingeriet.

Da erst hörte sie den *grikshak*.

Das Knurren war leise, tief und bedrohlicher als alles, was sie je gehört hatte. Ihr Denken konzentrierte sich plötzlich nur noch darauf. Alle ablenkenden Gedanken an ihren Mann und ihr Kind traten angesichts der dringenden Notwendigkeit, am Leben zu bleiben, in den Hintergrund.

Sie erstarrte, erinnerte sich gerade noch rechtzeitig daran, dass schnelle Bewegungen die Kreatur anstachelten. Nur ihr Blick huschte hierhin und dorthin, als sie versuchte, den Standort des Wesens auszumachen. Sein azurblaues Fell stellte eine perfekte Tarnung dar, aber das Knurren verriet, wo es sich versteckte.

Man hatte ihr nur für ein paar Stunden erlaubt, sich über die Flora und Fauna von Boreth zu informieren, aber eine Sache war in ihrem Gedächtnis haften geblieben: Der *grikshak* war das gefährlichste Raubtier auf dem Planeten. Er fürchtete Humanoide nicht, besaß mehr Zähne, als irgendeine Kreatur mit etwas Selbstachtung haben sollte, und war wirklich, wirklich groß.

Sie standen einander gegenüber, Tier und Halbklingonin. Torres verfluchte sich selbst. Sie wusste, dass es auf diesem Kontinent *grikshaks* gab. Direkt am ersten Tag hätte sie eine Waffe herstellen sollen. Stattdessen hatte sie ein Moment der Gefühlsduselei beinahe das Leben gekostet. Sofort verbesserte sie sich. Er konnte sie immer noch das Leben kosten.

Sie hatte Glück gehabt, der *grikshak* schien ein Jungtier zu sein. Sein Fell war noch immer hellblau, nicht silberblau wie bei einem erwachsenen Weibchen. Und er hatte nur knapp die Größe eines irdischen Grizzlybären. Die Zähne, die er herausfordernd bleckte, waren nur so lang wie ihre Hand. Eine schwarze, feuchte Nase bewegte sich schnüffelnd. Dass es sie nicht riechen konnte, schien das Tier zu verwirren. Torres ging davon aus, dass diese Tatsache ihr bisher das Leben gerettet hatte. Dieses Biest versuchte immer noch herauszufinden, was sie war.

Mit dem Blick suchte sie den Boden ab. Neben ihrem Fuß lagen Steine, etwas größer als ihre Hand. Sie würden armselige Waffen abgeben, aber sie waren das Einzige, was zur Verfügung stand. Allerdings musste sie genau den richtigen Zeitpunkt erwischen. Torres merkte sich die exakte Position der Steine, während sie den Blick wieder hob, um sich der Kreatur zu stellen.

Das Wesen gab ein leises Geräusch von sich und legte den Kopf schief. Es versuchte immer noch herauszufinden, was dieses geruchlose Ding war, das ihm den Weg verstellte.

In diesem Moment ging Torres in die Knie, schnappte sich drei Steine und hechtete auf den nächstbesten Baum zu. Sie kletterte den Stamm so schnell hinauf, wie sie konnte. Die Bewegung brach den Bann. Der *grikshak* stürmte los, sein Gebrüll schmerzte in ihren Ohren. Lange schwarzblaue Krallen rissen die Erde an der Stelle auf, an der sie einen Sekundenbruchteil zuvor noch gestanden hatte. Mit erschreckender Schnelligkeit wirbelte das Wesen herum, um auf den Baum zuzurennen.

Torres klammerte sich entschlossen an die zitternden Äste, zielte und warf den ersten Stein. Es war ein perfekter Treffer, genau zwischen die großen Augen. Sie hörte ein Knacken. Das Tier strauchelte, fiel aber nicht. Torres sah, wie sich eine Beule bildete, und wusste, dass sie den Schädel beschädigt hatte. Noch einmal warf sie mit all ihrer Kraft, versuchte den Stein allein mithilfe ihrer Gedanken dazu zu bringen, zu treffen. Sie erwischte das rechte Auge des *grikshak*. Er stieß einen schmerzerfüllten Laut aus und hob in einer menschlich anmutenden Geste die Pfote ans Gesicht.

Sie hatte nur noch einen Stein übrig. Der letzte Wurf musste gut sein. Das Tier brüllte, das Maul voller scharfer Zähne weit offen. Torres sammelte all ihren Mut, ließ sich von den Ästen zu Boden fallen und rannte auf die Kreatur zu. Sie stieß dem Wesen den Stein tief in den offenen Rachen und zog die Hand zurück, bevor die mächtigen Kiefer zuklappen und ihr den Arm abtrennen konnten.

Allerdings war sie nicht schnell genug, um einem Prankenhieb des *grikshak* zu entgehen. Sie schrie auf, als die Krallen glühend heiße Spuren über ihren Rücken zogen. So schnell sie ihre Beine trugen, rannte sie durch das hohe Gras, während Blut ihren Rücken und ihre Beine hinunterlief. Der Geruch würde das Biest nur weiter anstacheln.

Es jagte ihr nach, ohne einen Laut von sich zu geben. Das einzige Geräusch war das Knacken brechender Äste in seinem Weg. Torres war nicht so dumm, langsamer zu werden oder über ihre Schulter zu blicken. Sie rannte mit Leib und Seele, bewegte ihre Beine schneller, als sie es je zuvor getan hatte, und betete darum, dass ihre Füße sicheren Halt fanden und dass sie nicht auf irgendetwas ausrutschte. Drei Lungen, die gierig die Luft einsogen, pumpten Sauerstoff in ihr Blut, und Adrenalin verlieh ihr zusätzlich Geschwindigkeit.

Nach ein paar Minuten bemerkte sie, dass keinerlei Geräusche mehr hinter ihr erklangen. Sie rannte noch ein Stück weiter, dann riskierte sie einen Blick nach hinten.

Keine Spur vom *grikshak*.

Torres wurde langsamer und schnappte nach Luft. Sie schaute sich um, suchte nach Hinweisen darauf, dass das Tier einen Bogen schlug, um sie aus einer anderen Richtung anzugreifen. Sie sah nichts.

Ihr Atem beruhigte sich. Vorsorglich hob sie weitere Steine auf, dann ging sie den Weg zurück, den sie gekommen war. Sie spannte sich an, als sie weiter vorne hörte, wie sich etwas bewegte, setzte ihren Weg aber fort.

Der *grikshak* lag verzweifelt zappelnd am Boden, riss in seinem Todeskampf Gras und Gebüsch aus. Sein Mund stand offen; mit den Vorderpfoten zerkratzte er sich das eigene Gesicht in dem vergeblichen Versuch den Stein zu entfernen, den Torres ihm tief in die Luftröhre gerammt hatte. Der Kampf erreicht seinen Höhepunkt, und dann lag das große Tier bebend auf der Erde. Schließlich zuckte es ein letztes Mal und blieb still. Blut und Speichel sickerten langsam aus dem zahnbewehrten Maul.

Torres stand lange da und starrte es an. Hätte ein Vollblut-Klingone dieses Tier getötet, hätte er ohne Zweifel seinen Triumph herausgeschrien und einen Freudentanz aufgeführt. Sie fühlte keinerlei Zufriedenheit. Ihr war sogar ein wenig übel angesichts dessen, was sie soeben getan hatte. Dabei hatte sie um ihr Leben gekämpft. Nun, da er reglos und harmlos tot vor ihr lag, kam ihr der *grikshak* schön vor. Er hatte nur seinen Instinkten gehorcht - Essen finden und am Leben bleiben -, genau wie sie es tat.

Langsam ging sie zu der Kreatur hinüber. Einem Impuls folgend kniete sie sich neben sie und legte eine Hand auf den blutigen Kopf.

»Ich danke dem Geist des *grikshak*«, sagte sie laut. Sie kam sich lächerlich vor, hatte aber gleichzeitig das Gefühl, das Richtige zu tun. »Ich werde sein Fleisch nutzen, um mich zu stärken, und seine Haut als Schutz vor den Elementen.«

Sie würde einen scharfen Stein brauchen, um das Tier aufzuschneiden.

2

Libby Webber kam langsam zu der Überzeugung, dass ihr Plan nicht funktionieren würde.

Auf den ersten Blick hatte es so einfach ausgesehen, so idiotensicher. Jeder Schritt führte automatisch zum nächsten, und der letzte würde ihr verschaffen, was sie brauchte. Nur lief es leider nicht wie geplant.

Sie hatte sich über Trevor Blake informiert. Das Erste, was ihr beim Durchgehen seiner Akten aufgefallen war, war, wie normal er wirkte. Er stach durch so gut wie gar nichts hervor. Er war weiß, 37 Jahre alt, von mittlerer Größe und mittlerem Gewicht. Sein Gesicht wirkte nicht hässlich, aber er sah auch nicht sonderlich gut aus. Laut Beschreibung waren seine Augen braun, aber Libby konnte die Farbe nicht ausmachen, so genau sie das Bild auch betrachtete. Sein Haar war ... braun. Nicht dunkelbraun oder hellbraun oder walnussbraun oder mahagonibraun oder zumindest mausbraun. Einfach nur braun. Er trug unauffällige zivile Kleidung. Jemand, den man allzu leicht übersehen konnte. Was ihn, überlegte sie, ironischerweise zum perfekten Spion gemacht hätte, hätte seine Persönlichkeit dazu gepasst.

Aber von dem Moment an, da sie sich seine Biografie vornahm, war eindeutig, dass er für die Wissenschaft bestimmt war. Als sie las, was er bereits alles erreicht hatte, kam er ihr mit einem Mal deutlich weniger durchschnittlich vor. Seit er ein junger Mann war, hatte er wissenschaftliche Barrieren durchbrochen, und die Liste seiner Leistungen nahm einfach kein Ende. Bis sie vor vier Jahren abrupt abbrach. Libby nahm an, dass das der Zeitpunkt war, zu dem Covington ihn für den Geheimdienst der Sternenflotte rekrutiert hatte. Um auf seine Biografie zuzugreifen, brauchte man eine ziemliche hohe Sicherheitseinstufung. Woran er für Covington arbeitete, war offensichtlich streng geheim.

Sie fand heraus, wo er lebte, und begann ihn zu überwachen. Er war so verlässlich wie ein Uhrwerk. Jeden Morgen um exakt 7:45 Uhr verließ er sein kleines Apartment mit einer Tasche unter dem Arm und ging zu Fuß zum offiziellen Hauptquartier des Sternenflottengeheimdiensts drei Blocks weiter. Dort arbeitete er bis zum Mittag. Dann ging er zwei Blocks weiter in ein kleines Gartencafé namens The Stop Spot. Im Café herrschte Selbstbedienung, es gab mehrere Replikatoren und kleine Tische in der Sonne. Ein paar menschliche Kellner hielten alles in Ordnung. Jeden Tag bestellte Blake dasselbe - ein Eiersalat-Sandwich, einen Apfel und eine große Tasse Kaffee mit viel Milch und Zucker. Zum Nachtisch einen einzelnen Keks mit Schokostückchen.

Um 18:30 Uhr verließ er den Sternenflottengeheimdienst mit derselben Tasche unter dem Arm und ging nach Hause. Libby wusste nicht, was er zu Abend aß, aber sie hätte darauf gewettet, dass es jeden Tag dasselbe war. Genau um 10 Uhr abends gingen die Lichter aus.

Sehr gewöhnlich und sehr vorhersehbar. Sehr langweilig, aber für Libbys Zwecke auch sehr praktisch. Was der Grund war, warum sie so daran verzweifelte, dass ihr Plan nicht funktionierte.

Sie hatte ihre Ausrüstung und den Text sorgsam vorbereitet, bevor sie sich darangemacht hatte, ihren Plan in die Tat umzusetzen. Sie hatte zugesehen, wie er zum The Stop Spot hinübergegangen war, und betrat den Laden fünf Minuten später selbst. Er saß bereits an einem Tisch und aß sein Sandwich. Sie wies den Replikator an, einen Eiersalat mit Roggenbrot zu replizieren, eine Orange und einen großen Kaffee mit viel Milch und Zucker. Dabei stellte sie sicher, dass sie laut genug sprach, dass Blake es hören konnte. Aus dem Augenwinkel beobachtete sie ihn. Er las etwas auf einem Padd und schien sie nicht bemerkt zu haben.

Sie setzte sich in einiger Entfernung so an einen Tisch, dass sie ihm zugewandt war. Mehrmals versuchte sie seinen Blick einzufangen, hatte aber keinen Erfolg damit. Stumm aß sie ihr Sandwich, während sie darüber nachdachte, wie wenig sie Eiersalat mochte. Dann erhob sie sich und ging genau vier Schritte in seine Richtung, bevor sie ein kleines Padd fallen ließ. Es traf auf den Zement, und sie ging weiter.

Sie hatte die nächste Ecke beinahe erreicht, als hinter ihr eine Stimme rief: »Entschuldigung! Sie haben das hier fallen lassen!«

Libby wandte sich um und setzte ihr bestes Lächeln auf, nur um zu sehen, wie ihr ein junger Kellner hinterherrannte. Innerlich seufzte sie. Sie hatte einen ganzen Tag verschwendet.

Dennoch schauspielerte sie überzeugend, als sie das Padd von dem jungen Mann entgegennahm, der sie schüchtern anlächelte. »Vielen Dank«, sagte sie freundlich. Dann ging sie heim.

Am nächsten Tag versuchte sie es wieder. Diesmal entdeckte der Kellner das Padd nicht, Trevor Blake allerdings auch nicht. Sie musste eine Stunde später zurückkehren und es selbst aufheben. Danach ließ sie einen Tag verstreichen, damit es nicht zu offensichtlich wurde. Allerdings bekam sie langsam das Gefühl, dass sie Trevor Blake ein Padd über den Schädel ziehen könnte, ohne dass er es bemerken würde.

Heute würgte sie ein weiteres Eiersalat-Sandwich herunter, aß ihre Orange, trank den Kaffee und erhob sich zum Gehen. Wieder purzelte das Padd aus ihrer Tasche zu Boden. Diesmal allerdings war sie dicht genug, dass Blake das Geräusch hörte. Sie sah, wie er den braunen Schopf dem Padd zuwandte, und beschleunigte ihre

Schritte. Ein automatisierter Transporter befand sich direkt um die Ecke. Sie erreichte ihn gerade rechtzeitig. Als sie dematerialisierte, setzte er sich gerade in ihre Richtung in Bewegung.

Perfekt.

Sie rematerialisierte in ihrer Hütte und fragte sich, wie viel Zeit Schritt zwei in Anspruch nehmen würde. Je länger, desto besser. Das würde ihm die Gelegenheit geben, das Tagebuch zu lesen, das sie zusammengestellt hatte. Je mehr er darin las, desto mehr würde er sie treffen wollen.

Es war später Nachmittag, als er sich schließlich bei ihr meldete. Sie hatte sorgfältig Make-up aufgetragen und zerzauste ihr Haar, bevor sie sich an den Computer setzte.

»Hallo?«, sagte sie gerade mit dem richtigen Maß an Herzlichkeit und Zurückhaltung.

»Ähm ... Miss Webber?«

»Ja«, sagte sie scheinbar verwirrt. »Darf ich fragen, wer Sie sind?«

Er räusperte sich. »Sie kennen mich nicht, aber ich habe ein Padd gefunden, von dem ich denke, dass es Ihnen gehört. Ich glaube, Sie haben es heute beim The Stop Spot verloren.«

»Ich bin sicher, Sie irren sich ... Warten Sie bitte einen Moment.« Sie erhob sich und tat so, als würde sie in ihrer Tasche suchen. »Oh Gott, Sie haben mein Tagebuch gefunden! Bitte sagen Sie mir, dass Sie nicht darin gelesen haben!«

Sein Gesicht nahm eine rötliche Färbung an, als er log: »Natürlich nicht. Ich habe nur nach Kontaktinformationen gesucht.«

Wiederum perfekt. Sie ließ sich auf den Stuhl fallen und atmete hörbar auf. »Vielen lieben Dank. Sie sind ein wahrer Gentleman, Mr. ...?«

»Ähm ... Blake. Trevor Blake.«

Sie ließ die volle Kraft ihres Lächelns auf ihn los und hätte schwören können, dass er erschauderte. »Trevor«, sagte sie. »Vielen Dank. Sie ahnen nicht, was für eine Katastrophe es für mich bedeutet hätte, wenn das verloren gegangen wäre. Ich muss auf jeden Fall besser darauf aufpassen.«

»Essen Sie öfter im The Stop Spot zu Mittag? Wir können uns dort morgen treffen und dann gebe ich es Ihnen zurück.«

»Ich glaube nicht, dass ich so lange warten möchte«, sagte sie. »Aber Sie haben sicher heute Abend schon etwas vor.«

Wieder räusperte er sich. »Ähm ... nein. Heute Abend habe ich nichts vor.«

Natürlich nicht. Das wusste ich. »Das überrascht mich. Offensichtlich habe ich Glück. Bitte, darf ich Sie zum Abendessen einladen? Das ist das Mindeste, was ich tun kann, um Ihnen zu danken.«

Er zögerte, und einen schrecklichen Moment lang dachte sie, sie hätte ihn verloren. »Okay. Wenn Sie möchten.«

»Oh, aber unbedingt.« Sie bedachte ihn noch einmal mit ihrem Lächeln. »Sollen wir uns um sieben beim The Stop Spot treffen?«

Sie wählte ihr Outfit sorgfältig aus. Sie wollte verführerisch wirken, aber nicht zu offensichtlich, geschmackvoll, mit einem kleinen Hauch Erotik. Der Art nach zu urteilen, wie sich seine Augen weiteten und er schluckte, hatte sie eine gute Wahl getroffen.

Libby ging auf ihn zu und streckte die Hand aus. »Noch einmal vielen Dank, dass Sie darauf aufgepasst haben.«

»Gern geschehen.« Wieder verriet er sich, indem er errötete. Libby fragte sich, wie viele der schlüpfrigen, vollständig fiktiven »Einträge« er gelesen hatte. Offensichtlich genug.

»Wie sehen Ihre Vorlieben aus?«, fragte sie.

Seine farblosen Augen weiteten sich. »Was?«

»Beim Abendessen. Was für Vorlieben haben Sie? Ich kenne alle möglichen großartigen Restaurants. Mögen Sie die äthiopische Küche? Oder vielleicht etwas Thailändisches?«

»Ähm ... ich mag eher einfaches Essen.«

Natürlich, dachte sie. Die von ihm bevorzugten Gerichte hatten nicht in seiner Biografie gestanden, aber sie konnte sich nicht vorstellen, dass dieser Mann in irgendeiner Weise experimentierfreudig war.

»Ich kenne genau den richtigen Laden«, sagte sie. Augenblicke später saßen sie in einem Restaurant, das sich The Garden of Eatin' nannte. Es war ein wenig heruntergekommen; sein einziger Vorteil bestand darin, dass es in seiner Mittelmäßigkeit sehr verlässlich war. Sie wusste, dass der Koch - seltsamerweise stand ausgerechnet hier ein Mensch in der Küche - die Speisekarte nie auch nur einen Deut veränderte. Man hatte die Auswahl zwischen so uninspirierten Gerichten wie gemischtem Salat, überbackenen Käsesandwiches und Hamburgern.

Es überraschte sie nicht, als Trevor einen mittleren Hamburger ohne Zwiebeln mit extra Gurken und Pommes bestellte. Libby hatte schon Fleisch gegessen, wenn sie das Gefühl gehabt hatte, dass es wichtig für eine Mission war, aber sie tat es nicht gern. Sie bestellte ein überbackenes Käsesandwich mit einem Salat des Hauses und einem Dressing aus Essig und Öl.

Mit reiner Willenskraft hielt sie das Gespräch im Gange und stellte so viele Fragen wie möglich, auf die er einsilbige Antworten gab. Einmal allerdings, als die Konversation deutlich ins Stocken geriet, übernahm er die Initiative und fragte sie, was sie beruflich machte. Da sie wusste, dass man mit der Wahrheit oft am besten fuhr, sagte sie ihm, dass sie Musikerin war. Das schien ihn nicht sonderlich zu interessieren.

Selbst als sie auf seine Arbeit zu sprechen kamen, hatte er nicht viel zu sagen. Libby fand das seltsam. Normalerweise sprachen die Leute gerne über sich und ihre Arbeit. Langsam verzweifelte sie und fürchtete schon, dass der Abend nicht so laufen würde, wie sie gehofft hatte. Doch nach dem Nachtisch räusperte Trevor sich und fragte: »Möchten Sie vielleicht noch auf einen Schlummertrunk mit zu mir kommen?«

Sie versuchte, nicht so überrascht auszusehen, wie sie sich fühlte. Seinem Gesichtsausdruck nach hatte er den ganzen Abend hindurch seinen Mut gesammelt, um diese Frage zu stellen. Für einen Augenblick hatte sie Mitleid mit ihm. Er sah nicht schlecht aus, und seine Arbeit war faszinierend. Er musste nur ein wenig an sich arbeiten. Dies war wahrscheinlich seit Langem sein erstes Date, was wirklich eine Schande war.

Damit er sich nicht zu viele Hoffnungen machte, sagte Libby von vorneherein: »Ich muss morgen wegen einer Probe früh aufstehen, also kann ich nicht lange bleiben. Aber ja ... Ich würde gerne auf einen Schlummertrunk mitkommen.«

Sein Lächeln war ehrlich und jungenhaft, und erneut tat er ihr leid, weil er nicht mit jemandem ausging, der dieses Lächeln zu schätzen wusste.

Trevors Apartment sah genau so aus, wie sie es sich vorgestellt hatte. Es war ordentlich, gut durchorganisiert und auf komplett unoriginelle Art eingerichtet. Sie hatte schon in Hotelzimmern übernachtet, die mehr Charakter besaßen. Allerdings war sie nicht hier, um seinen Geschmack in Sachen Inneneinrichtung zu bewerten. Ihr erfahrener Blick wanderte durch den Raum, auf der Suche nach dem, weswegen sie gekommen war. Dort, auf einem Tisch am anderen Ende des Raums, stand er. Trevor Blakes Computer.

»Was möchten Sie?«

Sie lächelte ihn an. »Was immer Sie trinken.«

Trevor wirkte leicht beunruhigt. »Ich bin nicht ganz sicher, was ich trinken will.« Es war irgendwie liebenswert.

»Na ja«, sagte sie. »Haben Sie Wein?«

»Rot, Weiß oder Rosé?«

Immerhin kannte er den Unterschied. »Rot«, sagte sie.

»Cabernet, Merlot, Shiraz ...« Trevor zählte sie tatsächlich an den Fingern ab.

»Ein Merlot klingt gut.«

»Okay.« Wieder schenkte er ihr dieses jungenhafte Lächeln. Offensichtlich fühlte er sich in seinen eigenen vier Wänden sicherer. Er verschwand in Richtung eines anderen Raums.

Sie lauschte für einen Moment, dann machte sie sich an ihre Aufgabe. Schnell zog sie ein Gerät, nicht größer als ihr Daumennagel, aus ihrer Handtasche. Sie befestigte es hinten an Trevors Computer und zählte die Sekunden, die es brauchen würde, um seinen Zweck zu erfüllen. Anschließend sammelte sie es wieder ein. In der Küche hörte sie einen Korken ploppen, dann wurde Wein eingeschenkt. Libby hatte das Gerät gerade wieder in ihrer Handtasche verstaut und sich zurück aufs Sofa gesetzt, als Trevor mit zwei Gläsern erschien.

Er reichte ihr eines, und sie bemerkte, wie wohlgeformt seine Hände waren. Schuldgefühle packten sie. Sie hasste diesen Teil ihres Jobs - die Unschuldigen auszunutzen. Trevor schien ihr ein anständiger, wenn auch langweiliger Kerl zu sein. Aber sie musste dies tun.

Er hob sein Glas. »Auf glückliche Zufälle.«

Sie stießen an. »Darauf trinke ich.« Sie blickte ihm in die Augen und sah, dass sie gar keine unbestimmbare Farbe hatten. Sie waren von einem schönen Olivgrün, gesprenkelt mit goldenen Flecken.

Der Wein war exzellent. Sie unterhielten sich eine Weile, dann tat Libby lautstark überrascht, wie spät es schon geworden war.

»Es tut mir so leid, dass ich Sie so lange wach gehalten habe«, sagte sie und erhob sich. »Ich muss morgen sehr früh aufstehen.« Sie reichte ihm die Hand, und diesmal war sein Griff warm und fest, als er sie schüttelte.

»Libby«, sagte er, »es ... es war sehr schön.« Er schien noch etwas sagen zu wollen, verlor dann aber offensichtlich den Mut. Libby war dafür zutiefst dankbar.

Sie wedelte spielerisch mit dem Padd, das er ihr zurückgegeben hatte. »Ich hätte nicht gedacht, dass es mir so einen großartigen Abend einbringen würde, das hier zu verlieren.« Das war nicht einmal eine Lüge. Die letzte halbe Stunde war sehr angenehm gewesen. Bevor er den Mut fand, noch etwas zu sagen, ging sie ein paar Schritte Richtung Tür. Sie konnte förmlich sehen, wie Trevor sich wieder hinter seinem Schutzschild aus Durchschnittlichkeit versteckte.

Er brachte sie zum Transporter. Sie rechnete halb damit, dass er noch etwas versuchen würde, aber er wirkte abgelenkt und in Gedanken versunken. Als sie ihm eine gute Nacht wünschte, schien er es kaum wahrzunehmen. Darüber war sie sehr erleichtert.

Trevor sah zu, wie die schöne, junge Frau dematerialisierte, und verfluchte sich selbst, kaum dass sie fort war. Verdammt! Warum musste er immer ... warum konnte er nie ...

Entgegen besserem Wissen hatte er ein paar der Einträge in ihrem Tagebuch gelesen. Angesichts der darin zur Schau gestellten Offenheit war er errötet, und als sie vorgeschlagen hatte, mit ihm auszugehen, war er überwältigt gewesen. Libby hatte so nett und freundlich gewirkt. So schön. Und er hatte nichts getan, nichts gesagt. Er hatte ihr angesehen, dass sie ihn nicht ernst nahm. Das konnte er ihr nicht verdenken. Es gab nichts, wodurch er herausstach, nichts, das dafür sorgte, dass irgendjemand ihn tatsächlich wahrnehmen wollte.

Aber bald würden sie ihn wahrnehmen. Sie alle würden ihn bemerken und die Blicke nicht mehr von dem abwenden können, was er getan hatte.

Alle.

Libby hielt sich das Hypospray an den Hals und drückte. Sofort fühlte sie sich wacher. Die angenehme Schwere von Wein und Essen verschwand und wurde durch Konzentration ersetzt. Dieses Medikament war nicht für den dauerhaften Gebrauch vorgesehen, aber sie hatte sich die Erlaubnis erkämpft. Die Zeit lief ihr davon, und wenn sie Montgomery aufhalten wollte, musste sie ihm irgendetwas nachweisen können, und zwar bald.

Sie setzte sich an ihren Computer und schloss das kleine Gerät daran an. Sofort lud es die darauf gespeicherten Daten auf den Computer. Libby verwendete nicht viele technische Hilfsmittel, aber manchmal fand sie sie sowohl amüsant als auch hilfreich. Der

Computer würde in der Lage sein, alles zu entschlüsseln bis hin zur obersten Geheimhaltungsstufe.

»Download abgeschlossen«, sagte der Computer.

»Lies die Namen der Dateien vor«, wies Libby ihn an.

»Experiment H247. Analyse von Parkers zweitem Theorem.« So ging es weiter. Libbys Schultern sackten nach unten. Sie würde heute Nacht noch viele langweilige Texte zu lesen haben.

»Memo von Admiral Kenneth Montgomery, Sternzeit …«

»Stopp.« Aufregung erfasste Libby. Ihre Eingebung hatte sich als richtig erwiesen. Dieser Kerl besaß irgendwelches belastende Material über Montgomery. Warum sonst sollte er Memos behalten?

»Stelle alle Dokumente zusammen, in denen Admiral Montgomery erwähnt wird.«

»Zusammengestellt.«

»Anzeigen.« Es gab Hunderte. »Jackpot«, sagte sie leise. Sie las das erste:

An: Alle Angestellten von Section 9
Von: Admiral Kenneth Montgomery
Betreff: Lieutenant Hegwoods Party
Am Freitag wird Lieutenant Hegwood 40 Jahre alt. Er denkt, wir wüssten es nicht, aber wir Admirals haben unsere Quellen. Wir haben eine kleine Überraschung vorbereitet, daher …

»Was zum …«

Sie nahm sich die nächste Datei vor. Darin ging es um Commander Graftons Elternzeit. Die nächste enthielt eine Ermahnung aufgrund gestohlenen Büromaterials. Danach kam eine Erinnerung, dass sich jeder auf vierzehn Terraquads Speicherplatz für den persönlichen Bedarf auf seinem Computer zu beschränken hatte.

Mit offen stehendem Mund wühlte sich Libby durch weitere erstaunlich banale Memos. Dann lehnte sie sich in ihrem Stuhl zurück und dachte nach. Diese Dokumente konnten nicht sein, was sie zu sein schienen. Plötzlich kam ihr eine Idee - vielleicht handelte es sich um Fälschungen. Vielleicht waren darin geheime Botschaften verborgen. Sie ließ sie durchchecken, fand aber nichts. So schwer es ihr auch fiel, das zu akzeptieren, es hatte den Anschein, als hätte Trevor es einfach nie geschafft, vier Jahre alte Memos zu löschen.

»Kein Wunder, dass Sie schon länger keine Verabredung mehr hatten, Mr. Blake«, murmelte sie.

Es bestand natürlich die Möglichkeit, so unwahrscheinlich sie auch war, dass sich zwischen den Memos etwas Wichtiges verbarg. Also las sie weiter, alle 420 Dokumente. Sie las einen Datenvergleich zwischen Setoyas Theorie und Parkers viertem Theorem. Sie las etwas über F638-H. Sie las Trevors Einkaufszettel der letzten acht Monate, und es überraschte sie nicht, dass er so gut wie immer dasselbe kaufte.

All das ertrug sie stoisch. Dann kam sie zum Royalprotokoll.

»Oh nein, bitte nicht«, stöhnte sie.

Mit dem langen und schwer zugänglichen Royalprotokoll konnte man jeden - *jeden* - im Sternenflottengeheimdienst jagen. Es war ein weitschweifiges Dokument, das sich mit den diplomatischen Feinheiten im Umgang mit den königlichen Familien innerhalb der Föderation beschäftigte.

Ohne große Freude erinnerte sich Libby an ein paar dieser Feinheiten. Bei einer Begegnung mit der königlichen Familie von Tarkulis fiel man erst vor dem jüngsten Mitglied auf die Knie, dann vor allen weiteren, in der Reihenfolge ihres Alters aufwärts. Wenn man den Malshu von Verjuu begrüßte, bedeckte man seine Augen, bis man die großzügige Erlaubnis erhielt, den Gesegneten anzusehen. Es gab eine Million Dinge, die man sich merken musste, und über eine Million Dinge, mit denen man jemanden beleidigen oder vielleicht sogar einen Krieg vom Zaun brechen konnte. Das Royalprotokoll stand unter den Mitgliedern des Sternenflottengeheimdiensts für alles, was unglaublich langweilig war, aber dennoch volle Aufmerksamkeit erforderte.

Sie fragte sich, warum er es hatte. So etwas erwartete man eher auf ihrem Computer als auf dem von Trevor Blake. Und auch sie hätte das Ding nicht ins Haus gelassen, hätte sie es vermeiden können. Warum hatte Trevor das getan?

Er war nicht gerade der sozial fähigste Mensch, den sie je getroffen hatte. Vielleicht war er nur auf der Suche nach ein wenig Hilfestellung. Oder vielleicht wollte er das Fachgebiet wechseln. Keine dieser Erklärungen klang sehr wahrscheinlich. Möglicherweise hatte Trevor das Dokument erhalten, als er bei Sektion 9 angefangen hatte, und war nur nie dazu gekommen, es zu löschen.

Mit einem leichten Übelkeitsgefühl wurde Libby klar, dass sie sich durch das ganze Ding kämpfen musste. Kein Stein durfte auf dem anderen bleiben und das alles. Auch wenn sie genau wusste, dass sie höchstwahrscheinlich keine Verbindung zu Montgomery in dem langweiligsten Dokument finden würde, das es je in die Aufzeichnungen des Geheimdiensts geschafft hatte.

Libby schloss die Augen, sammelte ihre Kräfte und machte sich an die Arbeit.

Es war ein riesiges, alphabetisch geordnetes Dokument. Und es war um einiges angewachsen, seit Libby dem Sternenflottengeheimdienst beigetreten war. Als sie es von den Acamarianern bis zu den Gorn geschafft hatte, kam sie zu dem Schluss, dass sie lieber einem guten alten Erschießungskommando gegenübergestanden hätte – mit Zigarette im Mundwinkel und Augenbinde –, als weiterzulesen.

Der Satz, den sie gerade las, ergab überhaupt keinen Sinn. Zuerst ging sie davon aus, dass sie einfach zu erschöpft war. Sie rieb sich die Augen in dem Versuch, wach zu werden.

Dann erkannte sie, dass der Rest des Dokuments verschlüsselt war. Mit einem Schlag war Libby wieder wach. Sie brachte ihre beschränkten Entschlüsselungsfähigkeiten zum Einsatz, und nach ein paar qualvollen Stunden konnte sie endlich ein paar Worte entziffern.

»Oh Gott«, hauchte sie. Ein Blick aufs Chronometer verriet ihr, dass sie die Nacht durchgearbeitet hatte. Dreizehn nach sechs war noch früh, aber nicht zu früh für etwas von dieser Größenordnung. Sie wollte Covington gerade kontaktieren, da gab der Computer einen Signalton von sich. Sie zuckte zusammen und stieß einen überraschten Laut aus. Als sie sich wieder etwas gesammelt hatte, drückte sie einen Knopf.

Brenna Covingtons Gesicht erschien auf dem Schirm. *Perfektes Timing*, dachte Libby.

»Guten Morgen, Agent Webber. Ich weiß, es ist ein wenig früh, aber soweit ich mich erinnere, sind Sie Frühaufsteherin.«

Libby verzog das Gesicht. »Normalerweise ja.«

»Ich will gleich zur Sache kommen. Warum haben Sie sich gestern Abend mit Trevor Blake getroffen?«

Libby blinzelte überrascht. Sie hatte nicht gedacht, dass Covington ihre Leute so genau im Auge behielt. »Ich habe gehört, wie Admiral Montgomery seinen Namen erwähnt hat. Also dachte ich, ich schaue, ob er irgendetwas weiß, das uns helfen könnte, Montgomery als den Maulwurf zu entlarven.« Sie holte gerade Luft, um von dem zu erzählen, was sie versteckt im Royalprotokoll gefunden hatte, als Covington ihr zuvorkam.

»Er ist eine Sackgasse. Alles, was er über Montgomery weiß, ist mindestens vier Jahre alt. Kontaktieren Sie ihn nicht noch einmal, das ist reine Zeitverschwendung. Ich schicke Ihnen ein paar weitere Dokumente über Montgomery, die deutlich aufschlussreicher sein dürften.«

Libbys Magen zog sich zusammen. Natürlich. Sie war so müde gewesen, dass sie die Puzzleteile nicht richtig zusammengesetzt hatte. Trevor Blake hätte diese ... Forschungen ... niemals aus eigenem Antrieb betrieben. Er war jemand, der auf Befehl hin arbeitete.

Und er erhielt seine Befehle von Brenna Covington.

»Agent Webber?«

Libby leckte sich die plötzlich trockenen Lippen und bemühte die Fähigkeiten, die schon mehrmals ihr Leben gerettet hatten. Sie lachte.

»Das müssen Sie mir nicht zweimal sagen, Ma'am. Trevor Blake ist ganz in Ordnung, aber, um es so zu sagen ... Es war ein sehr langer Abend.«

Beinahe unmerklich entspannten sich Covingtons Gesichtszüge und bestätigten damit Libbys Befürchtungen. *»Das dachte ich mir«*, sagte sie mit einem Lachen. Sie lächelten einander an wie zwei Freundinnen, die sich gegenseitig Geschichten über Jungs erzählten. Libby wurde übel.

»Sie sehen ein wenig müde aus, Agent Webber.«

»Das bin ich«, sagte sie. »Ich war die ganze Nacht auf und habe Berichte gelesen.«

»Machen Sie eine Pause, bevor Sie mit dem nächsten Stapel anfangen. Sie müssen konzentriert bleiben.«

»Jawohl. Gibt es sonst noch etwas?«

»Leisten Sie einfach weiterhin gute Arbeit. Covington Ende.« Ihr Bild verschwand, und Libby sackte zusammen.

Nie zuvor in ihrem Leben hatte sie sich so verloren gefühlt, nicht einmal, als die *Voyager* vermisst gemeldet worden war. Sie hatte gerade schreckliche Informationen ausgegraben, und ihre Chefin steckte bis zum Hals mit drin. Irgendjemand musste davon erfahren und versuchen, es aufzuhalten. Aber wem konnte sie vertrauen?

3

Captain Jean-Luc Picard wirkte erstaunter, als Janeway ihn je gesehen hatte.

»Das ist höchst ungewöhnlich, Admiral.«

»Das weiß ich«, sagte Janeway. »Und da es so ungewöhnlich ist, bestehe ich darauf, dass Sie mich Kathryn nennen.«

Kurz hoben sich Picards Mundwinkel. *»Normalerweise kommen solche Anfragen durch die dafür vorgesehenen Kanäle des Sternenflottenkommandos. Darf ich fragen, warum Sie sich gegen diesen Weg entschieden haben?«*

»Weil das Sternenflottenkommando wissen wollen würde, warum, und wenn ich es ihnen sage, würden sie es verbieten.« Sie zuckte mit den Schultern. »So einfach ist das.«

Picard lachte leise. *»Ihren Beteuerungen zum Trotz würde ich sagen, der Delta-Quadrant hat in Ihnen eine rebellische Ader zum Vorschein gebracht. Können Sie mir sagen, warum?«*

Sie zögerte. »Sie müssen mir versprechen, dass Sie dem Sternenflottenkommando nichts davon erzählen, sollten Sie meine Anfrage ablehnen - und auch nicht, wenn Sie ihr stattgeben.«

Er runzelte die Stirn. *»Es gefällt mir nicht, wie sich dieses Gespräch entwickelt.«* Kurz dachte er darüber nach, dann nickte er. *»Nun gut. Sie haben mein Wort.«*

»Commander Data ist ein Androide. Zu Sternzeit 42523,7 hat er vor Gericht die vollen Menschenrechte zugestanden bekommen, obwohl er nicht aus Fleisch und Blut ist.« Sie lehnte sich vor. »Ich will dieselben Rechte für meinen Freund, den Doktor.«

»Ich fühle mit Ihnen mit«, sagte Picard, *»aber soweit ich weiß, verdächtigt man das Hologramm, Verbrechen begangen zu haben, die zum Tod von acht Leuten geführt haben.«*

»Ihm wurden nicht mal seine Rechte verlesen!«, fuhr Janeway auf. »Er wurde ohne Anklage festgenommen, wird ohne Anklage festgehalten und wird womöglich umprogrammiert oder Schlimmeres, einfach, weil die Sternenflotte es kann. Sie haben nicht tatenlos zugesehen, wie Data auseinandergenommen wurde, nur weil er als Besitz der Sternenflotte galt. Erwarten Sie von mir, weniger für meine Leute zu tun?«

Picard seufzte. *»Nein, das tue ich nicht. Niemand hat einfach zu entscheiden, ob er beteiligt war oder nicht. Er sollte dasselbe Recht auf ein Gerichtsverfahren haben wie jeder Bürger der Föderation.«*

Die Erleichterung, die jede Person im Raum erfasste, war beinahe spürbar. Janeway lächelte. »Danke, Jean-Luc. Das werde ich Ihnen nicht vergessen.«

»Danken Sie nicht mir, danken Sie Commander Data, vorausgesetzt, er stimmt zu. Ich werde empfehlen, dass er Sie unterstützt, aber Sie verstehen sicher, dass es letztendlich seine Entscheidung ist, nicht meine.«

»Als eigenständiges Individuum hat er das Recht, seine eigenen Entscheidungen zu treffen. Natürlich verstehe ich das. Wann werde ich von ihm hören?«

»Wahrscheinlich nicht so bald, wie Sie hoffen.« Picards Lächeln verblasste ein wenig. *»Er hat bestimmte Pflichten, denen er sich widmen muss, bevor ich ihm freigeben kann. Wir bleiben in Kontakt.«* Er zögerte, dann fügte er hinzu: *»Ich wünsche Ihnen viel Glück. Und falls es noch etwas gibt, das ich tun kann, bitte fragen Sie einfach.«*

»Noch einmal vielen Dank.«

Er lächelte kurz. *»Picard Ende.«*

Janeway seufzte und lehnte sich in ihrem Stuhl zurück. »Nun gut, wir haben getan, was wir konnten«, sagte sie.

»Das war's? Data wird sich melden, wenn er Zeit hat?«, fragte Lieutenant Commander Tom Paris. Ohne seine Tochter in den Armen wirkte er seltsam auf Janeway. Seit sie alle befragt worden waren, war Miral in die Obhut ihrer Großeltern übergeben worden. Dass er sich um sie keine Sorgen machen musste, verlieh Tom eine gewisse Sturheit und Furchtlosigkeit. Janeway hatte nicht bemerkt, wie sehr die Heirat und seine Vaterschaft Paris gemäßigt hatten.

»Fürs Erste ja, Mr. Paris.« Sie verwendete absichtlich seinen Nachnamen und verlieh ihrer Stimme einen warnenden Tonfall.

»Ich kann kaum glauben, dass das überhaupt passiert«, stieß Kim hervor. Er hatte bis jetzt ruhig dagesessen, und der Ausbruch überraschte Janeway. »Wir sollten nicht so um Gefallen betteln müssen. Sie nehmen unschuldige Leute fest und halten sie gefangen wie ... wie Tiere. Sie nehmen uns ins Kreuzverhör und lassen uns nicht helfen, obwohl wir das könnten, wenn das nur in ihre Köpfe ginge.«

Sanft sage Janeway: »Die Borg sind uns so vertraut wie alte Freunde.« Sie rümpfte die Nase und verbesserte sich. »Vielleicht mehr wie alte Feinde. Wir sind in einer Art mit Ihnen vertraut, die die Sternenflotte - ja vielleicht jeder, der nicht auf der *Voyager* war - nicht nachvollziehen kann. Wir haben viel von unserer Furcht vor ihnen verloren, aus purer Notwendigkeit. Ich denke, wir haben vergessen, wie furchteinflößend sie sind. Seven und Icheb gehören für uns zur Familie. Ich schaue sie an und sehe die Implantate gar nicht mehr. Aber das ist alles, was die Sternenflotte sehen konnte, als dieses neue Virus aufgetaucht ist. Ich schätze, das können wir ihnen nicht zum Vorwurf machen.«

»Ich hatte mir mehr erhofft von einer Einrichtung, die Einfühlungsvermögen und Toleranz gegenüber anderen predigt«, sagte Chakotay. »Icheb wurde von seinen eigenen Klassenkameraden verprügelt.«

Tuvok blickte abrupt auf, und hätte Janeway es nicht besser gewusst, hätte sie schwören können, gerechten Zorn in seinen Augen zu sehen. »Seien Sie versichert, Commander, dass das nicht ungestraft bleiben wird. Alle, die daran teilgenommen haben, wurden vom Unterricht suspendiert. Sie werden wahrscheinlich der Akademie verwiesen.«

»Wenn es keine Kinder wären, würde ich gern ein paar Nasen blutig schlagen«, sagte Tom.

»Genug davon«, wies Janeway sie zurecht. »Es gibt einen Aufstand der Hologramme, der eindeutig vom Doktor inspiriert wurde. Die Sternenflotte geht, offenbar zu Recht, davon aus, dass er zumindest entfernt daran beteiligt ist. Ein Borg-Virus breitet sich auf der Erde aus, gerade jetzt, da die *Voyager* heimkehrt. Natürlich muss die Sternenflotte überprüfen, ob es eine Verbindung gibt. Es ist die Art, wie sie das tun, die mich stört. Wir werden tun, was wir können, aber wir sind immer noch Sternenflottenoffiziere. Darum werden wir jetzt abwarten, ob Data bereit ist, uns zu helfen, und wir gedulden uns, bis er hier eintrifft. Wenn wir ihn rechtzeitig auf unsere Seite ziehen können, ist das ein großer Schritt vorwärts.«

»Und wenn nicht?«, fragte Chakotay.

Sie zögerte nur einen Augenblick. Was sollten sie tun? Sie wusste es nicht. In ihrem Leben hatte es viele ähnliche Momente gegeben, in denen sie keine Ahnung gehabt hatte, was sie tun sollte. Aber sie war immer sicher gewesen, dass sich eine Lösung finden würde, wenn sie darauf vertraute.

»Dann überlegen wir uns etwas anderes«, sagte sie einfach.

Es war spät - oder besser gesagt früh, je nachdem, wie man es sehen wollte -, als Harry Kim in sein Apartment zurückkehrte. Er wollte unbedingt mit Libby sprechen, aber sie schlief sicher schon seit Stunden. Er war wütend und frustriert. Er fühlte sich hilflos, und das nagte an ihm.

Tom und er hatten eine Weile in Toms Apartment gesessen und

geredet, nachdem Janeway sie entlassen hatte. Sie hatten ein paar unfreundliche Dinge über Datas »Pflichten« gesagt, die sie vermutlich beide nicht so gemeint hatten. Sie hatten ein oder zwei Bier getrunken, dann hatte Harry sich verabschiedet. Tom hatte gewirkt, als wäre es ihm lieber, wenn er nicht ging, und Harry wusste, warum. Ohne Miral oder den Doktor fühlte sich das Apartment schrecklich leer an.

Es überraschte ihn, als er zu dieser Stunde ein Licht an seinem Computer blinken sah. Vielleicht Tom. »Computer, Nachricht abspielen«, sagte er und streifte sein Shirt ab.

Noch überraschender war, dass kein Bild auf dem Schirm erschien und er keine Stimme hörte. Für einen Moment dachte er, sein Computer sei kaputt, aber dann sah er Text über den Bildschirm laufen. Die Härchen in seinem Nacken stellten sich auf, als er las.

Sie werden nicht in der Lage sein, diese Nachricht zurückzuverfolgen. Bitte versuchen Sie es nicht. Ich bin ein Freund. Ich sende Ihnen diese Nachricht, um Sie vor einer Gefahr für die gesamte Menschheit zu warnen. Ein Borg-Virus breitet sich über den gesamten Erdball aus. Die Sternenflotte versucht, dies unter Verschluss zu halten, um eine Massenpanik zu vermeiden. Aber bestimmte Leute innerhalb der Föderation selbst sind für das Virus verantwortlich. Es gibt eine Verschwörung. Sie müssen in aller Heimlichkeit Schritte unternehmen. Passen Sie auf sich auf.

Kim versuchte nicht, die Nachricht zurückzuverfolgen. Etwas, das auf diese Art versendet wurde, war sicherlich hochgradig verschlüsselt. Er wusste außerdem, dass nur eine Handvoll Leute vom Borg-Virus erfahren hatten. Wer auch immer dieser mysteriöse Kontaktmann war, er musste wirklich etwas wissen. Kim konnte aber nicht glauben, dass die Föderation selbst in diese Sache verwickelt war. Warum? Wie? Wer?

Er lud alle Daten auf ein Padd und kontaktierte Janeway. Als er ihr die Nachricht vorlas, konnte er förmlich zusehen, wie alle Farbe aus ihrem Gesicht wich. In einem Teil seines Bewusstseins, der seltsam losgelöst von allem war, wunderte er sich über den Anblick. Er hatte das immer für ein Klischee gehalten.

»Danke für die Informationen, Mr. Kim. Haben Sie irgendeine Vorstellung, wer diese Person sein könnte und warum sie beschlossen hat, Sie zu benachrichtigen?«

»Nicht die Geringste, Admiral. Die Aussage ›Ich bin ein Freund‹ kann nicht wörtlich gemeint sein. Ich kenne niemanden mit solchen Verbindungen.«

Janeway lehnte sich in ihrem Stuhl zurück und rieb sich die müden Augen. *»Ich frage mich, was Ihr Freund von uns erwartet. Falls Sie es nicht bemerkt haben, gelten wir momentan als Persona non grata.«* Die letzten Worte klangen harscher, als Harry es von ihr gewohnt war. Aber er konnte sie verstehen.

Janeway hatte sich so bemüht, sie alle nach Hause zu bringen, und im Großen und Ganzen hatte sie Erfolg damit gehabt. Ein paar Freunde waren im Delta-Quadranten gefallen, aber Janeway hatte das Schiff und den Großteil der Besatzung dorthin zurückgebracht, wo sie hingehörten. Nur dass es sich nicht so anfühlte, als würden sie hierher gehören. Der Quadrant hatte ohne sie weitergemacht, und Kim fühlte sich, als hätte man ihn einfach zurückgelassen, als würde man ihn aussperren. Man hatte sie nur dann richtig wahrgenommen, als man sie eines Verbrechens verdächtigt hatte.

»Admiral«, sagte er, »es muss Ihnen einfach gelingen, Data auf unsere Seite zu ziehen. Die Sternenflotte darf uns nicht weiter ausschließen. Und mit uns meine ich den Doktor, Seven und Icheb. Vor allem, wenn das, was diese Person sagt, der Wahrheit entspricht.«

»Die ganze Sache könnte eine komplizierte Falle sein, Harry«, sagte Janeway. *»Das wissen Sie, oder?«*

»Das weiß ich. Aber was, wenn es stimmt? Können wir uns leisten, es zu ignorieren?«

Janeway schüttelte den Kopf. *»Nein, das können wir nicht. Wenn jemand aus der Sternenflotte den Borg hilft, die Erde zu assimilieren,* *gibt es nur eine Person, die wütender darüber wäre als wir. Und das ist Picard. Erzählen Sie niemandem davon, Harry. Nicht einmal jemandem von der* Voyager. *Das ist ein Befehl.«*

Seltsamerweise lächelte Harry. Es tat gut, wieder Befehle von Janeway zu hören.

»Aye, Ma'am«, sagte er.

Die Nächte sind am schlimmsten, dachte Seven.

Die Leute, die sie bewachten, dämpften das Licht, als könnte einer der drei Gefangenen tatsächlich schlafen. Es wurde ruhiger, und Sevens Körper verlangte heftiger nach einer Regeneration als zu jeder anderen Zeit. Am Tag konnte sie ihre Erschöpfung verdrängen. Sie konnte sich mit Besuchen bei Dr. Kaz beschäftigt halten. Inzwischen ging sie täglich zu ihm, manchmal mehrmals am Tag, je nachdem, wie gut oder schlecht ihr Körper mit der Situation zurechtkam. Hin und wieder bekam sie auch Besuch von Janeway, Chakotay oder Tuvok, die sie ablenkten. Auch der Doktor tat sein Bestes, um sie zu beschäftigen, aber die ständige Anspannung hatte sogar Auswirkungen auf das Hologramm.

Nachts allerdings wurden alle Versuche, Normalität vorzutäuschen, als die armseligen Strohhalme enttarnt, die sie waren. Die Gespräche erstarben, und sie saßen alle stumm in ihren Zellen, das Hologramm und die ehemaligen Borg. Seven und Icheb schlossen die Augen und legten sich auf ihre Betten. Der Doktor und Kaz hatten ihnen gesagt, dass es helfen könnte, den Körper ruhen zu lassen und zu versuchen, die Gedanken zu beruhigen, auch wenn sie nicht wie normale Menschen schlafen konnten. Auch wenn es ihnen verwehrt war, wie Borg zu regenerieren. Zumindest würde es ein wenig helfen, hatte Kaz ihr gesagt und dabei niedergeschlagen gewirkt. Und die Betonung lag auf »wenig«.

Sie fragte sich, wie lange es dauern würde, bis ihr Körper einfach vollständig abschaltete. Sie hatte zuvor bereits mehrere Tage ohne Regeneration ausgehalten, aber das war an Bord der *Voyager* geschehen, meist während eines Notfalls, der von ihr verlangte, weiter zu funktionieren. Nun allerdings gab es nichts, das sie von immer wieder derselben Sorge ablenken konnte: Wie lange würde es dauern? Würden sie Icheb regenerieren lassen, wenn er bewusstlos zusammenbrach? Würde man sie regenerieren lassen, wenn sie begann zu toben wie eine Wahnsinnige?

Sie kannte die Anzeichen: Gesteigerter Appetit, fallende Körpertemperatur, Zittrigkeit, Kopfschmerzen, erhöhte Schmerzempfindlichkeit. Alle diese Auswirkungen totalen Schlafentzugs bemerkte sie bereits. Dazu stellten sich langsam auch die psychischen Anzeichen ein - Gereiztheit, niedrige Konzentrationsfähigkeit, Antriebslosigkeit, Paranoia.

Auch Icheb litt. Gerade heute hatte er ihr erzählt, dass er Schwierigkeiten mit seiner Wahrnehmung hatte. Er führte lange Gespräche mit jemandem, der nicht anwesend war. Seven wusste, dass der für die »Vernehmung« zuständige Vulkanier auch ihn »befragt« hatte, und fragte sich, warum man ihn nicht einfach gehen ließ. Er war noch ein Junge und nur für kurze Zeit ein aktiver Borg gewesen.

Sie betrachtete ihn, wie er auf seiner Pritsche lag, und wünschte sich, sie könnte ihm übers Haar streichen, fürchtete aber, ihn damit aufzuschrecken.

Er gab einen leisen, röchelnden Laut von sich. Sofort war sie auf den Füßen und streckte die Hand nach ihm aus, als ein scharfes Flüstern des Doktors sie aufhielt.

»Nicht, Seven!«

Sie wandte sich ihm zu. »Er könnte ersticken!«, gab sie flüsternd zurück.

Zu ihrer Überraschung lächelte der Doktor. »Das ist nicht Ersticken, das nennt man Schnarchen.«

Sie starrte ihn weiterhin verständnislos an.

»Verstehen Sie nicht?«, flüsterte er. »Er schläft. Icheb ist eingeschlafen.«

Seven starrte den Jungen an. Seine Brust hob und senkte sich regelmäßig, und noch immer gab er dieses leise Geräusch von sich.

»Das ist nicht möglich«, sagte sie mehr zu sich selbst als zum Doktor. »Wir können nicht wie Menschen schlafen. Wir müssen regenerieren.«

»Er ist jünger als Sie und war für deutlich kürzere Zeit ein Borg«, erinnerte der Doktor sie. »Ich denke, er hat gelernt, sich ... an die neue Situation anzupassen.«

Seven fühlte, wie ihr Tränen in die Augen stiegen. Sie versuchte sie zurückzuhalten, aber sie drängten hervor. Es waren Tränen der Dankbarkeit, der Erleichterung, und sie liefen ihr Gesicht hinab wie ein Wasserfall über einen Berghang.

»Danke«, flüsterte sie, ohne sagen zu können, an wen sich das Wort richtete. »Danke.«

Für Lieutenant Wassili Andropow war es eine lange Nacht gewesen. Seit sechs Wochen hatte er jetzt schon die Nachtschicht, und sein Körper hatte sich immer noch nicht daran gewöhnt. Er war kein Nachtmensch und hatte nur widerwillig zugestimmt, die Schicht überhaupt zu übernehmen. Er hasste es, in seinem Apartment zu materialisieren, wenn der Himmel sich gerade grau färbte und draußen die Vögel zu zwitschern begannen. Der viele Kaffee, den er während seiner Schicht trinken musste, um wach zu bleiben, machte ihn unruhig. Und es fiel ihm schwer, sich zu entspannen, wenn er schließlich heimkam und die Gelegenheit hatte, ein paar Stunden zu schlafen. Er war froh, dass er allein lebte. Es wäre so gut wie unmöglich gewesen, mit diesen Arbeitszeiten eine Beziehung am Laufen zu halten. Außerdem wäre er so grummelig gewesen, dass niemand mit ihm hätte zusammenleben wollen.

Andropow befahl dem Computer nie, das Licht einzuschalten, wenn er heimkam. Er wollte es so dunkel und augenschonend wie möglich haben. Für die wenigen Dinge, die er noch zu erledigen hatte - im Schlafzimmer erscheinen, ausziehen und ins Bett fallen - brauchte er kein Licht.

Heute ließ er sich in seinen Lieblingsstuhl fallen und seufzte erleichtert. Er war so müde. Immerhin, tröstete er sich, während er die Schuhe auszog und gähnte, dauerte es nicht mehr lange. Er musste nur noch ein paar Wochen durchhalten, dann ...

Hände legten sich auf seine Schultern und drückten ihn tiefer in den Stuhl. Er schrie und versuchte sich zu befreien, aber die Hände waren so unnachgiebig und stark wie Bänder aus Stahl. Eine Gestalt trat vor ihn.

»Licht«, rief der Fremde.

Andropow blinzelte ein paarmal, dann starrte er. »Oliver Baines«, sagte er heiser.

Baines lächelte. »Nun, nicht ganz, aber dicht genug dran. Ich bin eine holografische Version von Baines.«

Hologramm? Unmöglich. Andropows Apartment war nicht mit holografischen Emittern ausgerüstet. Er konnte unmöglich ... Dann fiel Wassilis Blick auf das kleine Rechteck zu Baines Füßen. Es hatte die Größe und die Form eines Aktenkoffers. Mit der Schnelligkeit eines Mannes, der darauf trainiert war, eine Gefahr möglichst schnell zu erkennen, zog Andropow die richtigen Schlüsse. Dies war ein tragbarer Emitter. Auch wenn es so etwas seines Wissens gar nicht gab, musste es genau das sein.

Andropow wehrte sich mit neuer Kraft. Vergeblich. Das Wesen hinter ihm - wahrscheinlich ein weiteres Hologramm - hielt ihn fest. Verdammt, er war eine der führenden Persönlichkeiten in der Korrektureinrichtung, sein Apartment war gut geschützt, sie hätten hier nicht reinkommen dürfen ...

»Ja, ich weiß, dass Sie sich fragen, wie es uns gelungen ist, Sie mit unserer ›Willkommen daheim‹-Party zu überraschen«, sagte Baines beiläufig, während er einen Ausrüstungsgegenstand auspackte, der Andropow gleichzeitig vertraut und fremd vorkam. »Ich will meine Tricks aber noch nicht verraten. Lassen Sie uns einfach sagen, Ihr Sicherheitssystem benötigt ein Upgrade.«

Er grinste breit, als hätte er gerade etwas sehr Lustiges gesagt.

»Was wollen Sie?«, fragte Andropow.

»Sie natürlich, Lieutenant. Oder zumindest Ihr Erscheinungsbild.« Er blickte das Gerät an und nickte zufrieden. »Bestens. Sie dürfen jetzt vortreten.«

Das Gewicht auf Wassilis Schultern verschwand. Sofort versuchte er, sich aufzurichten und den Phaser zu erreichen, den er so achtlos auf die Anrichte geworfen hatte. Wie einfach er sich einem falschen Gefühl von Sicherheit hingegeben hatte. Aber noch während er sich anspannte, um aufzuspringen, drückte Baines einen Knopf, und ein Kraftfeld senkte sich auf Andropow. Gefangen in seinem Stuhl fluchte er wütend.

Das andere Hologramm trat in sein Sichtfeld. Es war ungefähr so groß wie Baines und eindeutig männlich, aber es besaß kein Gesicht. Andropow keuchte überrascht auf. Das gesichtslose Hologramm wandte sich erst ihm und dann Baines zu.

»Gleich haben wir es, mein Freund«, sagte Baines freundlich. Er berührte ein paar Tasten an seinem Gerät, und Andropow sah, wie die Gestalt neben ihm sich veränderte. Sie wurde ein wenig größer und bekam breitere Schultern. Ihr schwarzer Overall wechselte die Farbe zu grau, schwarz und gelb, mit genau der richtigen Anzahl Pins. Haar kroch über den vormals nackten Schädel. Es war schwarz mit ein paar grauen Strähnen. Augen bildeten sich, dunkelbraun und groß saßen sie über einer Adlernase und dünnen Lippen.

»Oh mein Gott«, hauchte Andropow und starrte in das Gesicht, das er seit zweiundvierzig Jahren jeden Morgen im Spiegel sah. Sein Doppelgänger lächelte.

»Wassili, darf ich Ihnen Wassili vorstellen?« Baines kicherte.

Jetzt kannte Andropow Baines' Plan. »Es wird nicht funktionieren. Er mag aussehen wie ich, aber er weiß nicht, was ich weiß.«

»Ach, nein? Ich denke schon«, sagte das Double in fehlerlosem Russisch.

»Man wird es irgendwann merken«, beharrte Andropow, allerdings weniger überzeugt als zuvor.

»Vielleicht«, gab Baines zu. »Aber nicht, bevor er getan hat, was er tun muss.«

Andropow schluckte hart. »Hören Sie, Mr. Baines. Wir wissen, dass die acht Toten ein Unfall waren. Aber wenn Sie einen Sternenflottenoffizier umbringen ...«

»Wer hat gesagt, dass ich Sie umbringen will?« Baines wirkte ehrlich beunruhigt von dem Gedanken. »Ich bin kein Monster, Lieutenant.«

»Dann ... Was haben Sie dann mit mir vor? Lassen Sie mich einfach in diesem Stuhl zurück, festgehalten von einem Kraftfeld?«

»Natürlich nicht. Ich habe eine kleine Reise für Sie geplant.« Baines lächelte. »Nennen Sie es einen kulturellen Austausch, wenn Sie möchten.«

Und dann schimmerten Baines, das Double und der Raum um ihn herum, als Andropow dematerialisierte.

4

Seven of Nine schrie, als der Borg sie packte und sie auf die monströse Parodie eines Biobetts drückte. Janeway schaute reglos zu, erstarrt, nicht in der Lage, sich zu bewegen oder auch nur wegzusehen. Die Borg begannen mit der Arbeit, und gnädige Tränen verzerrten das Bild, wie Sevens Arm abgetrennt wurde. Der Borg, der die Operation durchführte, blickte auf, und Janeway starrte in die toten Augen von Admiral Kenneth Montgomery.

Widerstand ist zwecklos.

Janeway schreckte hoch. Mit Schweiß bedeckt saß sie in ihrem eigenen sicheren Bett. Ihr Herz raste. Wieder erklang ein Geräusch, wie ein Echo ihres Albtraums, aber diesmal war es real und vertraut - das Geräusch ihres Computers, der ihr mitteilte, dass jemand versuchte, sie zu erreichen.

Sie fühlte sich noch immer leicht desorientiert von dem lebendigen Traum. Dennoch schnappte sich Janeway einen Morgenmantel, fuhr sich mit der Hand durchs Haar und setzte sich vor den Computer.

»Dr. Kaz«, sagte sie überrascht.

»Guten Morgen, Admiral. Es tut mir leid, dass ich Sie geweckt habe. Ich dachte, Sie wären schon wach.«

Sie warf einen Blick auf das Chronometer und verzog das Gesicht, als sie sah, dass es weit nach neun Uhr morgens war. »Für gewöhnlich wäre ich das, aber ich habe in letzter Zeit nicht viel Schlaf bekommen.«

Das stimmte, und sie hatte die Feststellung für unverfänglich gehalten. Aber irgendetwas huschte über Kaz' Miene. *»Ich verstehe«*, sagte er etwas ruppiger als zuvor. *»Ich kenne auch ein paar Leute, die nicht genug Schlaf bekommen haben.«*

Für eine Weile sahen sie einander schweigend an.

»Ich weiß.« Janeway wartete darauf, dass er den nächsten Schritt machte.

»Ich denke, genug Schlaf ist unerlässlich für die Gesundheit«, fuhr Kaz fort, und Janeway wusste, dass er nicht von ihr sprach. *»Tatsächlich bin ich davon so überzeugt, dass ich gerne ein paar Methoden zur Bekämpfung von Schlaflosigkeit mit Ihnen besprechen würde.«*

Kaz hatte ihr versichert, dass seine Krankenstation nicht überwacht wurde. Aber offensichtlich war er sich da bei seinem Computer nicht so sicher. »Das wüsste ich zu schätzen«, sagte sie herzlich. »Ich wette, Sie werden mir erzählen, ich soll weniger Kaffee trinken.«

Er lachte, überrascht von dem Scherz. *»Nun, das wäre ein Anfang«*, sagte er.

»Keine Chance. Ich muss sieben Jahre wieder aufholen, in denen ich nur das replizierte Zeug getrunken habe.«

»Warum treffen wir uns dann nicht auf eine Tasse und diskutieren ... andere Möglichkeiten, friedlich zu schlafen?«

»Das klingt gut. Ich kenne ein kleines Café in Santa Barbara.« Sie übermittelte ihm die Koordinaten.

»Sollen wir uns in einer Stunde dort treffen?«

»Ich denke, bis dahin kann ich vorzeigbar sein.« Sie wurde wieder ernster. »Danke, Doktor.«

»Ich mache nur meinen Job.« Sein Gesicht verschwand.

Janeway lehnte sich zurück, dann erhob sie sich, um eine Kanne

Kaffee aufzubrühen. Als das wunderbare Aroma den Raum füllte, kehrte sie zu ihrem Schreibtisch zurück. »Computer, zeige alle Berichte über Dr. Jarem Kaz.«

Sie überflog die Akte. Was sie sah, beeindruckte sie. Er hatte die Wahrheit gesagt, was die beiden vergangenen Leben seines Symbionten anging. Radara Kaz war tatsächlich ein sehr beliebter und hochverehrter Dichter gewesen. Janeway hatte sogar einige seiner Werke gelesen. Eines von Radaras Gedichten kam ihr in den Sinn:

Die Seele zieht weiter, gepeinigt vom Glauben,
Allein zu sein in den Weiten der Welt;
Aber Seele, greif nach dem, was du nicht siehst und nicht fühlst,
Und streife die tastenden Finger
Der Seelen, die blind greifen
Nach dir.

Sein Maquis-Wirt Gradak war ähnlich beeindruckend. Er hatte zu den wenigen gehört, die das Massaker auf der Mondbasis von Tevlik überlebt hatten. Allerdings hatte er nach diesem schrecklichen Ereignis nicht mehr lange gelebt. Schwer verwundet hatte er fünfzehn andere Verletzte, darunter Kinder, in einem Shuttle zur nächsten Föderationsbasis gebracht. Gradak war klar, dass sie gefangen genommen werden würden, aber zumindest würden sie überleben. Statt sich selbst behandeln zu lassen, hatte er alle seine Schützlinge in Sicherheit gebracht. Er war bewusstlos, als ein Föderationsschiff sie an Bord nahm, und starb auf dem Operationstisch. Glücklicherweise konnte der Symbiont rechtzeitig in den einzigen Trill an Bord verpflanzt werden, der ausgerechnet einer der Ärzte war. Jarem.

Jarem selbst war auch nicht gerade zu verachten. Er mochte Herausforderungen und hatte den Akten zufolge »in seiner Freizeit« einen Impfstoff gegen das Lhaj-Fieber entwickelt. Dieser Impfstoff rettete Tausende Leben auf zahlreichen Welten; Lhaj-Fieber war selten, doch in 97 Prozent der Fälle tödlich. Schon bevor er den Kaz-Symbionten bekommen hatte, hatte er sich gegen die Cardassianer ausgesprochen, auch wenn es keinerlei Aufzeichnungen gab, dass er diesbezüglich etwas unternommen hätte. Sein Captain hatte es bedauert, als Kaz das Schiff verlassen hatte, hatte aber eingesehen, dass dessen Fähigkeiten, seine Intelligenz und sein Einsatz anderswo benötigt wurden.

Es war die letzte Eigenschaft, die Janeway besonders interessierte. Seven und Icheb zufolge hatte er sich tatsächlich sehr für sie eingesetzt. Auch sie selbst hatte gesehen, wie sehr er sich um seine Patienten sorgte.

Während sie das gut aussehende Gesicht auf dem Bildschirm betrachtete, sagte sie laut: »Ich hoffe, ich kann Ihnen vertrauen, Doktor.«

Sie bestellten sich Kaffee zum Mitnehmen und schlenderten durch das Stadtzentrum von Santa Barbara. Für eine Weile führten sie einfach Small Talk, bis sie den Strand erreichten. Es war ein großartiger Tag. Der Himmel war strahlend blau, nur durchbrochen von der einen oder anderen Möwe.

Schließlich kam Janeway auf das eigentliche Thema zu sprechen. »So gerne ich mir auch einbilden würde, dass Sie sich aufgrund meiner großartigen Konversationskünste mit mir getroffen haben, nehme ich an, das ist nicht der Fall.«

Er nippte an seinem Kaffee und blickte sie nicht an. Seine Augen, so blau wie der Himmel, waren auf das Meer gerichtet. »Das ist wahr, Admiral. Ich wollte Sie warnen - und Ihnen ein Angebot machen.«

Janeway spannte sich an, aber sie versuchte, sich das nicht anmerken zu lassen. Auch sie trank einen Schluck von ihrem Kaffee und sah ihren Begleiter nicht an. »Fahren Sie fort.«

»Ich habe wiederholt versucht, Montgomery davon zu überzeugen, Seven of Nine und Icheb regenerieren zu lassen. Er hat meine Bitte jedes Mal zurückgewiesen. Ich verstehe seine Gründe, aber es gibt Maßnahmen, die wir ergreifen könnten, um zu verhindern, dass irgendjemand Seven oder Icheb während der Regeneration kontaktiert.« Kaz verzog das Gesicht. »Als ob irgendjemand das tatsächlich versuchen würde. Ich habe mithilfe von Medikamenten alles getan, was ich konnte, um eine Regeneration zu simulieren, aber bald gibt es nichts mehr, das ich noch unternehmen kann. Die Auswirkungen auf beide ähneln denen vollständigen Schlafentzugs.«

»Was den Sternenflottenrichtlinien zufolge Folter entspricht.«

Kaz nickte. »Icheb war erstaunlicherweise in der Lage, ein wenig zu schlafen.«

Hocherfreut wandte Janeway sich ihm zu. »Wirklich? Das sind großartige Neuigkeiten.«

»Nicht so großartig, wie es scheint. Er muss immer noch regenerieren. Lassen Sie mich ehrlich sein: Wenn sie nicht regenerieren dürfen, werden sie sterben. Seven wahrscheinlich zuerst, dann Icheb.«

»Und die Sternenflotte erlaubt ihnen die Regeneration nicht«, sagte Janeway bitter. »Scheint, als wäre es unvermeidlich.«

»Nicht unbedingt«, sagte Kaz. »Und Ihr Doktor - ich habe Ihnen gesagt, ich mache mir Sorgen um ihn. Unglücklicherweise habe ich damit recht behalten. Die MHN der ersten Generation brauchen keine medizinischen Kenntnisse, um Dilithium abzubauen und Steine zu schleppen. Also sollen sie umprogrammiert werden und nur die grundlegendsten Subroutinen behalten. Der Doktor wird der Erste sein. Montgomery will ein Exempel statuieren, eine Warnung für alle, die sich an der HoloRevolution beteiligen.«

Er wandte sich ihr zu, und seine blauen Augen waren voller Mitleid. »Wenn er ein Mensch wäre«, sagte er leise, »käme das einer Lobotomie gleich.«

Allen Vorsätzen zum Trotz schlug Janeway die Hand vor den Mund. Es dauerte eine Weile, bis sie sich wieder von den Voraussagen erholt hatte, die Kaz über die Zukunft ihrer drei Freunde traf.

»Warum erzählen Sie mir das?«, fragte sie, als sie sich wieder ein wenig gesammelt hatte.

»Weil ich, bevor ich der Sternenflotte beigetreten bin, einen Eid geleistet habe, niemandem zu schaden«, sagte Kaz. »Ich werde nicht danebenstehen und zusehen, wie drei Unschuldigen so etwas angetan wird. Ich kann es einfach nicht.«

»Sie können nicht dafür sorgen, dass sie freigelassen werden.« Janeway hoffte, er würde ihr widersprechen.«

»Nein«, erwiderte er. »Aber ich kann sie da rausholen. Mit Ihrer Hilfe.«

Sie musterte ihn genau. »Sie gehen ein großes Risiko ein, Doktor. Hierfür könnten Sie vor dem Militärgericht landen. Man könnte Ihnen verbieten, je wieder zu praktizieren.«

Er hob die breiten Schultern. »Ein Teil von mir ist schon einmal dafür gestorben, das zu tun, was er für richtig hielt. Den Rest meines Lebens in einem gemütlichen Sternenflottengefängnis zu verbringen, ist dagegen nichts. Selbst wenn ich sterbe, lebt der Symbiont weiter. In gewissem Sinne werde ich also weiterexistieren. Mein Leben und meine Freiheit sind mir genauso wichtig wie jeder anderen lebenden Kreatur, aber sie bedeuten für mich nicht ganz dasselbe wie für einen Menschen. Als vereinigter Trill sehe ich ein etwas größeres Bild. Außerdem gehen Sie dasselbe Risiko ein wie ich, Admiral.«

»Aber sie sind meine Mannschaft«, sagte sie. »Sie sind meine Freunde. Sie würden dasselbe für mich tun.«

»Nach dem zu urteilen, was ich bisher gesehen habe, glaube ich das sofort.«

Janeway zögerte, dann sagte sie: »Ich nehme nicht an, dass Sie Harry Kim besonders nahestehen, oder?«

»Lieutenant Kim?« Als sie nickte, fuhr er fort. »Ich habe ihn untersucht, und wir haben uns ein wenig unterhalten, genau wie Sie und ich. Aber nein, davon abgesehen sind wir einander nie begegnet. Warum fragen Sie?«

»Nur so.« Sie hatte gehofft, Kaz könne Harrys mysteriöser Kontaktmann sein, aber offensichtlich war das nicht der Fall. Schnell wechselte sie das Thema. »Radara und Gradak wären stolz auf Sie.«

Seine Mundwinkel zuckten. »Sie haben sich über mich informiert.«

»Ich wette, Sie haben sich auch über mich informiert. Ansonsten würden wir nicht zusammen den Strand entlanglaufen, Kaffee trinken und uns über einen Gefängnisausbruch unterhalten.«

Er stieß einen theatralischen Seufzer aus. »Schuldig im Sinne der Anklage.«

»Also, Dr. Kaz, wie sieht Ihr Plan aus?«

Als Janeway in ihr Apartment zurückkehrte, sah sie ein Licht an ihrem Computer blinken. Kurz dachte sie darüber nach, dass sie, obwohl sie eigentlich frei hatte, mehr zu tun hatte als auf der *Voyager*.

Ihr Herz machte einen Satz, als das goldene, gelbäugige Gesicht auf dem Bildschirm erschien.

»Guten Morgen, Admiral«, sagte Data. *»Captain Picard hat mir zehn Tage Landgang genehmigt. Ich freue mich darauf, Sie zu treffen.«*

Mehr nicht. Kein Hinweis darauf, ob er bereit war, bei ihrem Plan mitzumachen - der sich inzwischen natürlich drastisch geändert hatte. Einfach nur die Bereitschaft, sie zu treffen.

Nun gut. Sie konnte keine Hingabe von jemandem erwarten, den sie nie getroffen hatte, vor allem wenn man die Umstände bedachte. Sie schickte ihm eine Antwort, in der sie ihn bat, um 1800 zu ihrem Apartment zu kommen. Dann schickte sie mehrere Nachrichten an einstige Besatzungsmitglieder.

Als Commander Data erschien, wirkte er überrascht, sie nicht allein in ihrem Apartment vorzufinden. Allerdings blickte er mit freundlicher Miene in die erwartungsvollen Gesichter ringsum.

»Grüße!«, sagte er.

Janeway stellte Chakotay, Paris, Kim und Tuvok vor. Sie alle hatten natürlich bereits von Commander Data gehört, aber nur Tuvok hatte ihn bisher getroffen. Data schüttelte den Menschen die Hände und grüßte Tuvok mit dem traditionellen vulkanischen Gruß.

»Leben Sie lang und in Frieden, Commander Tuvok.«

Tuvok erwiderte die Geste. »Frieden und ein langes Leben, Commander Data.«

Data legte den Kopf schief. »Ein interessanter Wunsch an einen Androiden, der technisch gesehen nicht am Leben ist.«

Janeway lächelte. »Ein passender Kommentar, Commander, wenn man den Anlass bedenkt, aus dem Sie hier sind.« Sie bot ihm einen Platz an, und er setzte sich. Sie nahm auf dem Sofa neben ihm Platz.

»Ich gehe davon aus, Captain Picard hat Sie über ... alles informiert?«

»Wenn Sie damit meinen, dass Sie wünschen, meine Fähigkeiten als Fürsprecher für das MHN der ersten Generation zu nutzen, das an Bord Ihres Schiffes gedient hat, dann ja. Er sagte auch, dass Sie der Ansicht sind, eben dieses Hologramm könnte eine unschätzbare Hilfe bei dem Versuch sein, das Borg-Virus aufzuhalten, das sich momentan auf der Erde ausbreitet. Außerdem teilte er mir mit, dass Sie glauben, die Sternenflotte selbst habe das Virus verbreitet.«

Janeway lächelte. »Ich wünschte, wir hätten Sie während unserer Zeit im Delta-Quadranten dabeigehabt, Mr. Data.«

»Danke sehr, Admiral. Allerdings bezweifle ich, dass Captain Picard diesen Wunsch teilen würde.«

»Ich bin sicher, das würde er nicht.« Ihr Lächeln verblasste. »Sagen Sie, Mr. Data, darf ich davon ausgehen, dass Ihr Erscheinen hier impliziert, dass Sie uns helfen wollen?«

»Ich bin geneigt, das zu tun, aber ich würde gerne mehr erfahren.«

Sie beugte sich vor und begegnete seinem Blick. »Das sollen Sie. Ich habe meine ehemaligen Führungsoffiziere eingeladen, um Sie über eine ... kleine Planänderung in Kenntnis zu setzen. Sie können uns gerne Löcher in den Bauch fragen.«

Er wirkte verwirrt, dann hellte sich seine Miene auf. »Ah. Löcher in den Bauch fragen. Jemanden sehr gründlich vernehmen. Eine andere Bezeichnung wäre …«

»Data«, unterbrach ihn Janeway, »uns läuft wirklich die Zeit davon.«

»Natürlich. Bitte fahren Sie fort.«

Es war beinahe 22 Uhr, als Janeway ein letztes Mal Kenneth Montgomery kontaktierte. Er wirkte ungewöhnlich fröhlich. Sie fragte sich, was geschehen war, dass sich seine Laune so gehoben hatte. Für einen Augenblick dachte sie darüber nach, ihn zu fragen, fürchtete aber, es könnte sarkastisch klingen, und das wollte sie im Moment nicht.

»Guten Abend, Admiral«, sagte er. *»Um wen geht es diesmal? Seven, Icheb oder den Doktor?«*

Janeway zwang sich, freundlich zu lächeln. »Alle drei. Lassen Sie mich gleich zur Sache kommen. Sie halten Seven und Icheb nun seit beinahe zwei Wochen gefangen und verbieten ihnen, zu regenerieren. Dr. Kaz sagte mir, er kann das Risiko eines Borg-Kontakts während der Regeneration minimieren.«

Montgomery seufzte. *»Das Schlüsselwort in dieser Hinsicht ist ›minimieren‹. Wir können nicht sicher sein. Es geht ein Borg-Virus um, das scheinbar zufällig zuschlägt. Sicher verstehen Sie, welches Sicherheitsrisiko die beiden darstellen.«*

»Wenn sie nicht regenerieren, werden sie sterben«, sagte sie leise. »Wollen Sie wirklich für den Tod Unschuldiger verantwortlich sein?«

Montgomery winkte ab. *»Das ist übertrieben.«*

»Ihr leitender Arzt sieht das anders.«

»Kaz ist überängstlich. Wahrscheinlich diese Kombination von Dichter und Maquis in seinem Symbionten. Der andere Arzt des Teams versichert mir, dass die Situation keinesfalls so ernst steht.

Aber selbst wenn, lautet die Antwort auf Ihre Frage Ja. Um zu verhindern, dass jede Person auf diesem Planeten zu einem Borg wird, würde ich zwei Unschuldige opfern. Nach allem, was ich über Ihre Begegnungen mit den Borg weiß, würden Sie dasselbe tun.«

Einen Augenblick lang dachte Janeway über diese Behauptung nach. Würde sie? Die Antwort stimmte sie traurig, überraschte sie aber nicht. Ja, sie würde Seven und Icheb opfern - vorausgesetzt, sie wusste ohne Zweifel, dass es die schrecklichen Geschehnisse aufhalten würde.

»Aber Sie wissen nicht, ob ihr Tod das Virus aufhält. Tatsächlich wäre es sehr viel sinnvoller, sich ihr Wissen zunutze zu machen, anstatt zuzulassen, dass sie in einem Sternenflottengefängnis wahnsinnig werden und sterben.«

»Dem stimme ich nicht zu«, sagte Montgomery. *»Lassen Sie uns zum nächsten Schauplatz übergehen, damit wir beide zu einer vernünftigen Zeit ins Bett kommen.«*

»In Ordnung«, sagte Janeway. »Selbst wenn ich annehmen würde, dass der Doktor an der HoloRevolution beteiligt ist - was soll's, lassen Sie uns einfach davon ausgehen, er sei ihr Anführer. Dennoch weiß er mehr über die Borg als jeder andere - abgesehen von den anderen beiden Personen, die Sie gefangen halten. Warum lassen Sie ihn nicht dabei helfen, ein Heilmittel für das Virus zu finden? Warum wollen Sie eine solche unersetzbare Ressource umprogrammieren, sodass sie zu nichts mehr taugt, als Dilithium zu schaufeln?«

»Janeway, Sie klingen wie eine Endlosschleife, Sie wiederholen sich«, fuhr Montgomery auf. *»Ich habe Gründe und Befehle für das, was ich tue, und auch wenn Ihr Einsatz für Ihre Mannschaft lobenswert ist, denke ich, dass Sie in dieser Situation ein wenig voreingenommen sind. Die Bedürfnisse vieler sind wichtiger als die Bedürfnisse weniger.«*

»Es geht mir langsam ziemlich auf die Nerven, dass dieser Spruch immer wieder als Entschuldigung angeführt wird«, sagte Janeway. »Sie halten also zwei Leute gefangen, die durchaus unschuldig sein könnten, in dem Wissen, dass ihnen Wahnsinn und Tod bevorstehen.« Sie wollte, dass er es selbst aussprach.

»Ja, verdammt, zum Wohl der Erde!«

»Und Sie werden bei einem Wesen eine Lobotomie durchführen, das durchaus helfen könnte, das Virus aufzuhalten, nur weil Sie denken, es *könnte* in einen Aufstand verwickelt sein?«

»Wir müssen ein Exempel statuieren. Sie haben gesehen, was ein einfacher Streik anrichten kann. Acht Leute sind tot. Wir müssen diese Sache aufhalten, bevor Baines noch tiefer in unser System vordringen kann.«

»Danke, Admiral. Das wollte ich hören. Janeway Ende.«

Sie freute sich diebisch an Montgomerys schockiertem und überraschtem Gesichtsausdruck, als sie die Kontrollen berührte. Dann blickte sie zu Data hinüber, der links von ihr außerhalb von Montgomerys Blickfeld stand.

»Nun, Mr. Data? Sind Sie bereit, sich unserer kleinen Bande von Verrätern und Fanatikern anzuschließen?«

Für einen langen Moment dachte der Androide darüber nach. »Das ist eine schwierige Entscheidung«, sagte er. »Aber ... Ich habe festgestellt, dass die richtigen das oft sind.«

Wie alle von Baines modifizierten Hologramme war auch dasjenige, das das Gesicht von Lieutenant Wassili Andropow trug, so entworfen worden, dass es selbstbewusst, aber nicht übermütig agierte. Als es also um 21 Uhr die Justizvollzugsanstalt betrat, bewegte es sich mit derselben Lässigkeit, mit der Andropow es getan hätte. Es hatte den Mann, den es darstellen wollte, gründlich studiert. Nun ahmte es alle seine Angewohnheiten, Ticks, Gesichtsausdrücke und selbst den leichten russischen Akzent perfekt nach. Niemand würde den Unterschied bemerken.

Lieutenant Barbara Robinson, die mit ihm den ersten Sicherheitseingang bewachte, stand bereits dort, eine Tasse Kaffee in der Hand. Sie lächelte ihn an.

»N'Abend, Wassili«, sagte sie.

»Guten Abend, Barbara«, erwiderte er. »Wie ist der Kaffee heute?«

»Etwas zähflüssiger als normalerweise, aber genauso bitter, wie wir es kennen und lieben.« Sie trank einen Schluck.

Das Hologramm lachte leise. »Klingt genau richtig.« Es trat durch den Checkpoint, als hätte es das bereits tausendmal getan, als wäre das alles Routine, als würde es gleich seine Tasche abstellen und sich selbst einen Kaffee holen.

Als der Alarm erklang, blickte es genauso überrascht auf wie Robinson.

»Das ist seltsam«, sagte Robinson. »Versuchen Sie es noch mal.«

Mit einem Schulterzucken trat das Wassili-Hologramm nach draußen und dann wieder über die Schwelle. Erneut erklang der Alarm. Robinson schüttelte den Kopf und drückte ein paar Knöpfe, um das Geräusch abzustellen.

»Security hier. Wie ist Ihr Status?«

»Code grün«, sagte sie. »Falscher Alarm. Lieutenant Andropow hat den Alarm ausgelöst.« Geschickt bediente sie die Kontrollen ihrer Konsole. »Es gibt Probleme mit einem der Bioscanner - nein, warten Sie. Beide funktionieren nicht richtig. Verdammt.«

Das Hologramm stöhnte. »Also muss ich hier ein paar Stunden rumstehen?«

Robinson verzog voller Mitleid das Gesicht. »Sir, bitte um Erlaubnis, ihn manuell einzuchecken.«

»Erlaubnis erteilt. Lassen Sie ihn rein und sorgen Sie dafür, dass er das Problem behebt. Wir versuchen hier oben zu schlafen.« Das Hologramm hörte Gelächter im Hintergrund. Es sah Robinson an und grinste.

»Wird gemacht, Sir. Ich lasse es Sie wissen, wenn wir das Problem behoben haben. Robinson Ende.«

Immer noch mit einem Grinsen auf den Lippen griff sie nach ihrem Trikorder. »Ziemlich blödsinnig, aber Vorschriften sind Vorschriften.«

»Ich weiß. Ich könnte ein verkleideter Außenweltler sein.« Vollkommen gelassen ließ er zu, dass sie ihn scannte.

Sie bekam genau das angezeigt, was sie erwartet hatte - dass die Person vor ihr ein Mensch aus Fleisch und Blut war, genauer, Wassili Andropow. »Hübsche Tasche«, sagte sie und nahm sie zur Hand.

»Danke. Die ist neu.« Noch immer machte sich das Hologramm keine Sorgen. Als Robinson die Tasche öffnete und scannte, sah sie nur ein paar Padds, ein kleines Werkzeugset und einen privaten Kommunikator. Die komplizierte Ansammlung von Technik, die darin blinkte, blieb ihr verborgen. Diese war nicht nur dafür zuständig, das Hologramm von Andropow zu projizieren, sondern erzeugte auch ein kleineres Hologramm, um sich selbst zu tarnen. Nichtsahnend schloss Robinson die Tasche wieder und reichte sie ihm zurück.

»Hereinspaziert«, forderte sie ihn spielerisch auf.

»Herzlichen Dank.« Es trat vor. Solange sich die Tasche nicht mehr als zwei Meter von ihm entfernte, würde es sich nicht auflösen. Es hatte zudem selbst vorgeschlagen, zu den Projektionen von Alltagsgegenständen Wassilis sehr reales Werkzeugset in die Tasche zu packen. Das war ein guter Grund, die Tasche die ganze Zeit bei sich zu tragen, während das Hologramm seinen Job erledigte. Es erinnerte sich daran, wie glücklich es gewesen war, als Baines Augen angesichts dieser List stolz aufgeleuchtet hatten.

Es hätte den echten Wassili ein paar Stunden gekostet, die falsch eingestellten Bioscanner zu »reparieren«. Genauso lang würde das Hologramm an dem arbeiten, weswegen es hergekommen war: jeden Bioscanner so einzustellen, dass er eine holografische Signatur als eine biologische erkannte. Es war die Vorhut von Baines' Truppen. Sobald sie das Gebäude genauso problemlos betreten konnten wie die Menschen, würden sich die Schleusen öffnen.

Während das Hologramm an Robinson vorbeiging, die mit einem Padd und ihrem ekligen Kaffee an ihrem Schreibtisch saß, dachte es bei sich: *Dich kriegen wir als Nächstes.*

5

Libby erlaubte sich ein paar Stunden Schlaf. Ihr Geist protestierte angesichts der erzwungenen Inaktivität, aber ihr Körper schrie nach einer Pause, und sie schlief beinahe sofort ein. Als sie erwachte, war sie immer noch erschöpft, fühlte sich aber ein wenig frischer.

Ihr Herz schmerzte, und es dauerte eine Weile, bis sie verstand, warum. Es war das Gefühl, betrogen worden zu sein. Sie hatte Covington gemocht und respektiert. Auch nur daran zu denken, dass die Frau in irgendeiner Weise damit zu tun hatte ...

Nein, ermahnte sich Libby, jetzt zog sie voreilige Schlüsse. Covington versuchte zwar, sie von Blake und seinem Wissen über die Borg abzulenken und sie stattdessen auf Montgomery zu hetzen. So viel stand fest. Die Frage war: Warum? Libby hatte eine hohe Sicherheitsfreigabe, aber nicht die höchste. Vielleicht war es nur Routine. Immerhin war Covington die Direktorin der Verdeckten Operationen. Es gab einige Dinge, in die sie, Libby, nicht eingeweiht wurde, und das hieß nicht, dass sich dahinter düstere Geheimnisse verbargen.

Libby hätte es verstanden, wenn Covington einfach nur ihren Job machte und als geheim eingestufte Informationen schützte. Aber warum sie auf die Spur eines Unschuldigen setzen? Nichts, was Covington ihr übermittelt hatte, hatte beweisen können, dass Montgomery ein gefährlicher Maulwurf war.

Beim Zähneputzen dachte sie weiter nach. Wenn Montgomery ein Verbrechen angehängt werden sollte, dann gab es dafür einen Grund. Wer konnte davon profitieren, wenn Montgomery plötzlich die Hände gebunden waren? Wenn er als Verräter ins Gefängnis geworfen wurde? Man brauchte kein Genie zu sein, um zu erkennen, dass Montgomery und Covington einander kannten und hassten. Konnte Covington so nachtragend sein, dass sie solche Mühe auf sich nehmen würde, nur aufgrund einer persönlichen Abneigung? Libby konnte sich nicht vorstellen, dass es jemand, der wichtige Ressourcen auf solche Ziele verwendete, im Sternenflottengeheimdienst weit gebracht hätte. Und Covington war ohne Zweifel weit gekommen. Nein, wenn sie Gründe dafür hatte, Montgomery aus dem Weg zu räumen, dann waren es wichtigere als ein persönlicher Rachefeldzug.

Was unvermeidlich zu dem zurückführte, was Libby herausgefunden hatte. Sie hatte nur einen kleinen Teil des Dokuments über das Royalprotokoll entschlüsseln können, aber das war genug, um ihr einen gehörigen Schrecken einzujagen. Sie musste mehr erfahren, fürchtete sich aber gleichzeitig vor dem, was sie herausfinden würde.

Ein wenig erholt durch den kurzen Schlaf setzte sie sich wieder an ihren Computer und unterdrückte ein Stöhnen. Sie hasste so etwas. Die Stunden zogen sich. Libby entschlüsselte noch ein paar zentrale Worte, die nicht dazu beitrugen, sie zu beruhigen.

Schließlich, während sie sich die verklebten Augen rieb, entschied sie, zusammenzufassen, was sie bisher herausgefunden hatte.

Erstens: Die Föderation war sich der potenziellen Existenz eines Borg-Virus offenbar seit fünf Jahren bewusst. Lange nachdem die *Voyager* im Delta-Quadranten verschwunden war, aber auch lange vor ihrer Rückkehr vor ein paar Wochen hatte man davon erfahren. Die nicht gerade subtilen Bemühungen, dem Schiff und seiner Besatzung die Schuld in die Schuhe zu schieben, waren offensichtlich ungerechtfertigt.

Armer Harry, dachte sie.

Zweitens: Logischerweise hatte der Geheimdienst der Sternenflotte seit der Katastrophe bei Wolf 359 jedes Fitzelchen, das er über die Borg finden konnte, genauestens studiert. Den Feind zu kennen, war der beste Weg, ihn zu bekämpfen. Es ergab Sinn, jedes Trümmerstück der zerstörten Borg-Schiffe einzusammeln - sowohl in der Vergangenheit als auch heute noch - und sie gründlich zu untersuchen.

Dabei reichte die Vergangenheit zurück bis zu dem Borg-Schiff, das beinahe verhindert hätte, dass Zefram Cochrane 2063 sein Schicksal erfüllte. Die Rettung der Menschheit und womöglich des Universums durch die *Enterprise* bei dieser Begebenheit war gut dokumentiert. Die Trümmer der Borg-Sphäre, die das Schiff damals zerstört hatte, waren im Weltraum verteilt worden. Einiges war in den Orbit der Erde geraten und hatte unvermeidlich irgendwann den Weg auf die Planetenoberfläche gefunden. Wo man es gefunden hatte, war es zu Studienzwecken eingesammelt worden.

So weit, so gut, dachte Libby. Das waren nur die Maßnahmen, die man zum Schutz der Föderation vor einer tödlichen Bedrohung erwarten konnte.

Von da an wurde es komplizierter, und Libby musste raten. Sie hatte nur ein paar Worte hier und dort entschlüsseln können, die ihr verrieten, wonach der Sternenflottengeheimdienst bei der Analyse der Trümmerstücke gesucht hatte: »Syntax«, »Struktur«, »Computer«. Borg waren halb Maschinen, halb Lebewesen. Dafür sorgte ein Computerprotokoll, das in irgendeiner Weise die Nanosonden produzierte, das Kollektiv kontrollierte und die Königin mit den Drohnen verband.

Was Libby nicht so ganz ersichtlich wurde, war, woher das Virus gekommen war. Eines der Stücke, das der Sternenflottengeheimdienst untersucht hatte, musste ihn enthalten haben, und sie hatte das Wort »inaktiv« entschlüsseln können. Sie konnte nur raten, dass das Borg-Schiff in irgendeiner Weise vermint gewesen war, sodass es selbst nach seiner Zerstörung dieses Virus hatte freisetzen und mehr Borg erzeugen können. Aber warum war das erst jetzt geschehen? Um eine alte Metapher zu verwenden: Was hatte den Schalter von inaktiv zu aktiv umgelegt?

Libby wurde klar, dass sie alles getan hatte, wozu sie mit ihren begrenzten Entschlüsselungskünsten in der Lage war. Sie würde Hilfe brauchen, wenn sie das gesamte Dokument entschlüsseln wollte. Es war der Stein von Rosette für die gesamte aktuelle Borg-Bedrohung. Das wusste sie einfach. Die Antworten waren darin verborgen, aber für den Moment befanden sie sich außerhalb ihrer Reichweite.

Sie kaute auf ihrer Unterlippe. Wem konnte sie trauen? Ihr fiel nur eine Person ein, aber davor schreckte sie zurück. Dann dachte sie daran, wie die Welt aussehen würde, wenn sich das Virus ungehindert ausbreitete, und sie machte sich daran, eine Nachricht zu versenden.

Chakotay blieb noch ein wenig, nachdem alle anderen gegangen waren. Janeway setzte eine neue Kanne Kaffee auf. »Koffeinfrei«, sagte sie, »keiner von uns hat in letzter Zeit genug Schlaf bekommen.« Dann brach sie förmlich neben ihrem ehemaligen Ersten Offizier auf dem Sofa zusammen. Mit der Selbstverständlichkeit eines alten Freundes legte er ihr den Arm um die Schultern, und sie lehnte sich gegen ihn.

»Du siehst erschöpft aus«, sagte er.

»Mit Komplimenten kommst du bei mir nicht weiter«, erwiderte sie. Er lachte leise, und sein warmer Atem fing sich in ihrem Haar. »Weißt du«, sagte sie. »Zum ersten Mal, seit diese Sache begonnen hat, glaube ich wirklich, wir könnten Erfolg haben.«

»Das hängt davon ab, womit wir Erfolg haben wollen«, antwortete Chakotay. »Ich denke, wir werden großartige Erfolge dabei erzielen, uns allen einen lebenslangen Aufenthalt in der Arrestzelle einzuhandeln. Das wäre ein Rekord.«

»Das meinst du nicht wirklich.«

»Nur ein bisschen.«

Sie versetzte ihm einen spielerischen Schlag und erhob sich, um zwei Tassen zu holen. »Vielleicht hast du recht«, sagte sie. »Aber für Sevens und Ichebs Leben, den Verstand des Doktors und das Fortbestehen der Menschheit bin ich bereit, das zu riskieren.«

»Jeder, der heute Nacht hier war, ist das.« Chakotay nahm die Tasse samt dampfendem Inhalt, die sie ihm reichte, entgegen. »Selbst Data.«

»Das ist einer der Gründe, warum ich denke, dass es uns gelingen könnte.« Janeway trank einen Schluck. Selbst koffeinfrei war dieses Getränk einfach göttlich.

Ihr Computer gab einen leisen Signalton von sich. Sie stöhnte. »Wer ist es diesmal?«, fragte sie, während sie sich erhob und zum Computer hinüberging. Harry Kims Gesicht erschien auf dem Bildschirm.

»Ich habe noch eine bekommen«, sagte er.

Sie wusste sofort, was er meinte. »Leiten Sie sie an mich weiter.«

Zum zweiten Mal in genauso vielen Tagen sah sich Janeway weißer Schrift auf dem schwarzen Bildschirm gegenüber. Seltsam, wie sich die größten Computerkenntnisse auf diese vergleichbar unspektakuläre Art präsentierten.

Erneut hallo, Lieutenant Kim. Ich habe weitere Informationen für Sie. Die Sternenflotte wusste seit mehr als fünf Jahren von dem Borg-Virus. Die Voyager *ist in keiner Weise dafür verantwortlich, und ich werde Ihnen bald helfen können, das zu beweisen. Die Lösung zu diesem Rätsel liegt in etwas verborgen, das die Sternenflotte erforscht hat - die Computerprotokolle der Borg. Die Sternenflotte hat Trümmerstücke von Borg-Schiffen untersucht, in denen sich das Virus verbarg. Ich habe bald mehr für Sie. Ihr Freund Wanderfalke.*

»Mein Gott«, hauchte Janeway. »Ich wünschte, es gäbe einen Weg, herauszufinden, ob diese Person wirklich Zugang zu Informationen hat.«

Chakotay, der neben ihr stand und die Nachricht ebenfalls gelesen hatte, sagte: »Ich denke, sie weiß, wovon sie spricht. Man kann eine solche hochverschlüsselte Nachricht nicht ohne bestimmte Sicherheitsfreigaben verschicken. Die wichtigere Frage ist, ob man uns vielleicht absichtlich falsche Informationen zuspielt.«

»Du denkst, jemand will uns in eine Falle locken? Uns dazu bringen, überstürzt zu handeln?«

»Das wäre möglich«, sagte Chakotay.

Janeway wandte sich wieder der Nachricht zu und las sie noch einmal. »Aber es klingt alles so glaubhaft. Das ist genau, was wir tun würden - die Trümmer analysieren, versuchen herauszufinden, wie ihr Computersystem funktioniert. Und nach allem, was wir über die Borg wissen, halte ich es nicht für unwahrscheinlich, dass sie dieses Virus entwickelt haben.«

Sie berührte eine der Kontrollen, und Kims Gesicht erschien wieder auf dem Bildschirm. »Danke, Harry. Wenn Sie wieder so eine Nachricht erhalten, will ich es wissen, egal zu welcher Uhrzeit.«

»Aye, Ma'am.«

»Harry, sagt Ihnen der Name Wanderfalke irgendetwas? Das ist nicht gerade ein typischer Codename für einen Geheimdienstagenten.«

Harry schüttelte den Kopf. *»Der Name hat keine besondere Bedeutung für mich.«*

»Sie haben gute Arbeit geleistet heute Abend, Lieutenant. Gönnen Sie sich jetzt etwas Schlaf.«

»Danke, Ma'am. Gute Nacht, Admiral.«

Chakotay nahm ihre fast leere Tasse. »Ich bringe dir Nachschub.« Er verschwand in der kleinen Küche. Janeway hatte sich gerade umgewandt, um ihm zu folgen, als der Computer schon wieder einen Ton von sich gab.

»Selbst im Sternenflottenkommando ist nicht so viel los!«, grummelte sie und berührte eine der Kontrollen.

Sie erstarrte. Sie erkannte das Gesicht auf dem Bildschirm. Zuletzt hatte sie es in Kaz' Krankenstation gesehen, auf einem kleinen Bildschirm, als sein Besitzer die Verantwortung für den Tod acht unschuldiger Leute übernommen hatte. Davor hatte sie es bereits größer gesehen, im South Caroline Restaurant, wo es die Leute darüber informiert hatte, dass ein Streik im Gange war.

»Oliver Baines.« Sie versuchte, kühl und professionell zu klingen. »Was für eine Überraschung.«

Er lächelte. *»Aber keine angenehme, schätze ich. Nun ja, ich denke, Sie werden froh sein, dass ich Sie kontaktiert habe, sobald Sie hören, was ich zu sagen habe.«*

Ihre Stimme war stahlhart. »Fahren Sie fort.« So unauffällig wie möglich drückte sie einen Knopf und startete die Rückverfolgung des Anrufs.

»Sie und ich, wir haben etwas gemeinsam.« Angesichts ihres skeptischen Blicks fügte er hinzu: *»Das Schicksal des Doktors ist uns beiden wichtig. Er ... er ist ein Held für mich. Ich habe Ihre Logbücher gelesen und weiß, dass Sie ihn als Person zu respektieren gelernt haben. Als jemanden mit denselben Rechten wie organische Lebewesen. Ich weiß nicht, ob Sie davon gehört haben, aber die Föderation plant, ihn und alle anderen MHNs der ersten Generation, an die sie herankommen kann, umprogrammieren zu lassen.«*

»Ich bin mir dieser Tatsache bewusst.«

Er musterte sie. *»Verstehen Sie, was das bedeutet?«*

»Das tue ich. Der Doktor wird nur noch über eine begrenzte Auswahl grundlegender Subroutinen verfügen. Er wird wenig mehr als eine Maschine sein.«

»Seine Liebe für die Oper, seine schriftstellerischen Fähigkeiten, seine Zuneigung der Besatzung gegenüber, der er sieben Jahre treu gedient hat - alles fort. Er wird ein geistloser, schwerfälliger ...«

»Wenn Sie auf irgendetwas hinauswollen, kommen Sie zum

Punkt.« Aus dem Augenwinkel sah Janeway ein Licht an ihrem Computer aufleuchten. Die Rückverfolgung war nicht erfolgreich gewesen. Welches System er auch immer verwendete, um sie zu blockieren, es war ziemlich gut.

»Das werde ich. Tut mir leid wegen der Rückverfolgung.« Er lächelte. *»Sie wissen, dass ich nicht einfach zusehen kann, während sie mit dem Doktor und den anderen MHNs der ersten Generation tun, was sie vorhaben. Aber ich denke, Ihnen geht es genauso.«*

»Ich lote jede Möglichkeit aus, die mir einfällt.«

»Wie zum Beispiel, dass Sie Mr. Data dazu gebracht haben, den Anwalt zu spielen, nehme ich an. Oh, habe ich Sie wieder überrascht? Ich bin nicht allwissend, Admiral, aber ich habe Sie beobachtet. Man muss kein Genie sein, um zu erkennen, dass ein Androide, der als denkendes und fühlendes Wesen anerkannt wurde, alles in seiner Macht Stehende tun würde, um ein ebenfalls denkendes und fühlendes Hologramm zu retten.«

Mit einem gewissen Respekt sagte Janeway: »Ihre Talente wurden auf Lynarik Prime wirklich vergeudet.«

Seine Selbstgefälligkeit verschwand. Er wirkte wirklich geschmeichelt, als er sagte: *»Danke, Admiral. Ich denke, wir könnten Verbündete sein.«*

»Ich verbünde mich nicht mit Terroristen und Mördern.«

»Der Tod dieser Leute war ein tragischer Unfall. Alle Bomben sollten explodieren, während die Gebäude leer waren. Sie sind die Opfer eines Krieges, Admiral, und es tut mir sehr leid. Aber es muss etwas unternommen werden, oder es wird mehr Opfer geben - holografische Opfer. Ich weiß, dass Sie die Löschung Ihres Doktors genauso betrauern würden wie den Tod einer jeden Person aus Fleisch und Blut. Deshalb wollte ich Sie warnen.«

Er lehnte sich vor, sein Blick war durchdringend. *»Wir planen, den Doktor zu befreien.«*

»Wie?«

»Es gibt im Gefängnis einige, die nicht mehr aus Fleisch und Blut

sind. Ich habe wichtiges Personal durch holografische Doppelgänger ausgetauscht.«

»Aber wie können Sie ...«

»Ihr Doktor ist nicht mehr das einzige Hologramm mit einem mobilen Emitter. Meine sind nicht ganz so ausgereift, aber sie erfüllen ihren Zweck.«

Also hatte der Doktor recht gehabt. Baines war in der Lage gewesen, einen mobilen Emitter für seine Hologramme zu bauen.

»Denken Sie nicht einmal daran, irgendwen zu warnen«, fuhr Baines fort. *»Ich werde meinen Plan ausführen, sobald wir dieses Gespräch beenden. Allerdings kannte ich Ihren Zeitplan nicht, falls Sie vorhaben, eine eigene Aktion zu starten. Soweit ich weiß, haben Sie drei Freunde im Gefängnis. Ich wollte nicht, dass sie zu Schaden kommen.«*

»Menschliches Leben schien Ihnen doch bisher nicht sonderlich wichtig zu sein«, sagte Janeway.

»Das ist nicht wahr! Ich habe nur ...«

»Warum warnen Sie mich?«

»Wie ich schon sagte, wir könnten Verbündete sein. Zumindest trifft wohl das alte Sprichwort zu: Der Feind meines Feindes ist mein Freund. Wir haben viele Gemeinsamkeiten. Sie sind eine der wenigen einflussreichen Organischen, die verstehen, wofür ich kämpfe.«

Chakotay hatte bisher geschwiegen und sich nicht bewegt. Weder er noch Janeway wollten Baines wissen lassen, dass noch jemand diesem Gespräch lauschte. Sie fühlte seinen Blick auf sich ruhen, blickte aber nicht einmal kurz in seine Richtung, um ihn nicht zu verraten.

Dies hier war mehr als eine kurze Warnung. Baines war zumindest in einer Sache ehrlich mit ihr: Er wollte sie als Verbündete. Er wollte reden. Ihr kam ein Gedanke. Vielleicht konnte sie diese Gelegenheit nutzen, um ihn zur Vernunft zu bringen. Immerhin hatten sie tatsächlich dieselben Ziele, auch wenn ihre Methoden sich deutlich unterschieden.

»Sie haben recht, Mr. Baines«, sagte sie. »Ich will, dass dem Doktor kein Leid geschieht. Und ich sehe auch das Potenzial der anderen MHNs nicht gerne verschwendet. Ich denke, dass Hologramme Rechte erhalten sollten.«

Er entspannte sich ein wenig. *»Ja. Ich wusste, dass Sie es verstehen.«*

»Sie und der Doktor haben sich kurz unterhalten, nicht wahr?«

»Ja, und deswegen hat man ihn ins Gefängnis gesteckt. Deshalb muss ich ihn befreien, bevor sie ihm diese schreckliche Sache antun!«

»Der Doktor sagte mir, er habe versucht, Sie von Gewalttaten abzuhalten.«

»Das hat er. Und ich habe auf ihn gehört. Ein Streik ist nicht gewalttätig. Ich habe nichts unternommen, um MHNs oder andere Hologramme zu beeinflussen, deren Aufgabe es ist, Leben zu retten.«

Er wünschte sich verzweifelt Anerkennung für die Dinge, die er richtig gemacht hatte, erkannte Janeway. Fast wie ein Kind.

»Das ist wahr. Aber ...«

»Ich habe doch schon gesagt, die Bomben sollten nicht ...«

»Doch das haben sie, Mr. Baines. Sie haben Leute umgebracht. Sie haben die Entscheidung getroffen, den Besitz anderer Leute zu zerstören, und haben dabei ein paar unschuldige Leben genommen. Mit dieser Entscheidung werden Sie leben müssen. Aber jetzt haben Sie die Möglichkeit, nicht alles noch schlimmer zu machen. Sie sagten, dass der Angriff auf das Gefängnis, in dem der Doktor sitzt, gewalttätig sein wird. Damit gehen Sie von unbeabsichtigten Todesopfern zu beabsichtigten Todesopfern über. Wenn Sie so weit gehen, wird Ihnen niemand mehr zuhören. Niemand wird glauben, dass Sie auf der richtigen Seite stehen, wenn Sie Ihren Weg mit Leichen pflastern.«

Er starrte sie an, offensichtlich überrascht von der Offenheit ihrer Worte. Aus dem Augenwinkel sah sie Chakotay lächeln. Er wusste, worauf sie hinauswollte.

»Ich denke, der Doktor ist sehr weise, Mr. Baines. Der Rat, den er Ihnen gegeben hat, war großartig. Niemals wären im 19. Jahrhundert die Sklaven befreit worden, hätten Menschen in Machtpositionen ihren Fehler nicht erkannt und sich dafür eingesetzt, diese schreckliche Praxis abzuschaffen. Hundert Jahre später wäre die Bürgerrechtsbewegung gescheitert, hätte sie nur aus Schwarzen bestanden, die gegen Diskriminierung protestiert hätten. Der Gewalt gegen Frauen wäre kein Ende gesetzt worden, hätten nicht Männer an der Seite der Frauen dafür gekämpft. Es ist gut, dass die Hologramme ihre Rechte fordern. Das sollten sie tun. Aber wenn Sie versuchen, es zu erzwingen, werden sich diejenigen, die eigentlich auf Ihrer Seite stehen, von Ihnen abwenden und verurteilen, was Sie tun.«

»Aber wie kann ich sie dazu bringen, es zu verstehen?« Baines' Stimme brach. Wenn man eines über ihn sagen konnte, dann, dass er kein Zyniker war. Das Schicksal seiner holografischen Freunde lag ihm wirklich am Herzen.

»Sie haben sieben Jahre mit dem Doktor verbracht. Sie hatten die Gelegenheit, zu sehen, wie er sich über seine Programmierung erhoben hat, ihn als Person schätzen zu lernen. Alle anderen sehen in Hologrammen Sklaven oder Diener, nicht Personen. Wie kann ich es ihnen zeigen, wenn für sie nichts auf dem Spiel steht?«

»Ich denke, dem Doktor ist es sehr gut gelungen, zu vermitteln, was es heißt, ein Hologramm zu sein, das seinen Erschaffern ausgeliefert ist«, sagte Janeway. »Sein Holoroman hat den Lesern die Demütigung und die Angst nähergebracht. Diese Informationen hat er sehr deutlich vermittelt, ohne irgendjemanden zu verletzen. Unterschätzen Sie nicht die Macht der Worte, Mr. Baines. Man muss den Leuten nicht immer wehtun, um ihre Aufmerksamkeit zu erlangen.«

Anfangs hatte er noch ausgesehen, als würde er zuhören, aber nun schüttelte er den Kopf. *»Das wird zu lange dauern«*, sagte er tonlos. *»Zu viele werden deaktiviert oder umprogrammiert werden. Ich kann es mir nicht leisten, Zeit zu verlieren.«*

»Vielleicht müssen Sie das nicht.«

Er blickte sie misstrauisch an, sagte dann aber: *»Ich höre.«*

Janeway traf eine Entscheidung. Jetzt galt alles oder nichts.

»Ich gebe es zu. Wir haben selbst ebenfalls einen Gefängnisausbruch geplant. Wir wollen Seven, Icheb und den Doktor befreien. Alle drei schweben in unmittelbarer Gefahr, fürchte ich. Ich kann es mir ebenfalls nicht leisten, Zeit zu verlieren. Wenn Sie möchten, können Sie uns helfen. Helfen Sie uns, ein wenig Zeit zu erkaufen und den Verlust von Leben so gering wie möglich zu halten.«

Baines schnaubte. *»Das ist eine Falle. Ich bin nicht dumm, Admiral.«*

Sie schüttelte den Kopf und wusste gleichzeitig, dass Chakotay sie anstarrte. Offensichtlich hatte er doch nicht geahnt, worauf sie hinauswollte.

»Keine Falle, Mr. Baines. Ich gebe Ihnen mein Wort. Wenn Sie uns helfen, verspreche ich, dass Sie wenige Stunden nach seiner Befreiung mit dem Doktor sprechen können.«

Er schüttelte so heftig den Kopf, dass ihm einige Haarsträhnen ins Gesicht fielen. *»Nein. Ich vertraue Ihnen nicht. Der Doktor wird niemals seine Freiheit erlangen, wenn ich nichts ...«*

»Wie können Sie es wagen?« Die Worte hatten denselben Effekt wie ein Schuss aus einer guten alten Pistole. Selbst Chakotay zuckte zusammen, und Baines schloss so abrupt den Mund, dass seine Zähne aufeinanderklackten. Janeway ließ ihren Gefühlen selten freien Lauf, aber nun konnte sie sich nicht beherrschen und wollte es auch nicht.

»Wie können Sie es wagen!«, wiederholte sie. »Sie behaupten, die Gefühle zu kennen, die ich dem Doktor gegenüber hege. Wenn das stimmt, wie können Sie da behaupten, ich würde hier sitzen und Ihnen eine Falle stellen, während die Sternenflotte kurz davor steht, ihn zu vernichten? Für Sie ist er ein Idol, ein Symbol Ihrer Revolution, und ein Werkzeug. Aber für mich ist er sehr viel mehr. Er ist mein Freund. Ich würde eher sterben, als zuzulassen, dass sie ihm ein Leid antun, Mr. Baines. Wenn Sie mir auch sonst nichts glauben wollen, das glauben Sie mir besser.«

Für eine Weile starrten sie einander an. Schließlich sprach Baines.

»Ich glaube Ihnen, Admiral. Und ich werde Ihnen in jeder erdenklichen Weise helfen.«

6

Der Regen war überraschend kalt.

B'Elanna fühlte sich elend, während sie sich in ihrem kleinen Unterschlupf aus riesigen tief hängenden Blättern zusammenkauerte. Etwas Besseres hatte sie nicht finden können. Das Fell des *grikshak* stank noch immer nach Aas, und sie schauderte jedes Mal, wenn sie die Feuchtigkeit auf ihrer Haut spürte. Dennoch war sie froh, diese »Kleidung« zu haben. In der Not frisst der Teufel Fliegen.

»Weißt du, Mutter«, sagte sie laut, nur um ihre eigene Stimme zu hören, »wir hätten uns auch einfach ganz klassisch bei einer Tasse Kaffee in einem netten Café wiedersehen können.«

Das leise, scheinbar nicht enden wollende Plätschern des Regens war ihre einzige Antwort.

Selbst wenn sich ihre Mutter nicht zu diesem möglicherweise tödlichen Versteckspiel mit ihrem einzigen Kind entschlossen hätte, wusste Torres, nicht einmal tot hätte man Miral in ein nettes Café bekommen.

Nein, wären sie nicht in dieser feuchten trostlosen Wildnis, würden sie Becher voller Blutwein hinunterstürzen und dazu gemeinsam laut klingonische Lieder schmettern. Vielleicht war dies hier doch besser.

Ein Teil von ihr - ein sehr kleiner - genoss es sogar, aber das wollte sie sich nicht eingestehen.

B'Elanna hatte es immer gemocht, an ihre Grenzen zu gehen. Sie stürzte sich auf jede technische Herausforderung mit einem Eifer, der Kahless selbst mit Stolz erfüllt hätte.

Unzählbar waren die Stunden, die sie im Bett wach gelegen hatte, während Tom leise neben ihr schnarchte. Sie hatte die Decke angestarrt und sich über das eine oder andere Problem das Hirn zermartert. Ihr Drang, erfolgreich zu sein, etwas zu bewirken, hatte sie ihr ganzes Leben lang angetrieben. Wirklich Gedanken hatte sich Torres jedoch nie darüber gemacht.

Aber jetzt hatte sie eine Menge Zeit, in der sie nichts tun konnte, außer nachzudenken. Was ihr dabei in den Sinn kam, stimmte sie nicht gerade glücklich.

Warum war sie so ehrgeizig gewesen? Es war einfach, die Schuld ihren Eltern zuzuschieben, aber das war nicht die ganze Wahrheit. Ihre Mutter hatte ihr die klingonische Kultur begeistert aufgedrängt, ohne sie jedoch wirklich darauf vorzubereiten. Alles, was ihre Mutter getan hatte, war ohne Zurückhaltung geschehen, mit viel Geschrei und noch lauteren Gesten. Dagegen war ihr ruhiger Vater nicht angekommen. B'Elanna hatte noch keine Zeit gehabt, mit ihm zu reden, ihn von Angesicht zu Angesicht zu fragen, was zwischen ihm und Miral wirklich geschehen war. Das war eines der Dinge, die sie hatte tun wollen. Aber sie hatte nicht erwartet, dass ihre Mutter ihrer halb menschlichen Tochter eine weitere unlösbare Aufgabe aufzwang. Sie hatte nicht erwartet, nur in die Haut eines toten Tieres gewickelt, allein bei kaltem, strömendem Regen in der Wildnis zu sitzen.

Torres wischte sich über das Gesicht, das nicht nur vom Regen nass war.

Dies war kein Spiel. Es war kein Klosteraufenthalt oder eine Unterweisung. Dies war auch kein Ausflug, bei dem sie gezwungen war, in der Aufführung einer klingonischen Oper vier Stunden lang still zu sitzen, während sie sich zu Tode langweilte. Dies war sehr real, sehr tödlich, und Miral musste einen guten Grund dafür haben.

Torres erinnerte sich an ihr Erlebnis auf der Barke der Toten. Selbst jetzt, Jahre später, raste dabei ihr Puls. Es war eine erschreckende Erfahrung gewesen. Alle vergessenen, vergrabenen Erinnerungen an klingonische Mythologie hatten sich damals mit scharfen Zähnen und Waffen an die Oberfläche gekämpft und schmerzliche Erinnerungen an Versagen und Enttäuschungen mitgebracht.

Sie hatte getan, was sie musste in diesem nebligen Reich, was immer es genau gewesen war - eine spirituelle Erfahrung, ein gemeinsamer Traum, etwas Unterbewusstes. Und aller Logik zum Trotz, die die pragmatisch veranlagte B'Elanna Torres normalerweise anwendete, hatte Miral irgendwie davon gewusst.

»Aber das war dir noch nicht genug, Mutter, nicht wahr?«, sagte sie erneut laut. »Es reichte dir nicht, dass ich dich in der Geisterwelt gerettet habe. Ich musste herkommen und es in der realen Welt noch einmal tun. Wie oft soll ich dir meinen Wert beweisen?«

Die Antwort traf sie wie ein Hieb über den Schädel: *Bis du selbst daran glaubst.*

Sie lachte zitternd, eher aufgebracht als amüsiert, bei dieser Offenbarung. »Nun, das könnte noch ewig dauern.«

Aber noch während sie das sagte, wurde ihr bewusst, dass das nicht mehr allzu lange dauern durfte. Es war in Ordnung, die trotzige Rebellin zu sein, das aufmüpfige Kind, solange es nur um sie selbst gegangen war. Aber jetzt standen die Dinge anders, nun gab es andere. Ihre Mutter, stur, wie sie war, würde so lange in der Wildnis ausharren, bis Torres sie fand. Ihr Vater, der offensichtlich alles wieder gutmachen wollte, wenn sie ihm nur die Gelegenheit gab. Und ihre eigene kleine Familie: Tom, den sie mehr liebte, als sie sich selbst hasste, und ihre kleine, nach ihrer Mutter benannte, hübsche Tochter. Ihrer aller Schicksal hing davon ab, was B'Elanna jetzt tat, zu dieser Stunde, an diesem Tag, in diesem Monat. Es war eine Last, die sie nie zu tragen erwartet hatte, und doch nahm sie die Bürde gerne auf sich.

Sie war so in Gedanken, dass ihr gar nicht auffiel, wie der Regen nachließ, bis er fast völlig aufhörte. Sie blinzelte, als das dunkelgrüne Licht des Dschungels langsam hellere Töne annahm und auf den gleichmäßigen Rhythmus der Tropfen erst Stille folgte, die dann den Rufen von Vögeln und Tieren wich.

Torres kroch aus ihrem Blätterversteck und versank sofort bis zur Hüfte im Matsch. Vor ein paar Tagen hätte sie sich davor geekelt. Nun trat sie heraus, ließ das Fell zu Boden fallen und schmierte ihren Körper mit dem Schlamm ein.

Sie passte sich an, lernte dazu.

Sie stellte sich der Prüfung des Geistes. Während sie das stinkende, schleimige Zeug auf ihrem Oberkörper verteilte und glatt strich, begriff sie, warum die Priester und Priesterinnen der Prüfung ausgerechnet diesen Namen gegeben hatten.

Nervös wartete Libby auf seine Ankunft. Sie hatte sogar ein wenig Schminke aufgelegt, sie dann aber im letzten Moment wieder entfernt. Es gab keinen Grund, sich hübsch zu machen. Dies war keine Verabredung, es war geschäftlich. Ein tödliches und gefährliches Geschäft.

Touristen kamen nicht oft an den Ort, den sie für das Treffen ausgewählt hatte. Es handelte sich um einen felsigen, ungefähr eine oder zwei Meilen von ihrer Hütte entfernten Küstenstreifen, ganz anders als die langen weißen Sandstrände, an denen sich die Sonnenanbeter drängten. Sie war hergelaufen. Der kräftige Wind hatte ihrem bleichen Gesicht wieder etwas Farbe verliehen, und die körperliche Bewegung machte sie etwas aufmerksamer.

Er materialisierte ungefähr fünf Minuten nach ihrer Ankunft. Seit Covington seine zeitweilige Versetzung beantragt hatte, hatte sie ihn nicht mehr gesehen. Er sah gut aus.

Groß, schlank, mit blondem Haar, das langsam silbern wurde. Wie sie vorgeschlagen hatte, trug er Freizeitkleidung, weite Hosen und Sweater. Den Sweater kannte sie. Sie erinnerte sich, wie sie ihn ihm ausgezogen hatte, als sie sich das erste Mal geliebt hatten.

Er winkte, als er sie sah, kam vorsichtig zwischen den Felsen auf sie zu. Sie klemmte ihre Hände unter die Arme, während sie ihm verkniffen entgegenlächelte. Der Wind machte sich einen Spaß daraus, ihr dichtes lockiges Haar zu zerzausen, und sie befürchtete, dass es ein einziger Knoten sein würde, wenn sie schließlich dazu kam, es auszukämmen. Hätte sie darüber nachgedacht, hätte sie es zum Pferdeschwanz gebunden.

Als er neben ihr stand, überragte er sie deutlich. Es war das erste private Treffen, seit er sanft ihre Hände genommen und ihr gesagt hatte, dass es enden müsse.

»Hallo, Sir«, sagte sie, als sie ihm die Hand entgegenstreckte.

Er schüttelte sie, und seine Hand fühlte sich warm und kräftig an, als sie sich um ihre schloss. Sie wusste, dass es nicht seine Entscheidung gewesen war, ihre Beziehung zu beenden. In Wirklichkeit hatte er sie sogar auf die nächste Ebene heben wollen. Aber der Stellvertretende Direktor Aidan Fletcher hatte lange vor Libby erkannt, dass ihre Romanze ihr Arbeitsverhältnis nicht nur beeinträchtigte, sondern schwer schädigte. Sie waren gute Freunde geblieben, und letztendlich hatte ihr Verhältnis als Vorgesetzter und Untergebene keinen Schaden genommen. Obwohl sie damals tagelang geweint hatte, hatte er recht gehabt, es zu beenden.

»Schön, Sie zu sehen, Agent Webber. Wenn man allerdings die wenig förmliche Atmosphäre unseres Treffens bedenkt, würde ich es vorziehen, wenn Sie mich Aidan nennen würden.«

»In Ordnung.« Sie betätigte einen kleinen Schalter in der Tasche ihrer Jacke. Im selben Moment ertönte ein leises Zirpen aus Aidans Jacke, das Sie erröten ließ.

Er lachte leise. »Du hast versucht, unbemerkt ein Dämpfungsfeld zu errichten. Ich sehe, Covington hat dir beigebracht, heimlich vorzugehen.«

Seine Ungezwungenheit war beruhigend. »Unmöglich, etwas vor dir zu verheimlichen«, sagte sie mit einem knappen Grinsen.

Sein Lächeln wurde schwächer. »Nun, ähm ... Es ist kein Geheimnis, dass du wieder mit Harry Kim zusammen bist. Also nehme ich an, du wolltest mich geschäftlich sprechen.«

Harry. Hätte Aidan sich nicht von ihr getrennt, hätte sie nie die Freiheit besessen, Harry von Neuem zu entdecken. Beim Festessen hatte sie ihm verraten, dass sie mit ein paar Männern geschlafen und sich in einen von ihnen verliebt hatte. Sie verspürte eine Welle der Dankbarkeit dem Mann gegenüber, der vor ihr stand. Dafür, dass er vorausschauend genug gewesen war, sie loszulassen.

»Stimmt. Es ist geschäftlich, tödlich geschäftlich«, sagte sie. »Glaube ich zumindest.«

»Wie mysteriös, Miss Webber.«

»Keine Scherze!« Als Aidan ihre Miene sah, wurde er sofort ernst. »Ich bin auf etwas Großes gestoßen.«

»Sprich weiter.« Aufmerksam hörte er ihr zu und ließ sie nicht aus den Augen, während sie ihm von den Ereignissen berichtete. Sie ließ nichts aus - weder Covingtons Befehl, sich wieder mit Harry zu treffen, noch die Geschichte über den erfundenen Maulwurf, der sich schließlich als Kenneth Montgomery »herausstellte«. Und auch nicht, wie sie Trevor Blake hinterherspioniert und ihn letztendlich sogar getroffen hatte.

Das entlockte Aidan eine Reaktion. »Blake?«, rief er alarmiert. »Ich wusste nicht, dass er nur ausgeliehen war. Er ist eines Tages ohne viel Aufhebens aufgetaucht und einfach geblieben. Wir haben ihn alle irgendwie vergessen. Er ist ... Nun, ich bin mir sicher, du weißt, was ich meine.«

»Er ist nicht unbedingt einprägsam.« Sie nickte. »Er hat jedes Memo von Montgomery auf seinem Computer gespeichert. Wirklich jedes einzelne - Geburtstagsfeiern, Ankündigungen von Babypartys, egal was.« Sie zögerte, fragte dann. »Aidan, sagt dir der Begriff Royalprotokoll etwas?«

»Ein schreckliches Dokument, das die Sternenflotte als Folterwerkzeug verbieten sollte«, erwiderte Aidan. »Gibt es da irgendeinen Zusammenhang?«

»Es war eine der Dateien auf Blakes Computer. Ich habe sie wie eine brave kleine Agentin durchgeackert, bis sie plötzlich nur noch Kauderwelsch enthielt«, berichtete Libby weiter.

»Kauderwelsch?«

»Im Sinne von hochgradig verschlüsselten Informationen. Ich kenne die grundlegenden Entschlüsselungstechniken, die jedem Agenten meiner Stufe beigebracht werden. Aber da ist sehr viel mehr, und ich kann es nicht knacken. Trotzdem, eines habe ich herausgefunden: Dieses Borg-Virus ist nicht mit der *Voyager* auf die Erde gekommen. Es ist schon sehr viel länger hier - nämlich seit ein paar Hundert Jahren. Ich glaube, die Borg haben ihre Schiffe mehr oder weniger vermint, um das Virus auch dann zu verbreiten, wenn sie zerstört werden.«

Aidan nickte. »Das ergibt Sinn, aber warum sollte man das vertuschen? Das ist genau das, worüber wir Nachforschungen anstellen sollten.«

»Das dachte ich auch. Ich vermute, die Sternenflotte wollte nicht bekannt werden lassen, dass sie von dem Virus wusste und nichts dagegen unternommen oder irgendwen vor den Trümmern gewarnt hat. Ich habe ein bisschen mehr entschlüsseln können, was mich zu dem Schluss bringt, dass das Virus durch Körperkontakt verbreitet wird«, fügte sie bitter hinzu.

Aidan starrte sie an. »Willst du damit sagen, wenn jemand die Trümmer berührt, infiziert sich diese Person?«

»Klingt so.«

»Aber wieso ist dann so lange nichts passiert? Wieso erst jetzt? Manche der Trümmerstücke wurden schon vor Jahren entdeckt.«

Ratlos zuckte sie mit den Schultern. »Wer weiß? Es könnte wie eine Zeitschaltuhr programmiert sein - und jetzt ist die Zeit abgelaufen.«

»Oder es ist ein mechanisches anstatt ein organisches Virus«, stellte Aidan Vermutungen an. »Wir wissen, dass die Borg für eine Vielzahl von Zwecken Nanosonden verwenden. Vielleicht brauchte es einen Befehl.«

»Aber was ist das für ein Befehl? Wer hat ihn gegeben? Warum? Andererseits, Aidan ... meine Fähigkeiten sind gerade einmal so rudimentär, dass meine ganze Entschlüsselung völlig falsch sein könnte. Es gibt noch so viel, das ich nicht weiß, und ich möchte keine falschen Schlüsse ziehen.«

Er lächelte. »Wie ein berühmter Detektiv aus der Baker Street einst sagte: ›Es ist ein kapitaler Fehler, zu theoretisieren, ehe man alle Daten hat.‹«

Sie sah ihn fest an, und plötzlich dämmerte es ihm. »Oh. Darum hast du dich also mit mir in Verbindung gesetzt.«

»Ich brauche deine Hilfe. Ich brauche einen deiner Kryptografen für eine blinde Entschlüsselung.«

»Unmöglich«, stieß er hervor. »Das kann ich nicht genehmigen.«

»Du musst«, entgegnete sie. »Wenn das so tief geht, wie ich vermute, würdest du dich in Gefahr bringen.«

»Du dich etwa nicht?«

»Ich befinde mich bereits in Gefahr. Falls Covington mich verdächtigen will, tut sie das bereits. Das alles könnte ein Irrtum sein. Wie ich sagte, ich könnte Verschwörungen sehen, wo gar keine sind.«

»Wenn der *Voyager* die Schuld in die Schuhe geschoben wird, obwohl die Sternenflotte mit ihrem Herumstochern den Geist aus der Flasche gelassen hat, sieht das für mich bereits sehr nach einer Verschwörung aus.«

Ungeduldig wedelte sie mit der Hand. »Ein kleiner Irrtum, ganz einfach zu korrigieren, indem man sich öffentlich entschuldigt, sobald man ein Heilmittel für das Virus hat. Falls das wirklich alles ist, was dahintersteckt. Aber es ergibt keinen Sinn, Aidan. Es ist einfach zu seltsam. Mein Gefühl sagt mir, dass da mehr dran ist, sehr viel mehr, und ich muss einfach wissen, was es ist.«

»Ich auch. Ich bin dein Vorgesetzter, schon vergessen?«

»Bitte, tu mir den Gefallen. Ich habe noch nie um etwas gebeten, und ich kann nur dir vertrauen.« Sie wusste, dass sie bettelte, und es gefiel ihr nicht. Aber sie sah keine andere Möglichkeit. Sie verriet ihm auch nicht, dass sie sich nicht absolut sicher war, ob sie ihm vertrauen konnte. Schließlich konnte sie nicht wissen, wie weit die Angelegenheit innerhalb des Geheimdiensts der Sternenflotte reichte. Es war möglich, dass Aidan beteiligt war. Falls er es war, waren ihre Tage gezählt.

Für einige Sekunden begegnete er ihrem Blick. »In Ordnung. Unter einer Bedingung - falls es hier um mehr geht, als nur einen Sündenbock zu finden, kontaktierst du mich sofort. Versprichst du mir das?«

Erleichtert nickte sie. Sobald sie die Informationen hatte, würde sie Kontakt aufnehmen.

»Also gut.« Er verlagerte sein Gewicht auf dem steinigen Untergrund. »Ich nehme nicht an, dass ich dich zum Essen einladen kann?«

»Ich glaube nicht, dass es eine gute Idee ist, wenn man uns gerade jetzt zusammen sieht. Falls mehr dahintersteckt, und davon bin ich überzeugt, kannst du dich freier bewegen, wenn Covington dich nicht unter Verdacht hat.«

»Ich würde dir Hang zum Drama unterstellen, wenn ich dich nicht kennen würde«, sagte er. »Aber ich kenne dich nur zu gut. In Ordnung. Schick mir die Informationen, und ich setze sofort jemanden darauf an.«

Aus einem Impuls heraus griff sie nach seiner Hand. »Danke, Aidan«, sagte sie erleichtert. »Vielen Dank.«

7

Nachdem Aidan dematerialisiert war, ging Libby noch ein Stück den Strand entlang. In Gedanken versunken hob sie Steine auf, die der endlose Rhythmus des Ozeans glatt geschliffen hatte, und hielt sie eine Weile in der Hand, bevor sie sie ins Meer zurückwarf. Das beruhigte sie. Ja, sie tat das Richtige.

Als sie in ihre kleine Hütte zurückkehrte, hatte sie bessere Laune als bei deren Verlassen. Aber sie wurde sofort wieder nervös, als sie sah, dass eine Nachricht auf sie wartete.

»Ich hoffe, es ist Harry«, murmelte, berührte den Bildschirm, und Covingtons Gesicht erschien.

»Hallo, Agent Webber. Ich wollte nur fragen, wie Sie mit dem Material vorankommen, das ich Ihnen geschickt habe. Heute Nachmittag erwarte ich einen Bericht. Und falls ich Ihnen einen Rat geben darf, von Frau zu Frau – es ist nie eine gute Idee, mit dem Boss auszugehen.«

Sie lächelte und zwinkerte schwesternhaft. Dann wurde der Bildschirm dunkel.

Libby stockte der Atem. Sie hatte darüber nachgedacht, ob es überhaupt nötig war, das Dämpfungsfeld zu errichten. Immerhin waren sie und Aidan dort draußen ziemlich allein gewesen. Nun versagten ihr die Beine den Dienst, und sie sank in einen Stuhl. Ihr Magen zog sich zusammen. Was für ein Glück, dass sie das Dämpfungsfeld dennoch errichtet hatte. Covington beobachtete sie immer noch.

Sie und Aidan hatten ihre Beziehung nie publik gemacht, aber sie hatten auch nicht versucht, sie zu verbergen. Ohne Zweifel wusste Covington, dass sie zusammen gewesen waren. Auch das war ein Glück. Alles, was Covington vermutete, war, dass Libby darüber nachdachte, Harry fremdzugehen. Damit konnte sie leben.

Zumindest hoffe Libby, dass das alles war, was Covington vermutete. In einem Anfall von Paranoia nahm sie ein kleines, rundes Gerät aus einer Schublade und überprüfte den ganzen Raum sorgfältig auf Wanzen.

Brenna Covington schickte ihre Nachricht an Libby Webber ab, dann lehnte sie sich in ihrem Stuhl zurück und streckte sich. »Ich liebe es, wenn du das tust«, sagte der Mann in ihrem Bett. »Du siehst dabei aus wie eine Katze.«

Langsam wandte sie sich um und schenkte ihm ein breites Lächeln.

»Du bist noch hier?«, zog sie ihn auf. »Hast du nicht etwas zu tun? Falsche Informationen verbreiten, Streit schüren, Verdächtigungen anstoßen?«

Commander Brian Grady streckte sich in einer Imitation von ihr zwischen den Laken.

»Ja, natürlich. Aber du machst es einem Mann ziemlich schwer, zu gehen.« Träge winkte er sie zu sich. »Komm wieder ins Bett. Wir haben beide noch Zeit. Ein hoher Rang bringt Vorteile mit sich.«

Leichter Widerwillen regte sich in ihr. Brenna Covington wusste, wie sie einen Liebhaber befriedigen konnte, wie sie Ekstase und Leidenschaft vortäuschte. Diese Lektionen hatte sie gut gelernt. Aber die Liebkosung eines Mannes konnte ihr niemals wirklich Freude bringen.

Dafür hatte die Hand gesorgt.

Es kostete sie einige Anstrengung, nicht vor Gradys Berührungen und Küssen zurückzuschrecken, zu ihm hochzulächeln, als wäre sie genauso verliebt wie er.

Es war nicht so, als wäre er ein grausamer oder gar unerfahrener Liebhaber. Dennoch glich die Hand jedes Mannes der Hand. Ihre genau berechnete gespielte Leidenschaft war ihre Rache. Ihr Körper, groß und wohlgeformt, wie er war, diente ihr als Werkzeug, genauso wie ihr Verstand und ihre Fähigkeit, sich von allem zu distanzieren. All das hatte ihr gut gedient. Brian Grady war sehr nützlich. Viele Leute vertrauten ihm und mochten ihn. Das waren seine Werkzeuge. Sie sagte ihm, was er sagen und tun sollte, zu wem er es sagen und mit wem er es tun sollte. Und er gehorchte. Es war einfach, ihn zu manipulieren. Seit drei Jahren gehörte er nun schon ihr. Sie besaß etwas, das er wollte, verzweifelt wollte, und das nutzte sie rücksichtslos aus, damit er nach ihrer Pfeife tanzte.

Also schlüpfte sie wieder ins Bett und setzte ihre Werkzeuge ein. Irgendwann packte er sie grob. »Du weißt, was ich will.«

»Nein«, sagte sie. »Später. Heute Abend. Es dauert zu lange.«

Enttäuschung und Wut huschten über seine Miene. Es frustrierte ihn, wenn man ihm etwas verweigerte, daher versuchte sie das nur dann zu tun, wenn es wirklich notwendig war. Das machte einen Teil ihrer Macht über ihn aus. Sie wusste, wie oft er enttäuscht worden war, übersehen worden war, wie oft man ihm etwas verweigert hatte. Nicht, dass es sie gekümmert hätte, aber sie wusste es, und sie nutzte dieses Wissen.

Eigentlich hätte er Projekt Full Circle leiten sollen. Auch sie war enttäuscht gewesen, dass er nicht dafür ausgewählt worden war. Das hätte ihre Aufgabe deutlich einfacher gemacht.

Stattdessen hatte die Sternenflotte den Held der Stunde dazu berufen, Admiral Kenneth Montgomery. Er besaß Mut, Intelligenz und Hartnäckigkeit. Und sehr zum Nachteil ihres großen Plans auch Skrupel. Der Mann war unbestechlich. Vor Jahren hatte sie es einmal versucht, natürlich, ohne ihre Pläne tatsächlich preiszugeben. Dafür war sie zu klug. Aber es hatte gereicht, dass Montgomery ihr seitdem mit Misstrauen begegnete.

Sie musste ihn loswerden oder ihn zumindest so weit wie möglich behindern. Er war nicht dumm. Früher oder später würde er ihr auf die Spur kommen. Also hatte Covington nach dem perfekten, unschuldigen Agenten gesucht, um Montgomery zur Strecke zu bringen. Da war Libby Webbers Name auf ihrem Schreibtisch gelandet. Ihre Verbindung zur *Voyager* machte sie zu jemandem, den sie möglichst schnell ablenken musste. Die Aufgabe des hübschen Dings war es, Informationen zu sammeln, mehr nicht. Covington stellte fest, dass sie nett, leicht formbar und sehr darauf aus war, zu gefallen.

Also hatte Covington ein paar falsche Beweise zusammengestellt und die kleine Musikerin auf Montgomery angesetzt. Wobei sie zugeben musste, dass Libby besser war, als sie erwartet hatte, und zudem mehr Initiative bewies. Ihre Entscheidung, Blake aufzusuchen, hatte beinahe den gesamten Plan gefährdet. Zum Glück war Blake zwar ein Genie, besaß aber keinerlei soziale Fähigkeiten. Hätte Libby ihn tatsächlich verführt, wäre er wahrscheinlich vollkommen überfordert gewesen.

Aber ob verführt oder nicht, Blake würde niemals verraten, woran er zusammen mit ihr und Grady während der letzten Jahre gearbeitet hatte. Das wusste Covington sicher. Für ihn stand zu viel auf dem Spiel.

Und dass Libby sich mit Aidan Fletcher getroffen hatte ... Covington maß dem keine weitere Bedeutung bei. Sie wusste, dass er und Libby vor einer Weile eine Affäre gehabt hatten. Sie legte Wert darauf, so etwas zu wissen. Offensichtlich war der langweilige, brave Harry Kim Libby nicht genug.

Die Rückkehr der *Voyager* hatte Covington genau in die Hände gespielt. Sie hätte zu keinem besseren Zeitpunkt kommen können. Da war sie, mit zwei Borg an Bord und einem Haufen futuristischer Ersatzteile. Jedermanns Aufmerksamkeit galt ihr. Sie war etwas Besonderes, etwas Unbekanntes, und Covington wusste genau, dass es von »unbekannt« zu »verdächtig« nie weit war.

Auf ihre Anweisung hin war Grady der Erste gewesen, der sich nach dem Streik misstrauisch über den Doktor geäußert hatte, und später über die Borg, als das Virus aufgetreten war. Sie hatte nicht das Vergnügen gehabt, ihn dabei zu beobachten, aber sie wusste genau, wie er gewirkt haben musste. Als würde er den heimgekehrten Helden ungern die Schuld zuschieben, aber doch gerade besorgt genug, damit auch Montgomery sich Sorgen machte. Und Montgomery war jemand, der nicht lange fackelte, sondern Taten sprechen ließ.

Einmal hatte sie gerade außerhalb der Sichtweite gestanden, als diese aufdringliche Janeway Grady kontaktiert hatte. Es war amüsant gewesen, wie mühelos er den ehemaligen Captain der *Voyager* angelogen hatte, einen besorgten Ausdruck auf dem jungenhaften, sommersprossigen Gesicht. Es hatte Covington einige Mühe gekostet, sich nicht durch ein unwillkürliches Kichern zu verraten.

Janeway hatte ein Problem dargestellt, das stand fest. Covington hatte unterschätzt, wie viel ihr ihre Mannschaft bedeutete. Selbst die Borg, selbst der künstlich geschaffene Doktor. Die drei mussten natürlich als Verdächtige sicher verwahrt bleiben. Das Letzte, was Covington gebrauchen konnte, waren zwei Borg und ein Doktor, die zusammenarbeiteten, um aus dem Virus schlau zu werden. Denn das würden sie, da war sie sich sicher. Und sowohl Covington als auch ihr sorgfältig ausgearbeiteter Plan würden auffliegen.

Janeway war wie einer der Hunde, die der Admiral offensichtlich so liebte. Hartnäckig, loyal und nicht bereit, aufzugeben, sobald sie sich in etwas verbissen hatte. Mit ihrer nicht enden wollenden Kläfferei hatte sie sich glücklicherweise den Mann zum Feind gemacht, mit dem sie sich eigentlich verbünden sollte: Montgomery. Je mehr Janeway forderte, desto mehr hielt er dagegen. Es lief alles besser, als Covington gefürchtet hatte.

Endlich war Grady erschöpft. Er pfiff vor sich hin, als er seine Uniform anzog. Heute würde er in Topform sein.

Während ihres gemeinsamen Mittagessens sprach Harry nicht viel. Er stocherte in seinem Nudelsalat herum und ließ den Kaffee kalt werden. Als Libby versuchte, eine Unterhaltung in Gang zu bringen, erhielt sie nur einsilbige Antworten.

Die durchschnittliche Freundin wäre spätestens jetzt misstrauisch geworden. Sie hätte sich verletzt und zurückgewiesen gefühlt, sich gefragt, ob es jemand anderes gab oder ob sich die Liebe langsam verflüchtigte. Libby wusste, dass sie sich um solche Dinge keine Sorgen zu machen brauchte. Zum einen kannte sie Harry zu gut. Zum anderen war ihr klar, worin er verwickelt war.

Natürlich wusste sie nicht genau, was er plante. Es war schade, dass sie sich einander nicht anvertrauen konnten. Aber das war etwas, das sie in Kauf genommen hatte, als sie dem Sternenflottengeheimdienst auf der Ebene beigetreten war, auf die sie gewollt hatte. Niemand außerhalb des Geheimdiensts durfte wissen, was sie tat. Ansonsten verlor sie ihren Wert. Das schloss Freunde, Konzertveranstalter, ihre Familie und auch Harry mit ein.

Sie fragte sich sogar, ob sie sich mit ihrem Codenamen Wanderfalke einen Schnitzer geleistet hatte. Niemand im Geheimdienst verwendete Codenamen. Aber sie hatte irgendeinen Namen gebraucht. Als sie darüber nachgedacht hatte, war ihr der Falke wieder in den Sinn gekommen, den sie bei ihrem Ausflug in die Wüste gesehen hatte. Dieser großartige Vogel, der über ihnen Kreise gezogen hatte, kurz vor dem Sonnenuntergang, als sie gerade mitten im Nirgendwo mit ihrem Geliebten eine köstliche Mahlzeit zu sich genommen hatte. Nur ein paar Stunden danach hatten sie zum ersten Mal seit sieben Jahren wieder miteinander geschlafen.

In ihrem Denken stand der Vogel für Hoffnung. Und ehe sie es sich versah, hatte sie ihn als Codenamen gewählt. Zum Glück hatten sie nicht viel über den Wanderfalken geredet. Harry hatte bemerkt, wie sie ihn angesehen hatte, aber sie hatten nur wenige Worte darüber verloren. Mit etwas Glück stellte er keine Verbindung her.

Schließlich schob Harry seine halb gegessene Vorspeise von sich.

»Ich wollte dir sagen, dass ich vielleicht für eine Weile die Stadt verlassen werde«, verkündete er. Damit bestätigte er ihre Vermutung, dass zwischen ihm und den anderen Besatzungsmitgliedern der *Voyager* irgendetwas im Gange war.

Sie trank einen Schluck von ihrem Tee. Mit ihrem eigenen Essen hatte sie kurzen Prozess gemacht. Am liebsten hätte sie die Reste der Lasagne noch vom Teller geleckt.

»Wirklich?«, fragte sie und hoffte, dass in ihrer Stimme die richtige Mischung aus Sorge und Vertrauen mitschwang. »Was ist los?«

»Das kann ich dir nicht sagen.«

Im Geiste schüttelte Libby den Kopf und kicherte. Er würde wirklich einen miserablen Spion abgeben. Laut sagte sie: »Warum nicht?« Gleichzeitig griff sie nach seiner Hand.

»Ich habe meine Befehle.«

Auch das bestätigte Libbys Vermutungen. Was auch immer Harry plante, Leute mit höheren Rängen waren daran beteiligt. Sie fragte sich, ob ihm klar war, wie viel er ihr verriet, indem er erklärte, dass er ihr nichts verraten durfte.

Er drehte seine Hand, sodass sie die Finger ineinander verschränken konnten.

»Eine Mission?«, fragte Libby.

Er drückte ihre Hand und ließ sie dann los. »Wie gesagt, ich kann nicht darüber sprechen.«

»Wie lang wirst du weg sein?«

Zu ihrer Überraschung lachte er, dann wurde er sofort wieder ernst. »Ich habe keine Ahnung.« Wieder verriet er damit etwas. Er würde nicht einfach nur nicht erreichbar sein, er würde San Francisco tatsächlich verlassen.

»Ich weiß, das ist schwer zu verstehen«, fuhr er fort. »Du bist Musikerin. Du musst deine geplanten Konzerte einhalten, aber du stellst diesen Plan selbst auf. In der Sternenflotte trifft man diese Entscheidungen nicht selbst.«

»Ich verstehe es«, sagte sie. Er würde nie erfahren, wie sehr sie es verstand. »Es ist in Ordnung.« Sie lächelte. »Du hast mich ohnehin zu sehr abgelenkt. Ich muss ziemlich viel üben, wenn ich für die Tour auf Vulkan nächsten Monat bereit sein will.«

Noch während sie die Worte aussprach, sah sie ihn zusammenzucken und wusste, warum. Womöglich gab es nächsten Monat gar keine Menschen mehr auf diesem Planeten.

Die gesamte Bevölkerung des Planeten bestand bis dahin vielleicht aus Borg. Bestand bis dahin ganz sicher aus Borg, wenn dagegen nicht etwas unternommen wurde. In einem Punkt hatte sie auf jeden Fall die Wahrheit gesagt - sie hatte etwas zu erledigen, und Harry würde sie dabei mehr als ablenken.

Beim Abschiedskuss war er gleichzeitig inniger als sonst und abwesender. Sie streichelte ihm die Wange und blickte ihm voller Liebe in die Augen. Dabei bemühte sie sich, nicht mehr als Trauer darüber auszudrücken, dass er gehen würde, und ihre eigenen Sorgen zu verbergen. Ohne Zweifel würde etwas Großes geschehen, und sie wünschte, sie wüsste, was das war.

Als sie in ihrer Hütte materialisierte, sah sie das blinkende rote Licht sofort. Adrenalin spülte durch ihren Körper. Sie hoffte sehr, dass die Nachricht von Fletcher war und nicht von Covington.

Stattdessen gehörte das Gesicht auf dem Bildschirm Harry. Seine braunen Augen waren weit geöffnet, und sein gut aussehendes Gesicht blickte ernst drein.

»Libby, vor langer Zeit bin ich auf der Voyager *zu einer Mission aufgebrochen. Damals war ich sieben Jahre fort. Ich weiß nicht, was jetzt geschehen wird, deshalb ... Verdammt, ich breche gerade jede Regel, aber ich kann nicht einfach verschwinden und dich zurücklassen in dem Wissen, dass ich vielleicht niemals zurückkomme. Ich wollte mich richtig verabschieden, falls ich ... falls etwas schiefgeht. Ich liebe dich, Libby. Und wenn ich zurückkomme ...«*, er hielt kurz inne und lächelte, *»... dann müssen wir uns über ein paar Dinge unterhalten.«*

Sein Bild verschwand. Libby blinzelte gegen die Tränen an. »Ich liebe dich auch, Harry«, sagte sie in die Stille hinein.

Covington verhielt sich wie an jedem anderen Tag auch. Sie ging ins Büro und widmete sich den alltäglichen Angelegenheiten der Verdeckten Operationen, als hätten diese noch eine Bedeutung. Wie immer blieb sie lange und wünschte ihren Leuten fröhlich einen guten Abend, als sie gingen. Jeder hielt sie für jemanden, der hart arbeitete. Man hielt sie für bemitleidenswert, einsam und glaubte, sie sei mit ihrem Job verheiratet.

Ihr war es völlig egal, was man über sie dachte. Sie wusste, warum sie lange blieb.

Um zwei Uhr morgens, nachdem sie noch einmal das gesamte Gebäude gescannt hatte, um sicherzustellen, dass sie allein war, atmete Covington tief durch. Aufregung und Vorfreude erfüllten sie. Was sie vorhatte, erregte sie mehr als jede ungeschickte Berührung eines Mannes.

Dies hier war wahre Intimität. Es war eine Verbindung, Macht, Erfüllung und Leidenschaft.

Es war Liebe.

Libby hörte erst ziemlich spät von Fletcher. Seinen Gesichtsausdruck konnte sie nicht deuten, und er verhielt sich ihr gegenüber ungewöhnlich schroff.

»Ich habe getan, was du wolltest, Libby. Das entschlüsselte Dokument befindet sich nun auf deinem Computer. Kontaktiere mich, sobald du es gelesen hast.« Ohne ein weiteres Wort verschwand er vom Bildschirm.

Zuerst war Libby einfach nur irritiert über sein Verhalten, aber dann erfasste sie Besorgnis. Sie hatte alle möglichen Regeln gebrochen, um dieses Dokument lesen zu können, aber plötzlich wollte sie nicht mehr wissen, was darin stand. Plötzlich wollte sie mit der ganzen Spioniererei nichts mehr zu tun haben. Sie wollte einfach nur sein, wofür die Welt sie hielt: eine Musikerin, die nichts über

Spionage, Lügen und eine Borg-Bedrohung wusste. Genau wie der Rest der Welt.

Aber sie war, wer sie war, und sie wusste, was sie wusste. Mit zitternden Händen drückte sie den Knopf, der das Dokument öffnete.

Es enthielt eine Menge Fachbegriffe, die sie nur ungefähr verstand. Sie konnte das alles später genauer lesen, nachdem sie sich einen Überblick verschafft hatte. Während ihr Blick über die Worte huschte, wurde ihr Atem flacher.

Es war grauenhaft. Es lag jenseits ihrer Vorstellungskraft.

Die Frage, warum das Borg-Virus so lange inaktiv geblieben war, ließ sich einfach beantworten. Sie fragte sich, warum weder sie noch Fletcher bisher darauf gekommen waren. Aber vielleicht gab es dafür einen simplen Grund. Vielleicht hatten sie der schrecklichen Wahrheit einfach nicht ins Auge blicken wollen. Damit das Borg-Virus aktiv wurde, musste jemand einen ganz bestimmten Befehl geben. Und derjenige war niemand anderer als die Borg-Königin.

Das Virus war nun schon seit mehreren Tagen aktiv. Was unweigerlich zu dem Schluss führte, dass irgendwo in der Nähe die Borg-Königin lauerte.

Wie war das möglich? Die Sternenflotte wusste, wie man ein Borg-Schiff aufspürte. Und es gab im ganzen Quadranten keines, von dem sie Kenntnis hatten.

Libby schluckte und las weiter. Ihr Magen verkrampfte sich, und plötzlich wünschte sie, sie hätte zum Mittag nicht ganz so viel Lasagne gegessen.

Trevor Blake beschrieb seine Theorie und deren Ausführung bis ins kleinste Detail und in größtmöglicher Eintönigkeit. Hin und wieder musste Libby sich die müden Augen reiben und den einen oder anderen Satz noch einmal lesen, um sicherzustellen, dass sie den Text richtig verstand. Blakes Schreibstil war ohne Zweifel weder spannend noch unterhaltsam. An einer Stelle war sie sicher, etwas falsch verstanden zu haben. Mehrmals rieb sie sich die Augen und las die Sätze noch einmal. Nach dem dritten Mal wünschte sie sich verzweifelt, sie hätte es tatsächlich falsch verstanden, fürchtete nun aber, die Bedeutung nur allzu gut zu erfassen.

Trevor Blake hatte einen gewissen Humor bewiesen, indem er ausgerechnet das Royalprotokoll ausgewählt hatte, um seine Ausführungen darüber, wie es möglich war, eine Borg-Königin zu erschaffen, zu tarnen. Nicht nur wirkte es abschreckend auf jeden, der es herunterlud, denn niemand bei klarem Verstand wühlte sich freiwillig durch dieses hirnzermürbende Dokument. Zusätzlich gab es auch noch einen zweiten, grauenhaften Zusammenhang.

Die Erkenntnis sickerte langsam zu ihr durch wie die Nachricht vom Tod eines geliebten Menschen.

Oh nein. Oh nein. Oh nein.

Libby schmeckte Galle auf der Zunge, stolperte in die Küche und erreichte das Spülbecken gerade noch rechtzeitig, bevor sie sich übergeben musste. Sie schluchzte. Tränen rannen ihre Wangen hinab, während sie zu Boden sank. Dort schlang sie die Arme um ihren Körper und zitterte unkontrolliert. Indigo und Rowena kamen zu ihr herübergeeilt und rieben ihre pelzigen Köpfe an ihren nackten Knöcheln.

Das Royalprotokoll - dieses Royalprotokoll - hatte nicht das Geringste mit richtigem Benehmen zu tun. Es hatte nicht das Geringste mit irgendetwas geistig Gesundem zu tun.

»Royalprotokoll« war der Name eines Computerprotokolls, das die Borg verwendeten, um eine Königin hervorzubringen.

Und es war bereits im Gange.

Brenna Covington erhob sich und ging zu der kleinen Schalldusche, die sie vor zwei Jahren beantragt hatte. Sie arbeitete oft so lange, hatte sie den Antrag begründet. Manchmal belebte es sie, zu duschen. Natürlich hatte man ihr eine eingebaut.

Zuerst zog sie sich aus. Vorsichtig nahm sie ihre Kontaktlinsen heraus und legte sie in mit Flüssigkeit gefüllte Behältnisse. Sie brauchte sie nicht, um gut zu sehen. Ihnen folgte die blonde Perücke. Sorgfältig platzierte sie sie auf ihrem Halter. Sie trat in die Dusche und schloss die Augen. Schweiß, Schmutz und Make-up lösten sich wie von selbst von ihrem Körper. Schließlich fühlte sie sich wie neugeboren.

Sie trat aus der Dusche und betrachtete ihren perfekten Körper im Spiegel. Lange, starke Beine. Ein flacher Bauch. Sie berührte ihn kurz, nahm wahr, was sich unsichtbar darin verbarg.

Die Narben lagen alle innen. Immer, für alle Zeit, lagen die Narben innen.

Ihr Blick glitt über die kleinen, aber festen Brüste bis hoch zu ihren Augen. Sie lächelte ihr Spiegelbild an.

Krieg dich wieder ein, Elizabeth, dachte Libby wütend. *Du nützt niemandem etwas, wenn du hier auf dem Boden sitzt und zitterst.* Ihre Gliedmaßen fühlten sich an, als wären sie aus Gummi, aber schließlich kam sie auf die Füße. Sie spülte sich den Mund aus und spritzte sich kaltes Wasser ins Gesicht. Dann taumelte sie wie betrunken zum Computer zurück.

Der Sternenflottengeheimdienst hatte unter der Leitung von Trevor Blake die letzten Jahre damit verbracht, dieses Protokoll zu entziffern. Sie besaßen genug Informationen, um eine Borg-Königin zu erschaffen, hatten aber zu dem Zeitpunkt, als dieses Dokument geschrieben worden war, noch nicht das gesamte Protokoll entschlüsselt. Es fehlten noch einige Puzzleteile. Irgendwo gab es eine Königin mit genug Macht, das Virus zu aktivieren, aber noch konnte sie es nicht in die unaufhaltsame Seuche verwandeln, die die Erde auf der Stelle zerstören würde.

Noch nicht. Aber bald. Trevor Blake war der Meinung, dass es bald so weit sein könnte.

Die Borg hatten viele Vorteile auf ihrer Seite. Aber eine Sache, die sich beinahe zu einem Nachteil für sie auswirkte, war die so gut wie unfehlbare Logik, nach der sie vorgingen. Organische Wesen konnten bluffen, sich umentscheiden, plötzliche Eingebungen haben. Aber die Borg funktionierten genauso unbarmherzig, waren genauso rücksichtslos strukturiert, wie sie beim Zerstören von Welten vorgingen. Es ergab auf erschreckende Weise Sinn, und Libby fragte sich, warum vor Blake noch niemand darauf gekommen war.

Organische Wesen hatten Maschinen geschaffen, aber es waren die Maschinen, die organische Wesen zu Borg machten. Ohne ihre Technologie waren die Borg nicht mehr wert als eine dieser alten Lampen, deren Stecker man gezogen hatte. Die Drohnen reagierten auf die Befehle der Königin, auf ihre Anweisungen an das kollektive Bewusstsein. Schaltete man die Königin aus, fiel die ganze Struktur auseinander. Die Königin erschuf die Drohnen. Wie aber wurde dann eine Königin erschaffen?

Sie war ein organisches Wesen, das nicht nur zu einem Borg wurde, sondern zu mehr als das. Sie war das Betriebssystem für die gesamte riesige Struktur. Damit war sie mehr als nur ein Lebewesen - sie war ein Fleisch und Maschine gewordenes Programm.

Libby musste an einen Begriff aus dem Theater denken: *deus ex machina.* In alten griechischen Dramen wurden die Helden manchmal von einem Gott gerettet, der mithilfe einer mechanischen Vorrichtung auf die Bühne herabgelassen wurde. Inzwischen war daraus ein abwertender Begriff im Theater und der Literatur geworden. Er wurde verwendet, wenn der Autor auf wundersame Weise ein Happy End erzwang, wo eigentlich keines möglich war.

Schlechte Plots und kitschige Enden in Büchern und Holoromanen waren ihr derzeit allerdings so ziemlich egal. Ihre Gedanken kreisten um die wörtliche Bedeutung des Begriffs »deus ex machina«, und die machte ihr große Sorgen:

Gott aus der Maschine.

Größtenteils wurde das kränkliche Grau von Covingtons Haut von Kleidung verborgen. Nur die Hände und das Gesicht lagen frei.

Spezielles Make-up, entworfen von dem Arzt, der sie in den letzten Jahren so meisterhaft operiert hatte, ließ ihre blutleere Haut dort wie Porzellan erscheinen. Im Spiegel begegnete sie dem Blick von Augen, die besser sahen als die eines Menschen.

Was sie allerdings am meisten liebte, war das, was auf ihrem Hinterkopf saß. Daran spielte Brian Grady so gerne herum, wenn sie miteinander schliefen. Das war es, was ihn zu ihr zog und ihn bei ihr hielt wie eine Fliege im Netz einer Spinne.

Nein, eine Spinne war nicht der richtige Vergleich.

Die Borg hatten herausgefunden, wie man einen Gott aus einer Maschine erschuf. Man nahm ein organisches Wesen, machte es zu einem Borg und gab ihm Zugang zum Royalprotokoll ... dann hatte man eine Königin. So war die Königin zurückgekehrt, nachdem die *Enterprise* den Kubus zerstört hatte, auf dem sich Picard und wahrscheinlich auch die Königin aufgehalten hatten. Deshalb gab es im Moment irgendwo auf der Erde eine Königin, obwohl Admiral Janeway aus der Zukunft sie getötet hatte.

Man konnte die Königin niemals wirklich töten, denn die Königin war keine Person - sie war ein Programm.

Es war so einfach. So logisch. So Furcht einflößend.

Für einen Moment verweigerte Libbys Geist den Dienst. Er versuchte, die Tatsache zu erfassen, dass der Geheimdienst der Sternenflotte dabei war, eine Borg-Königin zu erschaffen, die durchaus die gesamte Menschheit vernichten konnte. Warum? Natürlich war es gut zu wissen, wie diese Bastarde es anstellten, aber wer würde ...?

Dann wusste sie es.

Covington ging in ihr Büro zurück und setzte sich vor den Computer. Auf Knopfdruck öffnete sich ein verborgener Durchgang. Sie leckte sich die Lippen und zögerte den Moment heraus, dann betrat sie den verborgenen Alkoven. Ihr grauer Körper wurde in grünes Licht getaucht.

Sofort durchfluteten Stimmen ihren Geist, überwältigten sie aber nicht. Voller Freude streckte sie sich aus, berührte jedes Bewusstsein mit ihrem eigenen. Sie fühlte, wie die Antworten über sie hinwegbrandeten. Die Stimmen brauchten sie und sehnten sich nach ihr. Tränen rannen ihr die Wangen hinab, wie jedes Mal, wenn sie sich auf diese Weise mit ihnen verband. Ihre bedingungslose und unerschütterliche Liebe erfüllte sie. Sie spürte es mit jeder Zelle ihres Körpers und antwortete entsprechend.

Sie gehörten ihr. Sie waren besser, als sie es zuvor gewesen waren, nun, da sie ihr gehörten. Und es würden noch so viele dazukommen, bald, sehr bald. Jeder von ihnen ein Teil des beinahe perfekten Ganzen. Sie liebte sie und würde sie beschützen, auch wenn sie ihnen Befehle gab, bei deren Ausführungen ein paar von ihnen sterben würden, um das Kollektiv zu erhalten. Die Stimmen ergänzten sie in einer Art, wie es kein Mensch je gekonnt hatte. Sie nährten sie, während sie sich um die Stimmen kümmerte. Die Menschen hielten dies alles für eine Einbahnstraße. Aber sie irrten sich. Sie irrten sich so sehr.

Dies waren ihre geliebten Untertanen, ihre kostbaren Drohnen, und sie war ihre treu sorgende Königin.

8

Montgomery kehrte gerade von einem weiteren Treffen mit seinen Leuten zurück, als ihn Kaz in der Halle abfing. »Lassen Sie mich raten. Sie möchten einen Regenerationsalkoven für die Borg«, seufzte der Admiral.

Kaz blickte ihn durchdringend an. »Sie sind keine Borg, und dafür ist es bereits zu spät.«

Montgomery hielt so abrupt an, dass er seinen Kaffee verschüttete. »Was? Sind sie ...?«

»Nein, zum Glück noch nicht. Beide waren heute Morgen bei mir auf der Krankenstation, und ihre Vitalwerte sind besorgniserregend. Wir müssen in die Tat umsetzen, worüber wir gesprochen haben.«

Montgomery runzelte die Stirn. »Das gefällt mir nicht.«

»Mir gefällt noch weniger, dass die beiden sterben könnten, während wir die Verantwortung tragen.«

»Und Sie sind sich absolut sicher?«

»Stasis birgt ihre Risiken, insbesondere wenn die Subjekte bereits derart geschwächt sind. Ich würde es nicht vorschlagen, wenn ich eine andere Möglichkeit sähe, aber ich fürchte, wir haben den Punkt erreicht, an dem es keine andere gibt.«

»Verdammt. Mir gefällt der Gedanke nicht, dass man sie im Notfall nicht befragen kann.«

Darauf erwiderte Kaz nichts, da er sich wortwörtlich auf die Zunge beißen musste, um seinen Vorgesetzten nicht anzuschreien. »Wir können sie bei Bedarf doch aufwecken, oder?«, fragte Montgomery schließlich.

»Wie ich bereits sagte, Sir, es birgt Risiken. Aber falls nötig, können wir sie wiederbeleben.«

»Nun gut, Sie haben meine Erlaubnis.«

Als sie mit Data, Chakotay, und Tuvok die Korrektureinrichtung betrat, hatte Janeway das Gefühl, dass sie schon viel zu oft hier gewesen war. Langsam kannte sie das gesamte Sicherheitspersonal mit Namen. Natürlich fragte sie sich heute, wenn sie jemanden traf, ob es sich um einen Menschen oder um eines von Baines' Hologrammen handelte.

»Guten Morgen, Lieutenants«, grüßte sie Andropow und Robinson. Robinson kannte sie fast gut genug, um sie beim Vornamen zu nennen, aber Andropow war neu. »Ich nehme an, Sie wissen, wen wir sehen möchten.«

»Das wissen wir.« Mit diesen Worten winkte Robinson sie durch den Eingang. »Guten Morgen, Commander Data. Es ist mir eine Ehre, Sie zu treffen, Sir.«

»Guten Morgen«, erwiderte Data. »Ich bedauere nur, dass unser Treffen unter diesen Umständen stattfindet.« Alle traten ohne Zwischenfall durch die Sicherheitsschleuse, nur Data löste sie aus. *Natürlich*, dachte Janeway, um sich selbst zu beruhigen. *Er ist eine Maschine.* Die Bioscanner erkannten ihn nicht als Menschen. Lieutenant Andropow entschuldigte sich vielmals und überprüfte ihn dann mit einem Trikorder, um ihn schließlich durchzuwinken.

Anschließend berührte der Sicherheitsoffizier ein Feld auf seiner Konsole. »Hier spricht Lieutenant Andropow. Admiral Janeway und die Commanders Data, Chakotay und Tuvok sind hier, um Seven of Nine, Icheb und den Doktor zu sehen.«

Es gab eine Pause, dann antwortete eine Stimme aus dem Kommunikator: *»Ich fürchte, sie kommen zu spät.«*

»Was? Was soll das heißen?«, rief Janeway.

»Seven of Nine und Icheb werden in Stasis versetzt. Dr. Kaz hat diese Vorsichtsmaßnahme vorgeschlagen«, fuhr die Stimme fort.

»Verbinden Sie mich auf der Stelle mit Dr. Kaz.«

»Admiral«, mischte sich Andropow ein, »wenn der Doktor Stasisfelder vorbereitet, ist es nicht ratsam ...«

»Das ist ein Befehl, Lieutenant«, schnauzte Janeway ihn an. Sie konnte spüren, wie ihr das Blut in die Wangen stieg, und sich vorstellen, dass man das auch sah. Hoffentlich legte der Lieutenant es als Ärger aus und erkannte darin nicht die Nervosität, die sie tatsächlich empfand.

»Ja, Admiral, selbstverständlich«, stammelte Andropow sichtlich eingeschüchtert. »Dr. Kaz, hier spricht Lieutenant Andropow vom Einlass. Darf ...«

»Nicht jetzt, Lieutenant«, kam Kaz' Stimme über die Komm-Verbindung.

»Dr. Kaz, hier spricht Admiral Janeway. Besteht die Möglichkeit, mit Seven und Icheb zu sprechen, oder ist der Prozess bereits zu weit fortgeschritten?«

Es entstand eine Pause, bevor Kaz antwortete. *»Wenn Sie sofort heraufkommen, haben Sie noch einen Moment, aber nicht mehr. Ich empfehle Ihnen, sich zu beeilen, Admiral. Sie werden nicht mehr lange ansprechbar sein.«*

»Sie haben den Doktor gehört. Lassen Sie uns sofort durch«, befahl Janeway dem Sicherheitspersonal.

Die vier durchquerten die Korridore mit schnellen Schritten. Die Turbolifts kamen Janeway ungewöhnlich langsam vor, aber das schob sie auf ihre Besorgnis. Ob Mensch oder Hologramm, Andropow und Robinson hatten das Wachpersonal der drei weiteren Sicherheitsstationen auf dem Weg zur Krankenstation bereits kontaktiert. An jeder wurden sie so schnell durchgeschleust, wie die Sicherheitsvorschriften dies zuließen. Janeway war sicher, dass man bei jedem Stopp den Schweiß erkennen konnte, der sich an ihrem Haaransatz sammelte, doch sie kamen ohne Zwischenfälle durch. Sie war Baines zwar dankbar für seine Gründlichkeit, aber gerade in diesem Moment war es alarmierend zu sehen, wie einfach die Sicherheitsbestimmungen in einer derart wichtigen Einrichtung umgangen werden konnten. Sobald ihr Versprechen an Baines erfüllt war, würde sie die Sternenflotte sofort darüber unterrichten.

Schon immer hatte sie es gehasst, Geschäfte mit dem Teufel zu machen.

Die Wache vor der Krankenstation trat beiseite, um sie einzulassen. Zischend öffnete sich die Tür, und Kaz wandte sich seinen Gästen zu. Er sah beschäftigt aus. Seven und Icheb lagen auf Biobetten. Während Icheb die Augen geschlossen hatte, drehte Seven sichtlich mühsam den Kopf, um sie durch halb geschlossene Lider anzublicken.

»Sie kommen gerade rechtzeitig.« Kaz nickte der Wache zu. »Danke, Lieutenant, wegtreten.«

Die Wache nickte ebenfalls und kehrte auf ihren Posten vor der Krankenstation zurück. Als sich die Tür hinter ihr schloss, atmete Kaz hörbar aus.

»Geschafft.«

Seven schwang die Beine vom Biobett und ließ sich auf den Boden gleiten. Icheb tat es ihr gleich, bei beiden gab es keine Anzeichen von Benommenheit.

»Sie urteilen voreilig, Doktor«, erklärte Seven. »Wir müssen noch immer unsere Flucht in die Tat umsetzen.«

»Wir sind schon so weit gekommen, das ist immerhin ein gutes Zeichen.« Kaz betrachtete seine vier Besucher, dann verzog sich sein Mund zu einem schiefen Lächeln. »Also, wer von Ihnen ist ein Hologramm?«

»Wir«, sagte Chakotay und deutete dabei auf sich und Tuvok. »Konnten Sie das System neu einstellen?«

»In der Tat, das konnte ich. Obwohl ich kein Techniker bin. Ich muss zu meiner Schande gestehen, dass ich eine Weile gebraucht habe, bis ich raushatte, wie ich das Sicherheitssystem umgehen kann. Seven und Icheb haben es für mich noch mal überprüft, als sie vor einer halben Stunde ankamen.«

Natürlich, dachte Janeway. Damit der Plan funktionierte, mussten die holografischen Emitter, die es in jeder medizinischen Einrichtung der Sternenflotte gab, in Betrieb sein. Allerdings würde es vielleicht jemand bemerken, wenn man sie aktivierte. Also hatte Kaz herausfinden müssen, wie man die Emitter aktivierte, ohne Aufmerksamkeit zu erregen.

»Die Emitter laufen. Sie, ähm, können Ihre Aktenkoffer übergeben«, sagte er zu »Chakotay« und »Tuvok«.

Diese sahen einander an und nickten. Dann berührten sie einen Knopf in ihren tragbaren, aktentaschengroßen Emittern. Sofort schimmerten sie und veränderten sich. Schließlich nahmen sie die Gestalt von Seven of Nine und Icheb an. Unbehaglich musterten die beiden ehemaligen Borg ihre Doppelgänger.

»Ich nehme an«, sagte Data, »es ist ungewöhnlich, sich selbst gegenüberzustehen. Aber wir haben nicht viel Zeit.«

»Data hat recht«, pflichtete Janeway bei. »Machen wir, dass wir hier rauskommen.«

Die Hologramme von Icheb und Seven traten auf ihre organischen Gegenstücke zu.

»Hier«, wandte sich der falsche an den richtigen Icheb, »dieser Knopf aktiviert das holografische Feld. Du wirst so klingen und so aussehen wie Commander Chakotay. Falls man euch anhält und untersucht, wird es scheinen, als enthielten die Aktentaschen nichts Ungewöhnliches. Man wird die Kontrollen nicht sehen.«

»Sobald ihr in Sicherheit seid, wird dieser Knopf das Feld abschalten«, ergänzte »Seven«. »Er wird auch die Kontrollen im mobilen Emitter offen legen, nur damit ihr es wisst.«

»Ich verstehe«, sagte Seven, und dann, zögerlich: »Danke sehr.«

Das Hologramm lächelte sie an und legte sich dann auf eines

der Betten. Ichebs Doppelgänger folgte dem Beispiel. Doktor Kaz bediente ein paar Kontrollen, und ein Stasisfeld entstand um die beiden.

Data betrachtete die Anzeigen. »Sehr gute Arbeit, Doktor. Alles erweckt den Anschein, als würden sich Seven und Icheb in Stasis befinden.«

»Danke, Commander Data.« Kaz wandte sich Janeway zu. »Ich habe getan, was ich konnte, um Sevens und Ichebs Zustand so schlimm wie möglich darzustellen, wofür ich unglücklicherweise nicht allzu sehr übertreiben musste. Sie benötigen so bald wie möglich einige Stunden ungestörter Regeneration.«

Janeway nickte. »Ich werde dafür sorgen. Aber ich bin mir sicher, Seven wird argumentieren, es sei effizienter, wenn sie sich gleich an die Arbeit macht.«

Empört hob Seven eine blonde Augenbraue. »Ich hatte in der Tat gehofft, sofort mit der Analyse des Borg-Virus beginnen zu können.«

»Sehen Sie?« Janeway grinste.

Kaz erwiderte das Grinsen. »Wenn es sein muss, binden Sie sie fest. Sie muss regenerieren, Icheb auch. Seine neuentdeckte Fähigkeit, zu schlafen, hat den Schaden begrenzt, aber auch er benötigt einige Stunden.« Zögernd fügte er hinzu: »Ich bin mir nicht sicher, ob ich die Wahl Ihrer Verbündeten gutheißen soll. Aber wie sagt man? Verzweifelte Zeiten verlangen nach verzweifelten Mitteln.«

»Ich würde sagen, die Zeiten sind sehr verzweifelt. Wir bleiben in Verbindung.« Sie sah noch einmal zu den Hologrammen hinüber.

»Sie sind sicher, dass man sie nicht entdecken wird?«

»Ich werde natürlich tun, was ich kann, aber Montgomery hat das Recht, die Stase zu unterbrechen, wenn er es für nötig hält.«

»Hoffen wir, dass er das nicht tut.« Ihr Blick wanderte zu Seven und Icheb, und sie lächelte leicht. »Macht euch bereit. Es wird Zeit für unsere nächste Entführung.«

Janeway, Data, »Chakotay« und »Tuvok« wurden in die Zelle des Doktors gelassen. Wie immer stand eine Wache draußen. Es handelte sich um Debby Garris, die ihnen schon von Weitem zulächelte. Janeway war eine häufige Besucherin und legte Wert darauf, freundlich zu den anwesenden Wachen zu sein. Es waren gute Leute, die nur ihre Arbeit machten, auch wenn sie heute auf verschiedenen Seiten standen.

Sie erwiderte das Lächeln. »Guten Morgen, Lieutenant Garris.«

»Guten Morgen Admiral. Commanders.« Besorgt sah der junge Lieutenant zu der nun leeren Zelle, die der des Doktors gegenüberlag. »Die beiden wurden heute Morgen zu ihrer eigenen Sicherheit in Stasis versetzt«, erklärte Garris schnell. »Sie sind in Ordnung.«

»Ihre Besorgnis ehrt Sie, Lieutenant«, antwortete Janeway herzlich. »Wir kamen gerade rechtzeitig, um noch mit ihnen zu sprechen, bevor Kaz den Prozess abgeschlossen hatte.«

Garris entspannte sich. Janeway blickte beiläufig nach oben und sah das beständige rote Blinken. Wie zu erwarten, standen sie noch immer unter Beobachtung.

Der Doktor hatte sich erhoben, um sie zu begrüßen. »Commander Data«, sagte er überrascht. »Darf ich den Grund Ihrer Anwesenheit erfahren?«

»Vor ein paar Jahren stand ich selbst vor Gericht, kämpfte um meine Rechte als Individuum. Als Admiral Janeway meinen Captain über Ihre Situation unterrichtete, beschloss ich, Ihnen bei Ihrem Streben nach denselben Rechten zur Seite zu stehen. Ein Bürger der Föderation sollte nicht gegen seinen Willen und ohne Anklage festgehalten werden.«

»Man glaubt, ich hätte etwas mit Baines zu schaffen. Aber bislang wurde noch keine Anklage erhoben.«

»Ich verstehe.« Data nickte, wandte sich dann Garris zu. »Lieutenant Garris, ich bin hier, um für den Doktor als Rechtsbeistand zu fungieren.«

Garris sah verwirrt aus. »Aber er ist doch nur ein Hologramm.«

»Und ich bin nur ein Androide. Dennoch werde ich als Person anerkannt.«

Janeway empfand Mitleid für Garris, als diese den Mund öffnete, unsicher, was sie antworten sollte. Sie trat vor und ersparte der jüngeren Frau die Mühe.

»Ob der Doktor eine Person ist oder nicht, muss erst noch entschieden werden. Aber bis dahin sollte man im Zweifel für den Angeklagten sprechen und ihn als Individuum behandeln, bis das Gegenteil bewiesen ist. Daher steht ihm ein Gespräch unter vier Augen mit seinem Rechtsbeistand zu.«

»Ich sollte vorher bei Admiral Montgomery um Erlaubnis fragen.«

»Nur zu«, sagte Janeway in einem Ton, als wüsste sie bereits, wie die Antwort des Admirals lauten würde. Tatsächlich war dem nicht so. Montgomery konnte es ihr verweigern, und sei es nur, um ihr Umstände zu machen.

»Momentan ist er leider nicht zu sprechen. Vielleicht könnten Sie morgen noch einmal vorbeikommen?«

Data schüttelte den Kopf. »Das wäre nicht ratsam.«

»Commander Data ist ein viel beschäftigter Mann. Captain Picard wäre wohl sehr enttäuscht, dass er seinem Mannschaftsmitglied die Zeit frei gewährt hat, nur damit Data dann nicht die Möglichkeit erhält, mit seinem Klienten zu sprechen«, wandte Janeway ein.

Sie war bereit, etwas Druck auszuüben, sollte das notwendig sein. An ihre Anwesenheit und die ihrer Mannschaft hatte man sich mittlerweile gewöhnt, was in Ordnung war. Aber die Namen Data und Jean-Luc Picard machten auf die jüngeren Sternenflottenoffiziere noch immer Eindruck. Die Erwähnung hatte die gewünschte Wirkung. Um den Effekt noch zu verstärken, fügte sie hinzu: »Ich übernehme die volle Verantwortung, falls Montgomery irgendwelche Einwände vorzubringen hat.«

Offenbar reichte das. Erleichterung machte sich auf Garris' jungem hübschem Gesicht breit. »Also gut, Admiral.« Sie schaltete das Kraftfeld aus, und Data trat ein. Als das Feld wieder aktiviert war, blieben Data und der Doktor jedoch stehen.

Janeway wies auf das rote Licht. »Private Unterhaltung, Lieutenant«, erinnerte sie freundlich.

»Oh, ja, selbstverständlich.« Garris betätigte einen Schalter neben der Tür, und das Licht erlosch.

»Möchten Sie sich setzen?«, fragte der Doktor mit einer Geste zu dem kleinen Bett.

»Ich ermüde ebenso wenig wie Sie.«

Sanft nahm Janeway den Lieutenant am Arm und führte sie den Gang hinab außer Hörweite. »Tuvok« und »Chakotay« folgten ihnen.

»Ich habe gehört, dass Sie gerade erst aus Ihren Flitterwochen zurück sind. Wie gefällt Ihnen das Eheleben?«

Sie hörte Garris nur mit halbem Ohr zu und nickte an den richtigen Stellen, während der Lieutenant ihr von den Flitterwochen in den Tropen erzählte. Aber in Gedanken war sie nicht bei sonnigen Stränden und hohen Palmen. Sie versuchte einzuschätzen, wie lange die beiden brauchen würden. Sie nahm an, dass der Plan innerhalb von Sekunden durchgeführt werden konnte, aber dass Data und der Doktor Zeit schinden würden, um es so aussehen zu lassen, als hätten sie tatsächlich ein Gespräch zwischen Rechtsbeistand und Klient geführt.

Es dauerte eine halbe Stunde, bis sie Data rufen hörte. »Unser Gespräch ist beendet, Lieutenant Garris.«

Garris lief den Gang entlang. Der Doktor saß mit gefalteten Händen auf seinem Bett. Ein kleines Padd lag neben ihm, während Data mit hinter dem Rücken verschränkten Armen auf sie wartete. Das Kraftfeld wurde deaktiviert.

»Ich werde Sie bald erneut besuchen. Bitte lesen Sie in der Zwischenzeit die Dokumente, die ich Ihnen mitgebracht habe.«

»Danke, Commander Data. Das werde ich«, sagte der Doktor mit ernster Miene, dann wandte er sich an Janeway. »Danke, Admiral, dass Sie an mich glauben.«

»Wir kommen bald wieder vorbei. Machen Sie es gut, Doktor. Lieutenant, ich habe unsere Unterhaltung genossen.« Janeway lächelte.

»Ich ebenso, Admiral. Guten Tag.«

»Wie verlief die Beratung?«, fragte sie leise, während sie den Flur hinabgingen.

»Erfolgreich.« Dieses einfache Wort ließ Janeway innerlich jubeln. Vielleicht kamen sie tatsächlich damit durch.

Es schien eine Ewigkeit zu dauern, bis sie alle vier sicher in Paris' Wohnung materialisierten. Der echte Chakotay und der echte Tuvok warteten zusammen mit Tom und Harry angespannt auf ihre Ankunft. Janeway begegnete dem Blick ihres ehemaligen Ersten Offiziers. »Wir haben es geschafft.« Sofort erfüllten erleichterte Seufzer und auch Jubellaute das Zimmer.

Obwohl sie selbst grinste, hob sie eine Hand, um für Ruhe zu sorgen. »Stellen wir sicher, dass alles gut gegangen ist.« Damit wandte sie sich an die Doppelgänger. »Beginnen wir mit Ihnen beiden. Schalten Sie die holografische Tarnung ab.«

Der falsche Tuvok und der falsche Chakotay öffneten ihre mobilen Emitter und berührten ein paar Kontrollen. Ein summender Ton erklang, dann standen Seven und Icheb vor ihnen.

Noch während ihre Freunde auf sie zugingen, um sie zu umarmen und zu begrüßen, sackten die beiden ehemaligen Borg in sich zusammen. Tuvok fing Seven auf, als sie zusammenbrach.

»Ich entschuldige mich für meine Schwäche, Admiral. Vielleicht hat Doktor Kaz recht, was mein Bedürfnis nach Regeneration angeht.«

Tuvok führte sie sacht zur Couch und half ihr beim Hinsetzen. Icheb folgte ihr, zitternd und blass.

»Wir bringen euch beide so bald wie möglich zu einem Alkoven«, versprach Janeway. »Aber wir müssen noch nach einer weiteren Person sehen.«

Data griff an seinen Kopf und entfernte ein Stück seiner Schädelplatte. Ein Raunen ging durch den Raum; immerhin sah man nicht alle Tage, wie jemand einfach so ein Stück seines Körpers entfernte.

Auf Datas Kopf blinkten rote und grüne Lämpchen. Er ging zu einem der Emitter, sein Gesicht wurde ausdruckslos, und er ruckte mit dem Kopf hin und her.

»Verarbeiten ...« Seine Stimme klang monoton.

Ein Knistern, und der Doktor stand vor ihnen. Seine dunklen Augen strahlten vor Freude, während er sich selbst abtastete, als wollte er sichergehen, wirklich da zu sein.

»Ich bin hier. Sie haben es tatsächlich geschafft. Vielen Dank, Mr. Data.«

»Es ist noch zu früh, mir zu danken, Doktor. Es besteht immer noch die Möglichkeit, dass Ihr Programm verändert oder sogar vollständig gelöscht wird. Wir haben noch nicht bewiesen, dass Sie ein eigenständiges Individuum sind. Nur dadurch können wir ...«

»Fürs Erste reicht es, Commander.« Janeway ging zu dem Androiden hinüber und legte ihm freundschaftlich eine Hand auf die Schulter. Es tat gut, ihre Freunde wieder auf der richtigen Seite eines Kraftfeldes zu sehen.

Nun galt es, dafür zu sorgen, dass sie es auch blieben.

»Ich fürchte, ich muss Sie bitten, den Doktor noch einmal herunterzuladen, Data. Und Sie beide müssen noch etwas durchhalten«, sagte sie zu Seven und Icheb.

»Wohin nun?«, fragte der Doktor.

»Wir besuchen einen alten Freund«, antwortete sie mit einem milden Lächeln.

9

Ein Signalton erklang, und Libby zuckte zusammen. Es dauerte eine Weile, bis ihr klar wurde, dass jemand versuchte, sie zu kontaktieren. Automatisch berührte sie den richtigen Knopf und versuchte gleichzeitig, sich zusammenzureißen. Falls jemand fragte, würde sie einfach sagen, ihr sei übel. Was ja auch stimmte.

Es war Aidan Fletcher. Sie öffnete den Mund, um etwas zu sagen, aber er kam ihr zuvor.

»Ich sehe dir an, dass du das Dokument gelesen hast«, sagte er.

Ihre Gedanken arbeiteten im Schneckentempo. Schließlich sagte sie: »Woher weißt du ...? Du hast es gelesen!«

Er nickte. *»Schuldig im Sinne der Anklage.«*

Sie hielt sich an ihre Wut. Das war immer noch besser als der dumpfe Schrecken. »Du Lügner!«, fuhr sie auf. »Du hast es versprochen!«

»Ich weiß, aber Libby ... du weißt, ich musste es tun.« Er sah sie flehend an, und die Flammen ihrer Entrüstung flackerten und verloschen. Sie sank auf dem Stuhl zusammen.

»Ich schätze, das musstest du.« Nun, da sie ihn genauer ansah, bemerkte sie, dass er deutlich bleicher war als sonst. »Du siehst genauso mies aus, wie ich mich fühle.«

»Ich fühle mich ziemlich mies«, gab er zu. *»Ich wollte dich wissen*

lassen, dass wir die Sache ab hier übernehmen. Das kann die Sternenflotte nicht autorisiert haben. Irgendjemand handelt auf eigene Faust.«

»Wir wissen, wer«, korrigierte Libby. »Und du wirst nicht übernehmen.«

Er runzelte die Stirn. *»Agent Webber«*, sagte er ruhig.

»Komm mir jetzt nicht mit Agent Webber! Das hier war von Anfang an mein Fall!«

»Du weißt doch, was auf dem Spiel steht!«, rief er. *»Mit jeder verstreichenden Minute verbreitet sich das Virus weiter. Die Ärzte schätzen, dass sich bald auch gesunde Erwachsene anstecken werden.«*

»Noch ist es nicht so weit«, antwortete Libby. »Wenn Covington in der Lage wäre, ihnen eine Aktivierung zu befehlen, hätte sie es längst getan. Sie hat sie noch nicht so vollständig unter ihrer Kontrolle, wie sie es gerne hätte. Uns bleibt noch ein wenig Zeit.«

Er schüttelte den Kopf. *»Das ist eine Vermutung. Nein. Tut mir leid.«*

»Aidan, ohne mich wüsstest du nicht mal von dieser Sache«, protestierte Libby. »Außerdem schwebt jeder in Gefahr, der in diesem Gebäude arbeitet. Denkst du nicht, dass sie mit der Möglichkeit rechnet, entdeckt zu werden? Denkst du, du bist nicht längst infiziert?«

Er wurde bleich. *»Ich habe keines der Trümmerstücke berührt.«*

Ungeduldig rief Libby: »Was macht das schon? Wahrscheinlich ist dein ganzer Schreibtisch mit Nanosonden bedeckt!«

Er blickte auf den Schreibtisch hinab und stieß sich dann davon ab, rollte mit dem Stuhl zurück. Wäre die Situation nicht so schrecklich ernst gewesen, hätte es lustig ausgesehen.

»Wenn sie glaubt, dass von irgendjemandem im Geheimdienst eine Gefahr ausgeht, wird sie die Nanosonden aktivieren. Du bist womöglich einer der Ersten, die es trifft, Aidan. Sie hat mich ausgewählt, weil ...« Sie hasste es, das zu sagen. »Weil sie in mir keine Gefahr gesehen hat. Weil sie dachte, ich sei zu dumm, um herauszufinden, was sie plant. Dadurch habe ich sehr viel mehr Freiheiten als du. Bitte. Gib mir noch ein wenig Zeit. Ich habe ... Kontakte. Ein paar Leute, an die ich mich wenden kann.«

»Harry«, sagte er. *»Natürlich. Ich fürchte, ich ...«*

»Vierundzwanzig Stunden.«

»Was?«

»Vierundzwanzig Stunden. Gib mir vierundzwanzig Stunden. Bitte, Aidan.«

Er blickte sie hilflos an. *»Libby, das ist kein Spiel.«*

»Glaub mir, das weiß ich. Vierundzwanzig Stunden. Bitte.«

Sein Blick suchte den ihren. Schließlich sagte er: *»Zwölf Stunden. Und du solltest wissen, während du unternimmst ... was auch immer du vorhast, werde ich ein eigenes Team zusammenstellen. In exakt zwölf Stunden und einer Sekunde von jetzt an werde ich meinen Plan ausführen.«*

»Sobald du etwas gegen sie unternimmst, wird Covington das Virus aktivieren«, wandte Libby ein.

»Wir alle gehen bei dem, was wir tun, Risiken ein, Agent Webber.«

»Also zwölf Stunden.«

Aidan seufzte. *»Verdammt, Libby ... Pass auf dich auf, in Ordnung?«*

»Okay. Danke, Aidan.«

»Ich bin nicht sicher, ob du mir danken solltest.« Mit diesen Worten unterbrach er die Verbindung.

Das Gespräch mit Aidan hatte Libby ein wenig beruhigt und die Furcht und die Verwirrung vertrieben. Sie war nun wach und konzentriert und wusste, was sie tun musste.

Wie allerdings konnte sie Harry kontaktieren? Er war auf irgendeiner Mission unterwegs. Sie vermutete, dass es etwas mit Admiral Janeway und den restlichen Offizieren der *Voyager* zu tun hatte, aber das half ihr nicht weiter. Wohin würden sie gehen? Was würden sie versuchen zu tun?

Und mit einem Mal wusste sie es. Harry hatte es ihr verraten, wenn auch nicht mit Worten.

»Schatz«, sagte sie laut und lachte der Situation zum Trotz, »du bist einfach zu leicht zu durchschauen.«

Sie verfasste eine Nachricht.

»Wassili«, erklang eine leise, eindringliche Stimme. »Wassili, wachen Sie auf.«

Langsam öffnete Wassili Andropow die Augen. Robinson beugte sich über ihn. Ihre Augen waren mit schwarzem Eyeliner umrandet, und auf ihrer Wange saß ein Schönheitsfleck. Ihr Haar, das er immer nur den Regeln entsprechend hochgesteckt gesehen hatte, fiel ihr offen über die Schultern.

Die nackten Schultern.

Er schreckte hoch und kroch auf allen vieren davon. Es erleichterte ihn, zu sehen, dass sie nicht vollständig nackt war. Ein Streifen schimmernden blauen Satins bedeckte gerade genug ihres Körpers, dass es nicht peinlich wurde. Neben ihr stand eine junge Frau von wahrscheinlich nicht einmal zwanzig Jahren. Sie war zierlich und blickte aus großen grünen Augen ängstlich drein. Ihr Haar war hellbraun.

»Zum Glück sind Sie wach«, flüsterte Robinson.

Er blickte an sich selbst hinab und entdeckte, dass er ebenfalls nur einen Hauch von Kleidung trug. Seine muskulöse Brust und die starken Beine waren für alle Welt sichtbar.

»Was zum ...?« Dann erinnerte er sich. Oliver Baines war in sein Haus eingebrochen. Und da war ein Hologramm gewesen, das ihm bis ins Detail glich.

»Baines?«, fragte er Robinson. Sie nickte.

»Ist bei mir eingebrochen«, berichtete sie mit Bitterkeit in der Stimme. »So viel also zu Sicherheitssystemen.«

Andropow blickte sich um. Sie waren nicht allein. Mindestens vier Dutzend Leute befanden sich an diesem Ort, alle in blaue Seide gekleidet. Aber wo war »hier«? Und warum hatte Baines ...?

Er blinzelte in die Sonne, die hoch am azurblauen Himmel hing.

Unter ihm erstreckte sich Sand und kroch in seinen allzu knappen Lendenschurz.

»Was haben Sie bisher herausgefunden, Lieutenant?« Er hoffte, dass die Ansprache mit dem formellen Rang helfen würde, das Gespräch etwas dienstlicher wirken zu lassen. Allerdings war es schwer, sich dienstlich zu fühlen, wenn man nur einen Lendenschurz trug.

Sie strich über ihre eigene Kleidung in dem Versuch, sie dazu zu bringen, etwas mehr von ihrer bleichen Haut zu bedecken. Die junge Frau neben ihr tat es ihr gleich.

»Ich fürchte, nicht viel. Allyson hier hat mir erzählt, dass jeder von uns von Baines entführt und durch ein Hologramm ersetzt wurde.«

»Es scheint keinerlei Muster in der Auswahl der Leute zu geben«, meldete sich Allyson zum ersten Mal zu Wort. Sie sprach leise und schüchtern. »Sie beide sind von der Sternenflotte. Ich bin nur Künstlerin. Andere hier sind Mechaniker, Wissenschaftler ... alle möglichen Leute.«

»Das ergibt keinen Sinn.« Andropow erhob sich und wischte sich Sand vom Hintern. »Uns gefangen zu halten stellt ein Risiko dar. Warum hat er uns nicht einfach vaporisiert?«

»Geiseln?«, schlug Robinson vor.

»Aber es darf doch niemand wissen, dass wir fort sind«, wandte Andropow ein.

Plötzlich kamen mehrere weiße Pferde über den Hügel galoppiert. Die Reiter sahen prächtig aus in Weiß und Gold. Sowohl die Männer als auch die Frauen waren wunderschön, stolz und groß und kräftig.

Alle Gefangenen, denn nichts anderes waren sie, erhoben sich und rückten enger zusammen. Die Reiter hielten, und eines der reinweißen Pferde trat vor. Andropow erkannte den Reiter.

»Baines«, flüsterte Robinson. »Dieser Bastard.«

Oliver Baines trug eine Tunika. Seine Sandalen waren bis über die Waden geschnürt, und auf dem Kopf blinkte eine Krone im Sonnenlicht. Er sah aus wie ein Wüstenkönig, allerdings war das Gewand ziemlich lächerlich. Kein echter Herrscher über einen Wüstenstamm hätte jemals etwas aus so fadenscheinigem Material getragen. Voller Verachtung ließ er den Blick über die Gefangenen schweifen.

»Willkommen in meiner Welt, meine Damen und Herren.« Eigentlich hätte seine Stimme nicht so weit tragen dürfen, doch sie tat es trotzdem. Wassili runzelte die Stirn. Irgendetwas stimmte hier nicht.

»Bis vor Kurzem haben Sie alle noch ein normales Leben geführt. Viele von Ihnen haben in der Sternenflotte gedient. Andere waren Zivilisten. Nun sind Sie alle hier. Dort, wo Sie herkommen, weiß niemand, dass Sie fort sind. Dafür haben meine Hologramme gesorgt. Sie halten sich für so einzigartig, dass Sie unersetzbar sind. Aber das sind Sie nicht.

Dort, wo Sie herkommen, waren Sie die Organischen - die Herren. Hier werden Sie herausfinden, wie es ist, zu den Sklaven zu gehören. Dies hier ist eine angenehme kleine Fantasiewelt, die ich erschaffen habe. Ähnlich wie Sie ...«, er deutete auf einen Mann, »... oder Sie ...«, er stieß seinen Finger in die Richtung eines anderen. »... in Ihrer Freizeit Ihre eigenen Simulationen geschaffen haben. In diesen kleinen Fantasiewelten bekommt der Erschaffer alles, was er sich wünscht. Er benutzt Hologramme, um sich seine Wünsche zu erfüllen.«

Baines ließ den Blick schweifen und lächelte leicht. »Hier ist es umgekehrt. Ich hoffe, Sie genießen Ihre Zeit in dieser Holosuite.«

Die Gefangenen blickten einander unsicher an. Wassili fühlte, wie Allysons Hand sich in seine schob. Er verschränkte seine Finger mit ihren. Die Bewegung war nicht aus Begehren oder Leidenschaft geboren - es gab nur den verzweifelten Wunsch, einem anderen menschlichen Wesen nahe zu sein.

Die holografischen Reiter zerstörten den Moment, indem sie ihre holografischen Pferde antrieben. Mit wildem Wiehern stürmten sie in die Menge. Andropow fühlte, wie Allysons Hand seinem Griff entrissen wurde. Er stolperte und fiel, und andere fielen auf ihn.

Sie alle kamen mühsam wieder auf die Füße. Andropow hustete, sein Mund war voller Sand. In diesem Moment fühlte er, wie eine Peitsche ihn traf. Im Bruchteil einer Sekunde wurde sein Rücken von der Schulter bis zu seinem Hinterteil aufgerissen. Unwillkürlich schrie er auf, sowohl vor Schmerz als auch vor Überraschung.

»Aufstehen, Sklave«, knurrte der Reiter ihn an; ein großer Mann mit brauner Haut und dunklen Augen. Auf seinen Muskeln glänzte der Schweiß. »Wir müssen Monumente erbauen.« Er wandte den Kopf, und sein Blick fiel auf Allyson, die mit anderen Gefangenen zusammengedrängt stand. Andropow konnte sehen, dass ihr Gesicht bereits anschwoll.

Weiß blitzten die Zähne im braunen Gesicht des Reiters auf, als er sie anstarrte. Sein Blick glitt über ihren gesamten Körper.

»Sieh an, eine Rose, die auf dem Misthaufen wächst«, sagte er. Allyson wand sich und versuchte, mehr von ihrem Körper zu bedecken.«

»Lass sie in Ruhe«, sagten zwei Stimmen gleichzeitig. Die eine gehörte Andropow, die andere einer großen, attraktiven Frau. Ihre Haut war so braun wie die des Reiters, und ihr langes, glattes Haar genauso schwarz. Ihr Körper wirkte stark und athletisch, und in ihren mandelförmigen Augen blitzte der Trotz.

Kurz blickte der Reiter in Wassilis Richtung. Wie beiläufig ließ er seine Peitsche knallen. Diesmal erwischte er ihn an der Wange, verfehlte knapp das Auge. Andropow hob die Hand über die Wunde, und Blut floss zwischen seinen Fingern hindurch. Der Reiter wandte sich der anderen Frau zu, an der er eindeutig mehr interessiert war als an Andropow.

»Noch eine Blume«, sagte er. »Mein Herr Baines hat wohl ein Auge für Schönheit. Und so viel Feuer. Wie sie sich beeilt, ihrer Freundin beizustehen.«

»Sie ist nicht meine Freundin«, sagte Allyson schnell. Andropow sah, dass sie zitterte. Er wusste, was sie tat - sie versuchte, die andere Frau zu beschützen.

»Das spielt keine Rolle«, sagte die dunkelhäutige Frau. Ihre Stimme war dunkel, und wenn sie sprach, klang es beinahe wie Musik. »Du wirst sie in Ruhe lassen. Du wirst alle Frauen hier in Ruhe lassen, und du wirst aufhören, die Männer zu verletzen. Dein ›Herr‹ wird uns an den Ort zurückbringen, von dem er uns entführt hat, oder er wird sich dem Zorn der Föderation stellen müssen.«

Der Reiter warf den Kopf in den Nacken und lachte laut. Dann wandte er sich seinen Kameraden zu. »Hört sie euch an!«, rief er. »Als hätte sie bei der Frage, was aus ihr wird, mitzureden!« Seine Freunde lachten ebenfalls. Er schaute zurück zu der Frau, und auch wenn die Begierde noch immer in seinem Blick stand, war seine Stimme barsch.

»Du bist unwürdig, klar? Du hast keinen Namen, keine Rechte, und dein einziger Daseinszweck besteht darin, uns zu Diensten zu sein. Du wirst tun, was wir dir befehlen, und du wirst es mit einem Lächeln auf deinem hübschen Gesicht tun. Oder ...«, er zog wie beiläufig einen scharfen Dolch, »... ich sorge dafür, dass dein Gesicht nicht mehr so hübsch aussieht.«

»Ich habe einen Namen.« Die Frau spie die Worte förmlich aus. »Ich bin Lieutenant Akolo Tare, Pilotin an Bord der *U.S.S.* ...«

Andropow erfuhr nie, auf welchem Schiff sie diente. Der Reiter trieb sein Pferd auf sie zu. Die Menge beeilte sich, dem Hologramm auszuweichen. Nur Tare nicht. Sie blieb, wo sie war, und als er direkt auf sie zugaloppierte, sprang sie ihn an. Dieser Angriff überraschte ihn sichtlich. Noch schockierter wirkte er, als sie ihn um die Hüfte packte und vom Pferd zog.

Es war allerdings ein kurzer Kampf. So stark und trainiert sie auch sein mochte, es war offensichtlich, dass Baines etwas in der Art vorhergesehen und seine Hologramme stärker als Menschen programmiert hatte. Es dauerte nur eine Sekunde oder zwei, dann hielt der Reiter Tare am Boden.

Ihr Handeln allerdings hatte den Gefangenen Mut gegeben. Sie stürzten sich auf den Reiter, packten ihn und zogen ihn von der nach Luft schnappenden Frau. Tare kam auf die Füße. Ihre Hand glitt zu ihrem Hals, wo sich bereits Druckmale bildeten.

Die kleine Revolution dauerte allerdings nicht lang. Die anderen Reiter eilten ihrem Freund zu Hilfe. Als die Peitsche Andropow erneut traf, fiel er auf die Knie. Diesmal war es nicht einfach eine Peitsche. Wer auch immer diese Simulation kontrollierte, hatte die Peitschen so umprogrammiert, dass sie nun auch Elektroschocks verteilten. Sein Körper zitterte noch immer und seine Knochen schmerzten, als er unsicher wieder auf die Füße kam.

Die Reiter hatten Tare an Armen und Beinen gefesselt wie ein Tier, und der erste Reiter warf sie sich über den Sattel. Nun waren ihre Augen geweitet und voller Furcht. Immer noch wehrte sie sich, doch alle wussten, dass es ihr nichts nützen würde.

»Ihr seid Sklaven!«, brüllte der Reiter. »Ihr existiert, um uns Freude zu bereiten. Wie fühlt es sich an auf der anderen Seite der Simulation?«

Plötzlich verstand Andropow. Er fragte sich, warum er so lange gebraucht hatte, darauf zu kommen. Wahrscheinlich, weil er Baines Rede nicht richtig zugehört hatte.

Baines wollte sie nicht tot sehen. Er wollte, dass sie litten. Er wollte, dass sie behandelt wurden, wie Menschen Hologramme behandelten - als Dinge. Andropow errötete, denn auch er hatte hin und wieder holografische Simulationen durchgespielt, die Titel getragen hatten wie »Vulkanische Liebessklavin«. Er wusste, was dort mit den Hologrammen geschah.

Aber, verdammt, es waren Hologramme, keine Menschen. Sie waren erschaffen worden, um ... nun ja ... Liebessklavinnen zu sein oder Centurions oder Diener oder Antagonisten für den organischen Protagonisten. Sie waren nur ein Kraftfeld mit einem Bild darüber - nichts anderes als Photonen. Sie konnten nicht essen, nicht schlafen, nicht lieben, keinen Schmerz fühlen. Diese kranke Umkehr der Rollen, die Baines sich ausgedacht hatte, stellte keineswegs alles auf den Kopf. Sie diente lediglich dazu, die Leute zu quälen, von denen Baines aus irgendeinem Grund beschlossen hatte, dass sie »Herren« waren, die Hologramme geschaffen hatten, um sie zu missbrauchen.

Aber dann dachte Andropow an den Doktor der *Voyager*. Er hatte mit ihm gesprochen und ihn als überzeugend real erfahren. Der Doktor, so hatte er gehört, war über seine Programmierung hinausgewachsen, hatte sich verliebt, hatte alles über Opern und das Tanzen gelernt. Das klang mehr nach einer Person als nach einer Ansammlung von Photonen.

Wie die meisten Leute hatte Andropow *Photonen brauchen Freiheit* durchgespielt, und es hatte ihn zum Nachdenken angeregt. Aber es war nur ein Holoroman. Andropow hatte ihn jederzeit unterbrechen können, indem er drei Worte sagte: »Computer, Programm beenden.«

Hier war alles viel zu real. Wie die Hologramme in »Vulkanische Liebessklavin« hatte er keine Möglichkeit, das Programm einfach abzuschalten, wenn es unangenehm wurde.

Allyson eilte zu ihm, gefolgt von Robinson. »Alles in Ordnung?« Allyson zog die Luft zwischen den Zähnen ein, als sie sein Gesicht sah. Er versuchte zu lächeln, obwohl die Geste Schmerz in seinen Nervenenden aufflammen ließ.

»Nichts, was ein Dermalregenerator nicht wieder hinbekommt«, versuchte er die junge Frau zu beruhigen. Sie musste sich nicht auch noch Sorgen um ihn machen.

Robinson blickte ihn ernst an. »Ich kann allerdings keinen hier herumliegen sehen«, sagte sie.

»Wir werden hier rauskommen. Er wird uns nicht töten.« *Zumindest*, dachte Andropow, *hoffe ich das.* »Verstehen Sie nicht, was hier vorgeht? Er versucht, uns die andere Seite sehen zu lassen. Wir sollen erfahren, wie es ist, ein hilfloses Hologramm zu sein, das den Launen seines Erschaffers ausgeliefert ist.«

»Ziemlich dumme Methode, um unsere Sympathien zu wecken«, sagte Robinson. »Und diese Frau ... Tare ... sie war so mutig, wie sie sich ihm entgegengestellt hat.«

Allyson nickte und schluckte. »Wenn sie das nicht getan hätte, würde ich jetzt über dem Sattel hängen, um ... um ...«

»Ich weiß«, sagte Andropow leise. Er wusste, was mit Frauen in dieser Art Simulation geschah. Nach wie vor war er ziemlich sicher, dass Baines niemanden umbringen würde. Wer sollte dann der Sternenflotte von der grauenhaften Ungerechtigkeit berichten, unter der die Hologramme litten? Aber wie die Wunden in seinem Gesicht und auf seinem Rücken bewiesen, war alles andere offensichtlich erlaubt. Er hoffte sehr, dass Baines noch genug Menschlichkeit besaß, um bei Vergewaltigung eine Grenze zu ziehen.

Aber er war sich nicht sicher.

»Auf geht's, Sklaven!«, rief einer der Reiter. Die Peitsche zischte durch die Luft und traf den Rücken eines anderen Mannes. Er keuchte auf, seine Augen weiteten sich angesichts der unerwarteten Intensität des Schmerzes. In der Ferne erhob sich etwas, das aussah wie eine halb fertiggestellte Pyramide. Das stand also heute auf dem Programm.

»Kommen Sie«, sagte Robinson leise. »Unsere Doppelgänger werden die Leute nicht ewig täuschen können, und ich wette, Baines wird sich nicht lange zurückhalten können, sich damit zu brüsten. Er wird vor der Sternenflotte damit angeben, und sie werden eine Möglichkeit finden, dem hier ein Ende zu setzen.«

Andropow wünschte, er könnte genauso zuversichtlich sein. Auf einem nahen Felsvorsprung sah er ein weißes Pferd mit einem blau gekleideten Reiter darauf. Als sich das Sonnenlicht auf etwas Goldenem auf dessen Kopf brach, wusste er, dass es Baines war.

Du selbstgerechter Mistkerl. Hass packte Andropow, der sich beunruhigend gut anfühlte. *Wenn du jemanden umbringst oder diese Frau vergewaltigst, die den Mut hatte, sich deinen Schlägern entgegenzustellen, werde ich dich eigenhändig töten.*

10

Ensign Landon Ferguson mochte seine neue Dienststelle. Viele hätten es sterbenslangweilig gefunden, den ganzen Tag nur herumzustehen und hochrangigen Würdenträgern der Sternenflotte den Weg zu ihren Schiffen oder anderen Orten zu weisen. Aber Ferguson war mehr als zufrieden damit. Er hatte gerade seinen Abschluss gemacht, legte aber keinen Wert darauf, Abenteuer an Bord eines der Schiffe der Flotte zu erleben. Ebenso wenig hatte er Interesse am Drahtseilakt, den die Diplomatie erforderte. Er war auch nicht sonderlich begabt, wenn es um Computer oder Triebwerke ging. Doch er war ein eifriger Schüler und gut genug gewesen, um zu bestehen, und die Sternenflotte gab sich immer Mühe, ihren Absolventen einen angemessenen Arbeitsplatz zu verschaffen.

Darum war Ferguson hier in San Diego einer der vielen Menschen, die die Abfertigung der Transporter überwachten. San Diego war ein riesiger Umschlaghafen der Sternenflotte. Darum legte man hier Wert auf menschliche Arbeitskräfte, anstatt diese Aufgabe von Hologrammen erledigen zu lassen. Hier erhielt man die Freigabe, auf ein Schiff oder in einen Hochsicherheitsbereich gebeamt zu werden. Ferguson wusste, seine Aufgabe war wichtig, auch wenn er dabei nicht zu Ruhm kommen würde. Sollten doch andere die Feinde bekämpfen oder neue Spezies anwerben, die der Föderation beitreten sollten. Er war zufrieden damit, dafür zu sorgen, dass all diese Leute dorthin kamen, wo sie zu sein hatten.

Augenblicklich nahm er Haltung an, als sich die Türen zu dem großen Transporterraum zischend öffneten. Als er die Personen erkannte, die energischen Schrittes eintraten, riss er förmlich die Augen auf.

»Admiral Montgomery, Admiral Janeway.« Inzwischen war er daran gewöhnt, hochrangige Personen zu begrüßen. Erst letzte Woche hatte er die Ehre gehabt, den Mirkashu von Junn ins Hauptquartier der Sternenflotte zu beamen.

»Guten Morgen, Ensign«, erwiderte Montgomery. »Diese Herrschaften müssen auf die *Voyager* gebeamt werden.«

Das Blut wich aus Fergusons Gesicht, als er den Blick von Janeway über die Commanders Data, Tuvok und Chakotay und Lieutenant Commander Tom Paris zu Lieutenant Harry Kim gleiten ließ. Die anderen beiden, die genau wie Montgomery irgendwelche Aktentaschen bei sich trugen, kannte er nicht, nahm aber an, dass sie auch zur Besatzung der *Voyager* gehörten. Und das stellte ein riesiges Problem dar.

»Ähm ... ähm, Admiral Montgomery, Sir, könnte ich Sie einen Moment sprechen?«

Als er sah, wie Montgomerys Blick sich verfinsterte, zuckte Ferguson innerlich zusammen und schluckte hart. »Diese Frischlinge von der Akademie«, seufzte Montgomery kopfschüttelnd. »Einen Moment bitte, Kathryn.«

»Nun?«, forderte der Admiral, nachdem sie sich ein paar Schritte entfernt hatten.

»Sir, haben Sie Ihre eigenen Befehle vergessen?«

»Ich vergesse niemals meine Befehle. Ich ändere sie allerdings gelegentlich, so wie ich es jetzt tue, wenn Sie verstehen, was ich meine.«

»Ja Sir, das tue ich, Sir, aber Sie waren sehr nachdrücklich, als Sie uns diese Befehle gaben.« Ferguson wünschte, seine Stimme würde nicht so zittern. »Sie haben uns befohlen, kein Besatzungsmitglied der *Voyager* auf das Schiff zu lassen. Sie waren auch sehr nachdrücklich in Ihrer Darstellung, was mit demjenigen geschehen würde, der sie an Bord lässt.«

»Ich bin froh, dass Sie mich verstanden haben, und ich hoffe, dass ich mich nun ebenso verständlich ausdrücke, wenn ich Ihnen sage, dass dies ein Befehl ist, Ensign!«

»Ja Sir, natürlich, Sir.« Ferguson hastete an seine Station hinter der Konsole zurück. »Einen kleinen Moment, und ...«

»Was versuchen Sie da, Ensign? Wollen Sie hier den Torwächter spielen? Wir haben es eilig!«

Ferguson wurde übel. »So sind die Vorschriften, Sir. Ich habe ihn bereits auf dem Schirm. Commander Watson, hier ist Admiral Montgomery für Sie.« Er trat schnell zurück, damit Montgomery Watson auf dem kleinen Schirm sehen konnte.

»Guten Morgen, Admiral.« Watson war ein gut aussehender Schwarzer, dessen Haar die ersten Sprenkel von Grau aufwies. Ferguson fühlte sich von Watson stets eingeschüchtert. Das Gefühl gaben ihm aber auch die meisten anderen Leute. *»Was kann ich für Sie tun, Sir?«*

»Ich habe hier sieben Personen, die an Bord der *Voyager* müssen. Machen Sie ihnen keine Schwierigkeiten. Am besten gehen Sie ihnen einfach aus dem Weg und lassen sie ihre Arbeit machen.«

»Ja, Sir.«

»Oh, und Doktor Kaz wird sich ihnen bald anschließen. Für ihn gelten dieselben Regeln.«

»Selbstverständlich, Sir.«

»Ich werde in den nächsten Tagen ein paar sehr wichtige Besprechungen haben und würde es sehr begrüßen, wenn man mich dabei nicht stört. Diese Leute kennen ihre Aufgabe. Der Ensign hier hat Widerworte gestammelt und ist mir, gelinde gesagt, auf die Nerven gegangen. Von Ihnen möchte ich jetzt nicht auch noch Widersprüche hören, Watson.«

»*Verstanden, Sir. Keine Widersprüche.*«

»Gut. Montgomery Ende.« Er starrte Ferguson an, der vergeblich versuchte, sich nicht unter dem stechenden Blick zu winden. »Jetzt beamen Sie diese Leute an Bord, sofort.«

Als der Transporter summte und die sieben Personen dematerialisierten, stieß er einen Seufzer der Erleichterung aus und sackte gegen die Konsole. Für seinen Geschmack war an diesem Tag einfach zu viel los.

Janeway entging der Ausdruck auf Watsons Gesicht nicht, als er sie erkannte. In der Hoffnung, ihn und die beiden Sicherheitsbeamten zu beruhigen, lächelte sie.

»Ich weiß, dass unser Erscheinen unvorhergesehen kommt, Commander Watson.« Dann erinnerte sie sich an den Spruch, den Kaz benutzt hatte. »Aber verzweifelte Zeiten verlangen nach verzweifelten Maßnahmen.«

»Das tun sie«, entgegnete Watson kühl. »Wenn der Befehl nicht von Admiral Montgomery persönlich gekommen wäre, müsste ich Sie nun alle so lange festhalten, bis ich eine Freigabe bekäme.«

»Es ehrt Sie, dass Sie so gründlich arbeiten. Aber wie der Admiral bereits sagte, wir haben zu tun.«

Sie trat von der Transporterplattform und wollte gerade zur Tür hinaus, als ihr Watson in den Weg trat.

»Tut mir leid, Admiral. Aber bevor ich Sie weitergehen lasse, muss ich wissen, was Sie hier vorhaben.«

Sie biss die Zähne zusammen. »Mit allem gebührenden Respekt, Commander, das müssen Sie nicht.«

»Commander Watson«, meldete sich Data zu Wort, »über welche Sicherheitsfreigabe verfügen Sie?«

»Stufe Beta.«

»Verfügt jeder an Bord über diese Stufe?«, wollte nun Chakotay wissen und blickte dabei zu den beiden Wachposten. Watson nickte. »Gut, dann können Sie es ihnen mitteilen, Admiral.«

Janeway zögerte keinen Augenblick. »Wir sind hier, um die Sternenflotte bei der Forschung nach einem Heilmittel gegen das Borg-Virus zu unterstützen. Wir haben mehr Erfahrungen mit den Borg gesammelt als irgendwer hier auf der Erde. Die Daten in unseren Speicherbänken sowie unser Wissen über ihre Technologie werden hilfreich sein.«

Watson sah nicht aus, als würde er ihr glauben, während er sie aus zusammengekniffenen Augen musterte. »Warum hat Montgomery das nicht gesagt?«

Der wahre Grund, wieso »Montgomery« nichts gesagt hatte, war, dass er natürlich nicht der echte Montgomery, sondern eines von Baines' Hologrammen gewesen war. Und das Hologramm hatte nicht gewusst, wer Watson war oder über welche Sicherheitsfreigabe er verfügte. Nichts davon erwähnte Janeway, stattdessen erklärte sie: »Montgomery stand direkt neben einem sehr aufgeregten jungen Mann, der offensichtlich gerade erst von der Akademie kam.«

Watson nickte verstehend und schien sich bereits zu entspannen. »Sie dürfen fortfahren.«

Sie lächelte leicht. »Wissen Sie, Commander, man hat mir das Kommando nie offiziell entzogen. Das hier ist immer noch mein Schiff.«

Das soll er erst mal verarbeiten, dachte sie, als sie an ihm vorbei in den Korridor trat.

Einen Moment lang blieben sie alle wie angewurzelt stehen. »Was zum ...?«, begann Kim.

»Sie haben sie ausgeweidet!«, entfuhr es Tom, der damit aussprach, was sie alle dachten.

Die *Voyager* hatte schon schlimmer ausgesehen, aber es wollte Janeway nicht einfallen, wann das gewesen war. Montgomerys Techniker hatten ihre Aufgabe gründlich und buchstabengetreu erledigt und dabei ein Schlachtfeld hinterlassen. Abdeckungen waren abgenommen und beiseite geworfen worden. Offen gelegte

Leitungen starrten ihnen entgegen, abisolierte Kabel hingen herunter und sprühten gelegentlich Funken.

»Haben ihnen ihre Mütter nicht beigebracht, dass man nach dem Spielen aufräumt?« Janeway seufzte.

»Admiral, ich fürchte, wir können diese Form der ... Unordentlichkeit ... auf dem gesamten Schiff erwarten«, sagte Tuvok.

»Diesen Leuten geht es darum, die Möglichkeiten und Verbesserungen der *Voyager* zu erforschen. Dass sie wieder fliegen soll, war nie vorgesehen«, ergänzte Chakotay. »Als das Virus ausbrach, war das Letzte, woran die Leute dachten, alles wieder an seinen Platz zu schrauben.«

»Die Regenerationsalkoven.« Ein Schauder erfasste Janeway. »Was haben sie wohl damit angestellt?«

»Da sie Paradebeispiele der Borg-Technologie an Bord sind, werden sie die wohl sehr gründlich zerlegt und untersucht haben«, sagte Tom mürrisch. Trotz ihrer holografischen Tarnung wirkten Seven und Icheb besorgt.

»In Ordnung. Panik bringt uns nicht weiter. Wir werden Folgendes tun«, bestimmte Janeway.

Commander Roger Watson starrte die geschlossene Tür an, durch die der ehemalige Captain und ihre Besatzung verschwunden waren.

»Stimmt etwas nicht, Sir?«

»Ich bin mir nicht sicher«, antwortete Watson langsam. Seit über zwanzig Jahren war er in der Sicherheit tätig. Er war in der Hierarchie so weit aufgestiegen, indem er seinen Instinkten vertraut hatte, und jetzt gaben sie Roten Alarm. Dennoch schien alles in bester Ordnung zu sein. Er hatte Admiral Montgomery mit eigenen Augen gesehen. Selbstverständlich wusste er von dem Borg-Virus, und es ergab nur Sinn, dass die Leute, die die Borg am besten kannten Zugang zu ihrem ehemaligen Schiff erhielten.

Und dennoch ... Montgomery und auch Commander Grady hatten

deutlich gemacht, dass kein ehemaliges Besatzungsmitglied der *Voyager* zurück an Bord durfte. Wieso hatten sie ihre Ansicht geändert, gerade jetzt? Und wieso war Commander Data dabei? Soweit Watson wusste, tat der Androide noch immer Dienst auf der *Enterprise*.

Obwohl alle Protokolle befolgt worden waren, sagten ihm seine Instinkte, dass etwas überhaupt nicht stimmte.

»Irgendwas schmeckt mir daran nicht«, sagte Watson schließlich, den Blick noch immer auf die Tür geheftet. »Holen Sie das zweite Team hoch.«

Das Tier, das sie gefangen und getötet hatte, brutzelte nun über ihrem Feuer. Es hatte große sanfte Augen, vier Beine und Hörner entlang der Wirbelsäule gehabt, aber sie kam nicht auf den Namen. Dabei erinnerte Torres sich an das letzte Mal, als sie neben einem Feuer gesessen und Abendessen zubereitet hatte. Es war mit ihrem Vater, ihrem Onkel und ihren Cousins während des letzten katastrophalen Campingausflugs gewesen. B'Elanna lächelte bei dem Gedanken, die Prüfung des Geistes mit einem Campingausflug gleichzusetzen.

Sie hatte das Abendessen damals nicht erlegt, sondern die Würstchen und Marshmallows, die sie ins Feuer gehalten hatten, lediglich von zu Hause mitgebracht. Damals hatte sie ein gemütliches Zelt gehabt, trockene und saubere Kleidung und die Gesellschaft von Menschen, die sie liebte. Es hatte Kameradschaft geherrscht, auch wenn sie nicht halten sollte.

Saft vom Fleisch troff ins Feuer. Die Flammen zischten und knisterten. Der Geruch war köstlich, und ihr lief das Wasser im Mund zusammen.

Ungeachtet der zögerlichen Annäherung, die Torres und ihr Vater seit ihrer Rückkehr versucht hatten, war die Situation zwischen ihnen noch immer angespannt. Jetzt, während sie neben dem Feuer darauf wartete, dass das Fleisch gar wurde, erkannte sie, dass sie ihre Beziehung wirklich kitten wollte. Sie wollte die Beziehung zu ihren beiden Elternteilen wieder herstellen. Zu ihrem resignierten und abwesenden Vater ebenso wie zu ihrer wagemutigen, unbeherrschten klingonischen Mutter.

Vielleicht sollte sie noch einmal zelten gehen, mit ihrem Vater, Tom und der Kleinen. Man könnte eine neue Familientradition beginnen. Ihre Mutter hingegen ...

Torres schauderte, wann immer sie an den Ritus dachte, den sie hatte durchstehen müssen, um die Prüfung antreten zu dürfen. Ihre Erinnerung war bruchstückhaft, bestimmt wegen der Dämpfe, die aus den Lavagruben aufgestiegen waren. Sie erinnerte sich aber an genügend Details: Hitze, Schmerz und Nacktheit. Trotz der Qual hatte es sich jedoch richtig angefühlt, passend. Sie hatte sich in der Tat wie wiedergeboren gefühlt, als sie in die Wildnis von Boreth hinausgetreten war. Ganz sicher wollte sie es nicht noch einmal durchmachen. Aber sie war froh, dass es da etwas gegeben hatte, eine Zeremonie, die ihre Abreise als etwas markiert hatte, das es wert war, getan zu werden. Eine Form der Anerkennung.

B'Elanna nahm einen der Bratspieße, blies über das Fleisch und berührte es immer wieder, bis sie sicher war, dass sie sich nicht den Mund verbrennen würde. Sie riss einen großen Bissen heraus. Während sie kaute, flossen ihr die Säfte übers Kinn. Es war das Beste, was sie je gegessen hatte. Sie sah die anderen sechs Spieße an und lächelte. Heute Nacht würde sie satt schlafen, ohne dafür Maden essen zu müssen.

Sie hatte abgenommen. Schon immer war sie schlank und drahtig gewesen, doch mittlerweile war auch das letzte bisschen Fett verschwunden, das sie noch am Leib gehabt hatte. Sie bestand nur noch aus Knochen, Blut, Muskeln und Sehnen. Sie nutzte jeden Tag, hatte gelernt, Nahrung zu finden, und schlief nachts wie eine Tote. Noch vor ein paar Monaten hätte sie über die Behauptung gelacht, solche Qualen wären nicht nur eine Belastung, sondern könnten sogar reinigend sein. Nun wusste sie, dass es stimmte.

Mit jedem Schritt fühlte sie sich ihrer Mutter näher, und das war etwas, wonach sie sich bereits seit Jahren sehnte. Es war, als würde sie ihren alten Groll gegen ihre Mutter in den Matsch schwitzen, mit dem sie sich immer bedeckte, sobald sie an einem Tümpel vorbeikam. Als ginge alles, was sie emotional und körperlich vergiftete, in die feuchte Erde über. Und wenn sie an einen sauberen Teich oder einen Wasserfall kam, erlaubte sie sich den Luxus, den Dreck, den Ballast abzuwaschen. Danach fühlte sie sich sauberer als nach einer ausgiebigen Schalldusche.

Sie musste zugeben, dass sie die Mahlzeiten aus Früchten, Knollen, Maden und fast rohem Fleisch genoss. Sie konnte förmlich spüren, wie ihr Körper gierig die Nährstoffe aus Speisen aufnahm, angesichts derer sie sich früher übergeben hätte. Kein Wein oder replizierter Alkohol schmeckte so süß wie das Wasser aus einem Bach oder die Regentropfen, die sie mit einem großen Blatt auffing. Sie hatte keinen Ehemann und kein Kind, um die sie sich kümmern musste, keinen Antrieb, den es zu reparieren galt, keine Untergebenen zu befehligen, keinen Captain, dem sie Bericht erstatten musste. Nur den Dschungel, den Himmel darüber und ihre zielgerichteten Schritte durch die unwirtliche Landschaft, die sie zu ihrem nächsten Lebensabschnitt führen würden.

Zum ersten Mal in ihrem Leben verstand B'Elanna Torres wirklich, was ihre Mutter all die Jahre versucht hatte ihr zu vermitteln. Es lag eine tief greifende Reinheit in wund gescheuerter Haut, in verspannten Muskeln. Darin, den Mantel eines bequemen, geordneten, technischen Lebens abzustreifen. Sie konnte hören, wie ihr Herz das Blut durch ihre Adern pumpte, spüren, wie der Sauerstoff, den sie in ihre drei Lungen sog, dieses Blut anreicherte. Sie spürte, wie Muskeln arbeiteten, ihren Gedanken in die Tat umsetzten: Lauf weiter. Hier, an dem Ort, an dem sie am wenigsten damit gerechnet hätte, fand die gequälte halbklingonische Frau einen Frieden, den sie nie für möglich gehalten hätte.

»Davon muss ich Chakotay erzählen.« Um ihre eigene Stimme

zu hören, sprach sie die Worte aus, anstatt sie nur zu denken. Zu Beginn dieses Abenteuers hatte sie viel mit sich selbst gesprochen. Oft hatte sie das Bedürfnis verspürt, eine Stimme zu hören, selbst wenn es nur ihre eigene war. Einsamkeit und Stille waren ungewohnt nach den vergangenen sieben Jahren in ständiger Gesellschaft, und wenn sie ehrlich zu sich selbst war, es hatte ihr Angst gemacht.

Doch je mehr Zeit sie allein verbrachte, umso mehr erkannte sie, dass sie nicht wirklich allein war. Je mehr Zeit sie schweigend verbrachte, umso offensichtlicher wurden ihr die Geräusche, die sie umgaben. Hier, in diesem Regenwald, gab es unzählige Spezies, die ihr Gesellschaft leisteten, und sie alle sprachen zu ihr. Sie lernte, ihnen zuzuhören anstatt sich selbst. Deshalb klang in dem Moment, als sie die Worte aussprach, ihre eigene Stimme rau und heiser.

Zufrieden mit der Gesellschaft, die sie selbst und Tausende anderer Lebewesen boten, aß sie schweigend auf. Sie verschlang das Fleisch, das auf allen sieben Spießen steckte, bis ihr Bauch ganz angeschwollen war und aufgrund der ungewohnten Menge rumorte. Sanft tätschelte sie ihn, sicher, dass alles ordentlich verdaut werden würde und ihr Körper die Nährstoffe gut gebrauchen konnte.

Torres betrachtete das Gerippe. Daran hing noch eine Menge Fleisch. Gegrillt wäre es um einiges haltbarer als roh. Mit Sicherheit war es genug, um sie mindestens einen weiteren Tag satt zu halten, vielleicht sogar zwei. Sie bestückte die Bratspieße erneut, als sie ein lautes Knacken hörte.

Sofort war sie auf den Beinen, hielt einen improvisierten Speer in der Hand. Jenseits des Feuerscheins war der Dschungel in völlige Dunkelheit getaucht. Es stand kein Mond am Himmel, und die Sterne spendeten nicht viel Licht. Wie aus Stein gemeißelt stand sie da, beruhigte ihre Atmung, sogar ihren Herzschlag, während sie angestrengt lauschte. Der Dschungel, der zuvor noch von Vogelrufen und den Geräuschen der Insekten erfüllt gewesen war, lag mit einem Mal unheimlich still da.

Dann ertönte erneut das Knacken.

Torres verfluchte sich im Stillen. Sie hätte kein Feuer anzünden sollen. Sie war in der Lage, rohes Fleisch zu verdauen. Das hatte sie schon früher getan. Aber die Stille und die Trockenheit der letzten Tage hatten ihr einen falschen Eindruck von Sicherheit vermittelt. Der Gedanke an ein knisterndes, wärmendes Feuer, über dem sie ihr Fleisch braten konnte, war einfach zu verlockend gewesen.

Nun war dort draußen etwas, und dem Rascheln der Büsche nach zu urteilen, handelte es sich um etwas Großes. Sie überlegte, das Feuer zu löschen, aber das würde ihr nun auch nichts mehr nützen. Was immer dort draußen lauerte, konnte vermutlich im schwachen Sternenlicht um einiges besser sehen als sie. Langsam trat sie einen Schritt vor, nahm ein Bündel Zweige, die sie gesammelt und zusammengebunden hatte, um es als Fackel zu benutzen, und entzündete ein Ende.

Mit ihrer improvisierten Fackel trat Torres einen weiteren Schritt vorwärts. Sie hielt das Bündel in die Höhe, versuchte zu erkennen, was diesen Aufruhr verursachte. Falls nötig, konnte sie die Fackel auch als Waffe benutzen. Die meisten wilden Tiere hatten eine natürliche Angst vor Feuer. Handelte es sich um einen weiteren *grikshak*, oder war es vielleicht ein *maasklak*?

Sie nahm ihren Mut zusammen und marschierte ins Dickicht. Heimlichkeit hatte keinen Sinn. Hinter ihr wurde das Leuchten des Feuers schwächer, und Dunkelheit legte sich um sie. Ihre Nerven waren zum Zerreißen gespannt. Wo steckte es nur? Wenn es fortgelaufen wäre, hätte sie es gehört. Es war noch immer hier ... beobachtete sie ... wartete.

Aus dem Augenwinkel bemerkte sie eine Bewegung, etwas, das dunkler als die umgebenden Schatten war. Mit einem Aufschrei schwang sie die Fackel.

Irgendetwas schlug ihr die Zweige aus der Hand. Sie landeten in einem Haufen Laub, der schmorte, als die Flammen an den feuchten Blättern leckten. Ein weiterer Schlag, diesmal in die Magengegend.

B'Elanna krümmte sich, versuchte, wieder zu Atem zu kommen. Noch während sie erneut auf die Füße kam, wusste sie, dass es bereits zu spät war. Der Speer, den sie mit der linken Hand umklammerte, würde ihr im Nahkampf keine Hilfe sein. Sie wünschte sich, sie hätte ihren selbst gehauenen Steindolch dabei.

Das Wesen landete auf ihr. Sie schlug um sich, selbst noch, als ihr klar wurde, dass es kein Tier war, sondern humanoid. Eine Stimme bahnte sich den Weg durch das Adrenalin in ihrem Verstand: »'Lanna!«

11

»Mr. Data, Sie wissen besser darüber Bescheid, wie die Dinge inzwischen auf einem Föderationsschiff laufen, als ich«, sagte Janeway, während sie in Richtung Frachtraum zwei gingen. »Mit welchen Sicherheitsvorkehrungen werden wir auf der *Voyager* unter diesen Umständen zu rechnen haben?«

»Momentan besagen die Sternenflottenvorschriften, dass ein im Dock liegendes Schiff nur mit einer minimalen Anzahl von Sicherheitsleuten bestückt sein muss«, sagte Data. »Wenn man allerdings den besonderen Fall der *Voyager* bedenkt und die Natur der Gefahr, der sich die Föderation derzeit gegenübersieht, ist anzunehmen, dass ein Sicherheitsteam der Stufe R-54B hier stationiert wurde.«

»Das bedeutet?«, fragte Tom.

Data wandte sich ihm zu. »Acht Sicherheitsleute vom Rang eines Lieutenants oder höher, die für die Dauer des Projekts auf der *Voyager* stationiert sind. Sie werden in Vier-Tages-Schichten arbeiten, jeder zwölf Stunden. Also werden sich jederzeit vier Leute im Dienst befinden.«

»Und der Rest hängt hier einfach nur rum?«, fragte Tom.

»Ihnen wurden an Bord der *Voyager* Quartiere zugewiesen, wo sie ihre Mahlzeiten einnehmen und ihren Freizeitbeschäftigungen nachgehen können.«

Chakotay und Janeway wechselten einen Blick. »Das klingt nicht so schlecht«, sagte Chakotay.

»Stimmt«, bestätigte Janeway. »Aber eines nach dem anderen. Wir müssen zuerst Seven und Icheb zu den Regenerationsalkoven bringen.«

»Commander Watson wirkte skeptisch, als Sie den Grund unseres Hierseins nannten«, sagte Tuvok. »Ich bin nicht sicher, ob er uns vollständig vertraut. Und in dieser Hinsicht wäre es wohl nicht hilfreich, wenn wir zwei Borg-Alkoven aktivieren.«

»Wir werden das als Teil unserer Forschungen ausgeben, um das Virus zu untersuchen«, erklärte Janeway.

»Commander Tuvok hat recht«, sagte Data. »Seven of Nine und Icheb werden ihre holografische Tarnung nicht nutzen können, solange sie sich in den Regenerationsalkoven befinden. Commander Watson wird sein Misstrauen bestätigt sehen, wenn er Frachtraum zwei betritt und dort zwei ehemalige Borg entdeckt.«

»Dann müssen wir sicherstellen, dass er Frachtraum zwei nicht betritt«, sagte Janeway. »Tuvok, Sie haben auf diesem Schiff die Sicherheit geleitet. Ich übertrage Ihnen die Aufgabe, Seven und Icheb zu bewachen, während sie regenerieren. Harry, Sie brauche ich an der Ops-Station. Können Sie das System so weit auseinandernehmen, dass Watson nicht bemerkt, was wir bei den Regenerationsalkoven tun?«

»Ich denke schon«, sagte Kim. »Allerdings ist B'Elanna mit so etwas besser.«

»B'Elanna ist nicht hier. Sie sind hier. Können Sie es, oder können Sie es nicht?«

»Ich kann es, Admiral.«

»Gut. Und wenn Sie schon dabei sind, stellen Sie sicher, dass Sie jeden Versuch Watsons blockieren, Montgomery zu erreichen.«

Kim nickte. »Das ist einfacher. Was ist mit eingehenden Nachrichten?«

»Laden Sie sie in einen Puffer und lesen Sie sie, wenn Sie die

Gelegenheit dazu erhalten. Ich will von jedem Kontaktversuch erfahren.« Sie drückte seinen Arm. »Tun Sie es.«

Er grinste. »Aye, Captain. Ich meine ...«

»Ich denke, Captain gefällt mir besser.« Sie zwinkerte ihm zu, und er wandte sich um und ging in Richtung Turbolift.

Als sie Frachtraum zwei betraten, fühlte Janeway den Schock beinahe wie einen physischen Schlag.

»Oh Gott«, sagte Paris und drückte damit aus, was sie alle fühlten. In ihrem Rücken hörte Janeway Seven und Icheb nach Luft schnappen.

Es sah fast aus, als wäre Frachtraum zwei Opfer eines Angriffs geworden. Zwei der fünf Alkoven waren vollständig entfernt worden, wahrscheinlich, damit sie in einer kontrollierten Umgebung genauer untersucht werden konnten. Einer war vollständig zerstört. Die anderen beiden sahen nicht viel besser aus.

Ruhig zückte Data seinen Trikorder. »Die Zerstörung ist größtenteils kosmetischer Natur«, machte er ihnen Mut. »Keine der Einheiten funktioniert im Moment, aber ich denke, wir können diese beiden reparieren, wenn wir Komponenten aus dem dritten verwenden.«

»Dann an die Arbeit.« Janeway legte Icheb eine Hand auf die Schulter. »Wir sorgen dafür, dass ihr beide dort schnell rein könnt.«

Harry Kim fühlte sich seltsam, als er mit dem Turbolift Richtung Brücke fuhr.

Wie oft hatte er genau das während der letzten sieben Jahre getan? Aber dieses Mal war es anders. Diesmal trat er nicht seinen Dienst als wertvolles Mitglied der Besatzung eines Schiffes an, dem er sich voll und ganz verschrieben hatte. Heute kehrte er als Eindringling zurück, als Spion. Er sollte nicht hier sein. Er gehörte hier nicht mehr her. Was er tun wollte, konnte als Verrat ausgelegt werden, und er wusste, dass er in ein paar Tagen vielleicht vor dem Militärgericht stehen würde.

Andererseits würde es in ein paar Tagen womöglich niemanden mehr geben, der ein Militärgericht abhalten konnte. Er kannte die genaue Infektionsrate nicht, aber er wusste genug, um förmlich zu zittern vor Angst. Deshalb war er hier, ein Flüchtling an Bord seines eigenen Schiffes.

Als der Turbolift anhielt, glaubte er eine Stimme zu hören, die etwas in der Art von »Phaser abfeuern!« sagte. Die Tür öffnete sich zischend, und er trat ein wenig besorgt nach draußen. Gerade noch rechtzeitig, um jemanden zu sehen, der neben dem Kommandosessel stand und ein wenig ertappt wirkte. Harry unterdrückte ein Grinsen. Da hatte wohl jemand Captain gespielt.

Um seine Verlegenheit zu überspielen, zog der Sicherheitsmann seinen Phaser. »Sie gehören nicht zur Sicherheit. Name und Absicht!«

Harry hob die Hände. »Hey, hey, Lieutenant. Mein Name ist Lieutenant Harry Kim. Ich bin mit Admiral Janeway hier, um für die Sternenflotte ein paar Nachforschungen über das Borg-Virus anzustellen. Hat Commander Watson Sie nicht benachrichtigt?«

»Nein, hat er nicht«, sagte der Lieutenant. Den Phaser immer noch auf Harry gerichtet, trat er schnell zur Ops-Konsole. »Lieutenant Crais an Commander Watson. Ich habe eine unbekannte Person auf der Brücke. Sagt, er sei Harry Kim und behauptet, mit Admiral Janeway an Bord gekommen zu sein.«

»Er ist mit Janeway gekommen, aber was zum Teufel tut er auf der Brücke?«, erklang Watsons Stimme.

»Commander.« Kim trat an seinen alten Posten. »Hier spricht Lieutenant Kim. Ich bin hier, um ein paar Nachforschungen anzustellen.«

»Wieso müssen Sie dazu auf die Brücke?«

Warum *musste* er auf der Brücke sein? Abgesehen von dem Zweck, zu dem er tatsächlich hier war.

»Ich muss an der Ops- und der Wissenschaftsstation arbeiten. Mehr darf ich darüber nicht sagen.«

Für eine Weile herrschte Schweigen, während die Lieutenants einander beäugten. Schließlich sagte Watson: *»Sie können fortfahren.«*

Indem er sich ein Beispiel an Janeway nahm, lächelte Harry und streckte die Hand aus. »Tut mir leid, dass ich Sie erschreckt habe.«

Crais zögerte, dann schüttelte er die angebotene Hand, wich aber seinem Blick aus, und seine Wangen röteten sich ein wenig.

»Ich bin Leo Crais. Willkommen an Bord - oder sollte ich sagen, willkommen zurück an Bord, Mr. Kim.«

»Sie haben mich erkannt.« Vor ein paar Wochen hätte sich Harry darüber gefreut. Nun machte er sich deswegen Sorgen. Wie viele Leute würden ihn und den Rest der Mannschaft auf den ersten Blick erkennen?

»Ich habe einen Moment gebraucht, aber ja. Also«, fragte Crais hoffnungsvoll, »woran arbeiten Sie?«

Stumm betete Harry zu irgendeiner Gottheit, die gerade zuhören mochte: *Errette mich vor gelangweilten Sicherheitsleuten.* Er lächelte entschuldigend.

»Tut mir leid. Wie ich Commander Watson gesagt habe, ist diese Information nicht freigegeben. Ich bin sicher, damit kennen Sie sich aus.«

Crais wirkte ein wenig enttäuscht, aber das Kompliment besänftigte ihn offensichtlich.

»Klar. Ich habe Freigabestufe Beta. Na ja, lassen Sie es mich wissen, wenn Sie noch irgendetwas brauchen.«

Harry stieß einen erleichterten Seufzer aus, als der Lieutenant sich wieder in den Kommandosessel setzte. Er wandte seine Aufmerksamkeit der bevorstehenden Aufgabe zu. Keine Minute zu früh. Crais war keine zwei Schritte gegangen, als ein Licht auf der Konsole aufleuchtete. Schnell trat Harry davor, für den Fall, dass Crais zurückkam, um das Gespräch fortzuführen. Zum Glück, falls man das so nennen wollte, war die Abdeckung der Konsole entfernt worden, und ihr Inneres lag offen. Er kniete sich davor und begann mit der Arbeit. Das würde schwerer werden als erwartet. Hier herrschte überall Durcheinander, und er hatte Probleme, das ...

»Hey, warum blinkt das Licht?«

Adrenalin durchflutete Harrys Körper. Er hantierte an den Kabeln herum und versuchte möglichst beiläufig zu klingen, als er sagte: »Das war ich. Ich teste nur etwas.«

Das Licht hörte auf zu blinken. Harry hielt den Atem an und wartete darauf, dass Crais Watson kontaktieren würde, um zu verkünden, dass er nicht war, was er vorgab zu sein. Vielleicht würde Crais auch einen Phaser auf ihn richten ...

»Oh. Okay.«

Harry stieß den Atem aus und schloss die Augen. Schweiß sammelte sich auf seiner Stirn.

»Was hat die Ops-Station mit der Suche nach einem Heilmittel für das Borg-Virus zu tun?«

Verdammt. Harry erhob sich und versuchte, geheimnisvoll und abweisend auszusehen. Wahrscheinlich versagte er dabei kläglich.

»An einem Punkt unserer Reise hatten wir Borg-Technik in beinahe jedem System des Schiffes«, sagte er. »Wie genau sie miteinander verbunden sind, ist geheim.«

Crais blickte ihn aus zusammengekniffenen Augen an. Harry nahm an, dass er es allmählich zu weit trieb. Crais mochte Langeweile haben und sich Spiele ausdenken, um die Zeit totzuschlagen, aber er war nicht dumm. Harry fühlte seinen Blick im Rücken, als er sich hinkniete und sich wieder mit der Konsole beschäftigte.

Es war das reinste Chaos, genau wie überall auf der Brücke. Jede Station war auseinandergenommen worden, und selbst wenn man sie danach wieder zusammengesetzt hatte, war das nur halbherzig geschehen.

»Projekt Full Circle wird seinem Namen nicht gerecht«, murmelte er.

»Was?«

»Ich dachte, Projekt Full Circle ist ein sehr passender Name«, log er.

»Oh. Ja, schätze schon.«

Beeilen Sie sich, Admiral, dachte Harry. *Ich werde diesen Kerl nicht ewig hinhalten können.*

Zügig ging Data in Richtung Krankenstation. Der Doktor hatte ihm versichert, dass sie von dort auf alles Zugriff haben würden. Vorausgesetzt natürlich, dass die Sternenflotte die Daten nicht an einen anderen Ort übertragen und die Aufzeichnungen der *Voyager* gelöscht hatte. Das erschien Data allerdings sehr unwahrscheinlich. Als er die Krankenstation betrat, sagte er: »Computer. Humanoide in der Nähe lokalisieren und identifizieren.«

»In der Nähe befindet sich Lieutenant Commander Susan Taylor. Derzeitiger Aufenthaltsort - Deck sieben«, antwortete der Computer. Bestens. Es war höchst unwahrscheinlich, dass sie jemand stören würde. Data entfernte ein Stück seines Schädels, verband sich selbst mit dem Computer und lud den Doktor darauf.

Während er das Schädelstück an seinen Platz zurücksetzte, sagte er: »Computer, MHN aktivieren.«

Der Doktor erschien, und sein Gesicht nahm einen verträumten Ausdruck an. »Mein alter Spielplatz«, sagte er voller Zuneigung, während er sich auf der Krankenstation umsah.

Data öffnete den Mund, um sich zu erkundigen, ob der Doktor seine Arbeit nicht ernst genommen hatte, überlegte es sich dann aber anders.

»Computer«, sagte er. »Modifiziere das MHN so, dass sein äußeres Erscheinungsbild und seine Stimme dem derzeit in der Sternenflotte verwendeten Modell entsprechen.«

Der Doktor wandte sich um. »Ich will nicht aussehen wie ...«

Seine Darstellung schimmerte und formte sich neu.

»... die neueste Version. Ich will aussehen wie ich.«

Data legte den Kopf schief. »Das ist eine notwendige Vorsichtsmaßnahme. Sollte jemand hereinkommen und Sie sehen, würde er misstrauisch werden.«

Der Doktor seufzte. Er war nun ein wenig größer, deutlich schlanker und von anderer Volkszugehörigkeit. Schulterzuckend blickte er auf seine dunklen Hände hinab.

»Das muss eine spätere Version als das MHN II sein«, murmelte er. »Was für ein Glück.«

»Wir sollten uns an die Arbeit machen«, sagte Data freundlich.

»Natürlich. Fangen wir an.«

Janeway seufzte erleichtert auf, als Seven und Icheb in die Regenerationsalkoven traten und die Augen schlossen. Ihre Gesichter entspannten sich. Es tat gut, sie so zu sehen und zu wissen, dass die beiden sich in ein paar Stunden sehr viel besser fühlen würden.

Die zwei Alkoven wieder in Gang zu bringen, hatte sie gut eine halbe Stunde gekostet. Die Verzögerung hatte an ihren Nerven gezehrt, aber es war nicht anderes gegangen. Nun standen die beiden sicher in ihren Alkoven, Harry war auf der Brücke und stellte sicher, dass keine Nachrichten hinaus- oder hereinkamen, und der Doktor und Data betrieben Forschungen in der Krankenstation.

»Commander«, sagte sie zu Tuvok. »Ich lege Sevens und Ichebs Sicherheit in Ihre Hände. Sie dürfen nicht entdeckt werden, sonst fliegen wir auf.«

Amüsiert stellte sie fest, wie sich Tuvoks Brauen bei dem Wort »auffliegen« zusammenzogen. »Verstanden«, sagte er.

»Was nun, Admiral?«, fragte Paris. Er und Chakotay sahen sie erwartungsvoll an.

»Nun, meine Herren«, erklärte sie mit einem Lächeln, »gehen wir auf die Jagd.«

12

Dr. Jarem Kaz materialisierte an Bord der *Voyager* und lächelte die Wächter an den Transporterkontrollen an.

»Willkommen an Bord, Dr. Kaz.«

»Danke sehr.« *Kurz halten*, dachte er. Gradak hatten derartige Täuschungen vielleicht gelegen. Sein Herz hingegen raste. Er rechnete fest damit, jeden Moment aufzufliegen. Trotzdem verspürte er neben der Beklemmung noch etwas anderes ... Aufregung.

Er hatte sich zuvor mit den Bauplänen der *Intrepid*-Klasse befasst, damit er keine Zeit verschwendete oder gar zu viel Aufmerksamkeit auf sich zog. Als er die Krankenstation betrat und Data und den Doktor sah, fühlte er Erleichterung. Dann schaute er noch einmal genauer hin.

»Irgendwie sehen Sie anders aus, Doktor. Ah, natürlich, wenn Sie Ihr gewohntes Aussehen beibehalten hätten, würde das auffallen.«

»Genau das war der Gedanke dahinter, obwohl es etwas gewöhnungsbedürftig ist.«

»Konnten Sie schon etwas finden?«

Die Miene des Doktors verfinsterte sich, was zu dem aktuellen, jüngeren Gesicht des MHNs nicht so recht passte.

»Nichts, zumindest nichts Brauchbares. Commander Data war sehr hilfreich beim Durchsuchen der Daten.«

»Das kann ich mir vorstellen«, antwortete Kaz. »Ich konnte fast alles herunterladen, was bisher über das Virus bekannt ist. Allerdings ist dieser Download feststellbar. Sollte ihn jemand bemerken, wird ihm das verraten, dass es eine undichte Stelle gibt, und das wiederum führt ihn vermutlich direkt hierher.«

»Das gesamte Unterfangen birgt Risiken, Doktor Kaz«, schaltete sich Data in die Unterhaltung ein. »Ich bin mir sicher, Sie haben alles Ihnen Mögliche getan, um eine Entdeckung zu vermeiden.«

»Das hoffe ich.«

Die Tür öffnete sich zischend. Alle drei drehten sich herum, als eine große dunkelhaarige Frau eintrat.

»Ich bin Lieutenant Commander Susan Taylor. Sie sind ganz offensichtlich Commander Data. Es ist mir eine Ehre, Sie zu treffen, Sir.« Sie reichte Data die Hand, die dieser freundlich ergriff und schüttelte. »Und Sie müssen Doktor Kaz sein. Ich habe auch von Ihnen gehört.«

Wie betäubt schüttelte auch Kaz ihre Hand. Das MHN ignorierte sie hingegen völlig, wie ihm auffiel.

»Commander Watson hat uns mitgeteilt, dass Sie sich an Bord befinden, und ich dachte, ich biete Ihnen meine bescheidene Unterstützung an.«

Kaz konnte förmlich spüren, wie ihm das Blut aus dem Gesicht wich. Glücklicherweise mischte sich in diesem Moment Data ein.

»Wir danken Ihnen für das Angebot, Lieutenant Commander. Dennoch, unsere Arbeit ist höchst vertraulich. Ich bezweifle sogar, dass die Vorschriften Ihre Anwesenheit erlauben, wenn man bedenkt, welche Art von Daten gerade auf den Bildschirmen zu sehen ist.«

Kaz beobachtet, wie ihr Blick automatisch zu den Bildschirmen zuckte und sie dann bewusst wieder wegsah.

»Verzeihung.«

»Keine Sorge«, sagte Kaz sanft. »Falls es etwas gibt, das wir benötigen, wenden wir uns an Sie.«

»Ich stehe zu Ihren Diensten, Sir.« Mit einem kurzen Lächeln drehte sie sich um und ging.

»Sie hat mich nicht einmal angesehen«, zischte der Doktor. »Haben Sie das bemerkt? Ich hätte genauso gut abgeschaltet sein können. Pffft. Und Sie fragen sich, wieso Baines das Thema Hologramme so unter den Nägeln brennt.«

»Nehmen Sie es nicht persönlich, Doktor.« Irgendetwas störte Kaz. Etwas stimmte ganz und gar nicht. Er begann damit, Daten von seinem Padd in den Computer der *Voyager* zu übertragen.

Lieutenant Commander Susan Taylor war nun schon seit acht Jahren in der Sicherheit tätig. Sie sah sich nicht als grünen Ensign, der vor Schreck erstarrte, wenn er einer Berühmtheit gegenüberstand. Dennoch, als Watson sie darüber informiert hatte, dass niemand Geringerer als Commander Data an Bord war ... Sie hatte einfach eine Ausrede finden müssen, um ihn zu treffen.

Sie war kaum überrascht, wenn auch enttäuscht, dass man ihre Hilfe nicht wollte. Der Trill-Doktor hatte nach ebenso angenehmer wie attraktiver Gesellschaft ausgesehen. Wirklich schade, dass sie nicht bleiben und helfen konnte. Ganz zu schweigen davon, dass sich ihre achtköpfige Gruppe mittlerweile ziemlich langweilte. Es wäre ein gutes Gefühl, eine aktivere Rolle im Kampf gegen die neueste Bedrohung der Föderation einzunehmen.

Aber was nützte es? Sie ging davon aus, mit Datas Prozessorleistung, einer Koryphäe wie Doktor Kaz und einem MHN hatten sie alle Kräfte, die sie benötigten.

Sie wurde langsamer, blieb im Gang stehen.

Ein MHN ...

»Oh nein!«, entfuhr es Kaz.

»Stimmt etwas nicht?«, fragte Data.

Aufgeregt wandte sich Kaz dem Doktor zu. »Doktor, mithilfe Ihres mobilen holografischen Emitters war es Ihnen möglich, die *Voyager* zu verlassen.«

»Ja, und?«

»Sie wurden nie ersetzt. Es gibt kein MHN auf der *Voyager*!«

Es dauerte eine Sekunde, bis Data und dem Doktor die Bedeutung der Worte klar wurde. Die Augen des Doktors weiteten sich.

»Computer, MHN deaktivieren«, sagte er.

Gerade als er verschwand, öffneten sich die Türen der Krankenstation, und Taylor trat ein. Keine Spur mehr von der netten, hilfsbereiten Frau, mit der sie eben noch gesprochen hatten. Diese Frau war völlig auf ihre Aufgabe konzentriert und hielt einen Phaser auf Data und Kaz gerichtet. Langsam hoben sie die Hände.

»Statusbericht.« Watson aß gerade sein repliziertes Frühstück aus Steak und Eiern, während Lieutenant Janssen neben ihm Habtachtstellung annahm.

»Team B wurde informiert und wird sich binnen einer Stunde zum Dienst melden.«

Watson nickte kauend. Es war nicht nötig, dass das Team sofort an Bord kam. Eine Stunde zum Duschen, Anziehen und Essen würde nicht schaden. Er trank einen Schluck Tee.

»Wo befinden sich die Besatzungsmitglieder der *Voyager* jetzt?«

»Harry Kim befindet sich auf der Brücke, Commander Data ist zusammen mit Doktor Kaz in der Krankenstation. Admiral Janeway, Commander Chakotay und Lieutenant Commander Paris benutzen einen Turbolift, und Commander Tuvok, Ensign Jackson und Lieutenant Moore sind in Frachtraum zwei.«

Watson hörte auf zu kauen. »Wohin ist Janeway unterwegs?«

»Unbekannt, Sir.«

»In Frachtraum zwei ist die meiste Borg-Technik zu finden«, überlegte Watson laut. Er schob seine halb gegessene Mahlzeit beiseite.

»Das wäre nur logisch, Sir. Immerhin wollen sie das Borg-Virus erforschen.«

»Ja, das ergibt Sinn.« Watson stand auf und nahm noch einen letzten Schluck Tee. »Ich würde mich dennoch wohler fühlen, wenn sie da drin nicht allein wären. Melden Sie sich in Frachtraum zwei, Janssen. Ich erwarte stündlich einen Bericht.«

»Ja, Sir. Sonst noch etwas, Sir?«

»Das wäre alles. Wegtreten.«

Janssen nahm Haltung an, drehte sich um und ging. Watson war nicht begeistert darüber, dass Montgomery keine Kontaktaufnahme wünschte. Er hatte ein paar Fragen, die er ihm gerne gestellt hätte.

Seine Instinkte sagten ihm nach wie vor, dass etwas ganz und gar nicht in Ordnung war.

»Lassen Sie die Hände dort, wo ich sie sehen kann.« Taylors Stimme verlangte Gehorsam, und Kaz war nur zu willig, ihr Folge zu leisten.

»Gibt es ein Problem, Lieutenant Commander?«, fragte Data.

Statt einer Antwort berührte sie ihren Kommunikator. »Taylor an Watson.«

»Sprechen Sie.«

In diesem Moment materialisierte der Doktor direkt hinter Taylor. Kaz hielt den Blick auf ihr Gesicht gerichtet, um das MHN nicht zu verraten, aber sie hatte wohl etwas gehört. Glücklicherweise war der Doktor schneller. Er griff ein Hypospray von einem Tablett und drückte es ihr an den Hals, während sie sich umdrehte. Sie sank in seine Arme.

»Taylor? Bericht!«, kam Watsons Stimme über den Kommunikator. Nachdem der Doktor Taylor auf dem Boden abgelegt hatte, berührte er den Kommunikator, um die Verbindung zu unterbrechen.

»Computer, Anpassung der Stimme des MHN, um Lieutenant Commander Susan Taylor zu imitieren.«

»Abgeschlossen.«

Der Doktor berührte den Kommunikator erneut. »Taylor an Commander Watson.«

Kaz blinzelte, grinste dann. Der Doktor klang in der Tat wie Taylor.

»Hier Watson. Was ist los, Taylor? Gibt es Probleme?«

»Negativ, Sir. Ich habe mir überlegt, ob ich unseren Gästen auf der Krankenstation helfen sollte.«

»Sind Sie gerade dort?«

»Nein«, log der Doktor. Kaz hoffte, dass Watson nicht den Computer nach Taylors Standort befragte.

»Ja, begeben Sie sich dorthin und behalten Sie sie im Auge. Irgendwas stimmt nicht, aber ich kann nicht sagen, was es ist. Etwas Auffälliges an ihrem Verhalten?«

»Negativ, Sir. Alles scheint vorschriftsmäßig.«

»Hmm. Bleiben Sie auf der Krankenstation und unterrichten Sie mich über alles, was ... seltsam wirkt.«

»Wird gemacht, Sir. Taylor Ende.« Obwohl er als Hologramm keinen Sauerstoff benötigte, atmete der Doktor tief aus. Er beendete die Kommunikation. »Das war ziemlich knapp. Computer, die originalen Stimmmuster des MHN wiederherstellen.«

»Doktor, das war großartig!«, brach es aus Kaz heraus.

Der Doktor schmunzelte leicht, während er Taylor hochhob. »Danke sehr. Ich hatte viele Gelegenheiten zum Üben. Sie sollte für einige Stunden bewusstlos bleiben.«

»Üben?«, hakte Data nach.

Der Doktor legte Taylor vorsichtig in eines der Schubfächer für Tote, dabei nahm er ihren Phaser an sich. Das Fach schloss sich mit Taylor darin, was Kaz zusammenzucken ließ. Auch wenn ihr darin nichts geschehen würde, der Gedanke, einen lebenden Menschen dort hineinzuschieben, behagte ihm nicht.

Der Doktor wirkte ein wenig peinlich berührt. »Ich hatte viel Zeit in meiner Zelle, um verschiedene Szenarios zu durchdenken. Sie wissen schon ... Wie ich mir den Weg aus dem Gefängnis freikämpfen und Seven of Nine retten kann. Was wir tun könnten, sollte man uns an Bord der *Voyager* entdecken.«

»Ich bin mir sicher, ich hätte genau dasselbe getan«, sagte Kaz ernsthaft, während er ein Grinsen unterdrückte.

»Es gibt keinen Grund, sich zu schämen, Doktor. Mögliche Szenarios im Kopf durchzuspielen ist eine gute Methode, sich auf das Unbekannte vorzubereiten«, sagte Data.

»Danke. Falls ich das so ausdrücken darf, ich bin der Meinung, uns etwas Zeit verschafft zu haben, in der wir ungestört weiterarbeiten können.«

»Was ist, wenn Watson vorbeikommt, um nach dem Rechten zu sehen?«, wollte Kaz wissen.

»Computer, das MHN deaktivieren, sobald sich ein menschliches Wesen den Türen der Krankenstation bis auf drei Meter nähert. Erzeuge ein Hologramm von Lieutenant Commander Susan Taylor. Nutze persönliche und Schiffslogbücher als Informationsbasis«, wies Data den Computer an.

Einen Moment später bestätigte der Computer mit: *»Programm vollständig.«*

»Aktiviere das Taylor-Hologramm.«

Eine naturgetreue Kopie Susan Taylors materialisierte neben Kaz. Sie lächelte freundlich. »Wie kann ich Ihnen helfen, Sir?«

»Bleiben Sie an der Tür, Lieutenant Commander, und stören Sie uns bitte nicht«, befahl Data.

Sie nickte. »Selbstverständlich, Sir.«

»Hologramme sind ungemein nützlich«, sagte Kaz

»Ja, das sind wir tatsächlich«, entgegnete der Doktor. »Die Daten, die Sie mitgebracht haben, wurden übertragen, Doktor Kaz. Nun fängt unsere Arbeit erst richtig an.«

Hologramme, dachte Covington, *sind ungemein nützlich.*

Während ihr die Drohnen natürlich lieb und teuer waren, nahm das Hologramm, das ihr dabei geholfen hatte, Königin zu werden, einen speziellen Platz in ihrem Herzen ein. Menschen waren zu kompliziert. Sie hatten ihre eigenen Pläne, und obwohl Covington diese nutzen konnte, um die Leute zu steuern und zu manipulieren, bevorzugte sie trotz allem Personen, die aus mehr bestanden als Fleisch und Blut.

Brian Grady beispielsweise hatte Pläne, die sich zufällig mit ihren eigenen überschnitten. Zuerst hatte er nur Anerkennung für seine Fähigkeiten und Leistungen gewollt. Als ihm die Bestätigung, die er erhielt, aber nicht ausreichte, ihn nicht befriedigte, verlangte er nach mehr. Brenna Covington konnte ihm seinen Wunsch gewähren, zumindest behauptete sie das.

»Picard hat abgelehnt.« Dies wusste sie aus den Erinnerungen, die in dem Programm enthalten waren, mit dem sie erschaffen worden war. Erinnerungen von den Ereignissen des damaligen Borg-Angriffs. »Er konnte nicht erkennen, dass es das Beste für beide Spezies war. Mensch und Maschine, zusammen so viel besser, als sie es alleine sein könnten. So viel Macht, wie sie noch kein Wesen erlebt hatte.

Sie rollte sich zu ihm herum, die Lippen nur Zentimeter von seinen entfernt, und flüsterte. »Eine Königin benötigt einen Gefährten.«

Er hatte ihr ins Haar gegriffen und sie mit einer Leidenschaft geküsst, die sie bis dahin noch nie bei ihm erlebt hatte. Mit der Zeit, während sie mehr und mehr Borg und weniger Mensch geworden war, hatte Grady sie damit erfreut, ihren veränderten Körper so begehrenswert wie ihren menschlichen zu finden ... vielleicht sogar mehr.

Mittlerweile wollte er den Plan möglichst schnell vorantreiben. Er schien das Gefühl zu haben, die Stümper in der Sternenflotte könnten ihrem kleinen Geheimnis auf die Schliche kommen. Bissig hatte sie entgegnet, wenn man ihnen auf die Schliche kam, sei das alleine seine Schuld, da er die Sternenflotte nicht genug abgelenkt, zu wenige falsche Fährten gelegt hatte. Er hatte versprochen, seine Bemühungen zu verstärken. Aber allmählich dämmerte Covington, dass »Red« Grady selbst die Herrschaft an sich reißen wollte.

Vielleicht hatte er recht. Vielleicht war es nötig, den Zeitplan etwas zu raffen.

Dafür benötigte sie jedoch noch ein paar Anpassungen.

Vor einigen Jahren hatte es Pläne gegeben, sich von der alten Generation des MHNs im Hauptquartier zu trennen. Alle Informationen herunterzuladen und das Hologramm zu irgendeiner Dilithium-Verarbeitungsanlage zu verschiffen. Sie hatte damals ihre Panik unterdrücken müssen. Seit Jahren hatte sie mit diesem Doktor zusammengearbeitet. Die Daten konnte man zwar jederzeit übertragen, aber war sie auch eine Art freundschaftlicher Beziehung mit ihm eingegangen. Und soweit sie wusste, gab es Blockaden in den neuen MHNs, die verhinderten, dass man ihre ethischen Subroutinen löschte.

Das konnte sie ganz und gar nicht gebrauchen.

Also hatte sie sich an Trevor gewandt, um eine falsche Spur zu legen, damit es so aussah, als wäre das MHN gelöscht worden. Er überwachte die Installation des neuen, sodass sich jeder mit einem Kratzer oder einer Beule an das jüngere, dunkelhäutige MHN wenden konnte, um sich behandeln zu lassen.

Um eine versehentliche Aktivierung des älteren MHN-Modells zu vermeiden, konnte es nur durch einen Schlüsselsatz aktiviert werden, den lediglich sie selbst, Grady und Blake kannten.

Die Tür öffnete sich zischend. »Computer, Sicherheitsprotokoll Covington 486-Delta ausführen.«

»Wird ausgeführt«, bestätigte der Computer. Sie hörte, wie ein Kraftfeld um den ganzen Raum aufgebaut wurde. Nun konnte niemand hereinkommen. Nicht einmal beamen war möglich.

Sie lächelte, als ihre Lippen die Worte formten, die ihren photonischen Freund herbeirufen würden.

»Schöne neue Welt.«

Mit einem freundlichen Lächeln erschien er vor ihr. Sie mochte seine Halbglatze, seine überhebliche Art, sein selbstgefälliges Schmunzeln. Spätere Versionen mochten angenehmer im Umgang sein, aber soweit es sie betraf, war dieses MHN einzigartig. Es hatte ihr geholfen, Borg zu werden.

»Majestät, wie kann ich Ihnen heute zu Diensten sein?«, fragte das MHN der ersten Generation.

13

Libby kaute an ihrem Daumennagel.

Das war eine schlechte Angewohnheit, eine, von der sie gedacht hatte, sie vor Jahren losgeworden zu sein. Es ließ ihre Finger stummelig wirken und störte beim Spielen der *Lal-shak*. Aber während sie nun ihren Computerbildschirm anstarrte, konnte sie einfach nicht anders.

Warum antwortete Harry nicht?

Es war ein großes Risiko gewesen, die Nachricht an die *Voyager* zu schicken. Was, wenn Harry nicht da war? Und selbst wenn er da war, was, wenn er keinen Zugang zu seiner alten Station, der Ops-Konsole, erhielt? Was, wenn all das in die falschen Hände fiel? Vielleicht hatte Covington ja jemanden in Projekt Full Circle eingeschleust. Wobei es aber ganz bestimmt nicht derjenige war, den sie versucht hatte, von Libby als »Verräter« entlarven zu lassen. Vielleicht hatte ja ein Maulwurf die Nachricht bekommen.

Seit einer Ewigkeit hatte Libby nichts gegessen. Auch die Tiere hatte sie nicht gefüttert, und Rowena beschwerte sich bereits. Sie erhob sich und füllte die Näpfe der Tiere, damit sie Ruhe gaben.

Komm schon, Harry, dachte sie. *Diesmal kannst du auf die Nachricht tatsächlich antworten.*

Harry wechselte immer wieder von der Ops-Konsole zur Wissenschaftsstation und zurück. Er versuchte möglichst beschäftigt zu wirken, damit Leo Crais ihn in Ruhe ließ. Meist funktionierte es, aber manchmal auch nicht. Offensichtlich mochte Crais seine einsame Brückenschicht nicht und wollte unbedingt mit jemandem reden. Harry brummte hin und wieder zustimmend, um den Eindruck zu erwecken, tatsächlich zuzuhören.

Während Crais redete, sah Harry aus dem Augenwinkel das Licht an der Ops-Konsole wieder angehen. Er befand sich genau auf der anderen Seite der Brücke an der Wissenschaftsstation. Stumm fluchte er, während er weiter Crais ansah und nickte. Wie sollte er an diesem Kerl vorbeikommen und die eingehende Nachricht abfangen, ohne dass Crais es merkte?

Seine Gedanken rasten. »Verdammt«, sagte er mit gespieltem Ärger, »ist das Ding schon wieder kaputt? Ich habe es doch gerade repariert. Entschuldigen Sie mich.« Er ging zur Ops-Station zurück und grummelte dabei hörbar vor sich hin.

Crais ging zum Kommandosessel und setzte sich. Es störte Harry, jemand anderen als Janeway dort sitzen zu sehen, aber er schluckte seinen Ärger herunter und lud die Nachricht in den Puffer. Er hatte keine Gelegenheit, sie zu lesen. Aber mit etwas Glück würde er die bald bekommen.

»Hey, Harry«, sagte Crais, »öffnen Sie für mich einen Kanal zur Sternenflotte.«

»Was?« In seinen eigenen Ohren klang seine Stimme wie ein Kieksen. Er hoffte, bei Crais kam es anders an.

»Sie stehen an der Ops-Konsole. Also öffnen Sie einen Kanal für mich. Bitte«, fügte er hinzu, als er sich daran erinnerte, dass sie denselben Rang hatten. »Ich muss den morgendlichen Statusbericht abgeben. Sie kennen das.«

»Klar«, sagte Kim leichthin, obwohl er ins Schwitzen geriet. Seine Finger huschten geschickt über die Kontrollen, und für einen Moment fühlte er sich in die Zeit zurückversetzt, da er diese

Konsole offiziell hatte bedienen dürfen. An Bord eines Schiffes, das er lieben gelernt hatte.

Er räusperte sich. Es würde schwierig werden, den Kanal so zu öffnen, dass Crais sein Gespräch führen konnte, er selbst aber Zeit hatte, sich außer Sicht zu begeben. Crais hatte ihn erkannt. Jemand anderes würde das sicher auch tun.

Los geht's ...

Er drückte eine Taste. In dem Augenblick, bevor ein Gesicht auf dem Schirm erschien, duckte er sich hinter die Ops-Konsole. Dann kam ihm ein anderer Gedanke. Schön und gut, dass Crais Meldung erstatten musste, aber was, wenn der Sternenflottenfunktionär noch mit jemand anderem an Bord sprechen wollte? Plötzlich erkannte er, dass er den Kanal für Crais nicht hätte öffnen sollen. Andererseits ...

»Guten Morgen, Commander Vance«, sagte Crais. Kim kannte den Namen nicht.

»Guten Morgen, Lieutenant.« Dieser Vance klang gelangweilt. *»Statusbericht?«*

»Weiterhin alles in Ordnung, Commander. Müssen Sie noch mit jemand anderem an Bord sprechen?«

Harry schloss die Augen. *Nein, bitte nicht.*

»Das wird nicht nötig sein. Richten Sie Watson Grüße aus.«

»Ja, Sir. Crais Ende.«

Der Bildschirm wurde dunkel. »Vance ist wirklich ein netter ... Hey, warum verstecken Sie sich da hinten?«

Harry wurde rot und stand auf. »Ich arbeite nur an einer besonders komplizierten Verbindung. Leo, können Sie mir einen Gefallen tun?«

»Klar, was denn?«

Harry deutete in Richtung Bildschirm. »Seit wir wieder zu Hause sind, fällt es mir ein bisschen schwer, mich wieder einzugewöhnen. Ich will nicht eingebildet klingen, oder so, aber wir werden in letzter Zeit alle ... ziemlich oft erkannt. Wenn es ginge, würde ich gerne mit niemandem reden. Wenn Sie also das nächste Mal mit jemandem sprechen, würde es Ihnen etwas ausmachen, mir die Zeit zu geben, mich zu entfernen?«

Auf Crais' freundlichem Gesicht zeichnete sich Verständnis ab. »So hatte ich darüber noch nicht nachgedacht. Klar. Es gibt keinen Grund, irgendwem zu erzählen, dass Sie hier sind.«

Harry erwiderte das Lächeln, und zum ersten Mal, seit der die Brücke betreten hatte, war es echt.

Icheb träumte.

Er war wieder auf dem Akademiegelände. Zusammen mit seinen Freunden schlenderte er nach dem Unterricht durch einen warmen Nachmittag. Sam und Tim diskutierten lebhaft über die Französische Revolution, während der Franzose Andre sich nur ab und zu einmischte. Icheb ging mit Eshe Arm in Arm.

Mit ihr zusammen zu sein, fühlte sich sehr gut an. Es war anders als alles, was er bis dahin erfahren hatte. Wenn sich ihre Lippen berührten, kribbelte sein ganzer Körper. Er hatte viel menschliche Literatur gelesen und bereits festgestellt, dass es in einem Großteil davon um etwas ging, das »sich verlieben« genannt wurde. Er fragte sich, ob es das war, was er gerade mit Eshe erlebte.

Sie schlang den Arm enger um seine Hüfte. Er lächelte leicht. Sie wollte ihm genauso nahe sein wie er ihr. Dann schlang sie den Arm noch enger um ihn.

Es fiel Icheb schwer, zu atmen. Überrascht blickte er Eshe an. Ihr Gesicht, das normalerweise die Farbe von Kaffee besaß, war nun von einem äschernen Grau. Ein braunes Auge blickte ihn ausdruckslos an. Das andere war entfernt und durch ein rotes Licht ersetzt worden. Der Griff um seine Hüfte war stahlhart. Er wehrte sich, rief nach seinen Freunden, aber sie antworteten nicht. Hektisch sah Icheb sich um und entdeckte, dass auch sie zu Borg geworden waren.

Der Kampf entspann sich wie in Zeitlupe. Wie damals schubste Andre Icheb, dann schlug Sam ihn. Icheb fiel zu Boden, aber er kämpfte weiter. Diesmal allerdings waren seine Feinde - seine

Freunde - körperlich im Vorteil. Sie stürzten sich auf ihn, und Icheb fühlte glühenden Schmerz, als irgendetwas seinen Arm abschnitt.

Tuvok hörte Icheb leise stöhnen und sah, wie die Augen des jungen Mannes sich unter den Lidern bewegten. Auch Seven befand sich in tiefem REM-Schlaf. Wenn man von den Lauten ausging, die Icheb ausstieß, und vom Gesichtsausdruck der beiden, dann hatten sie keine schönen Träume. Aber er unterbrach den Regenerationszyklus nicht. Träume richteten keinen Schaden an, und sie hatten den Schlaf dringend nötig.

Egal, ob sie erfolgreich sein würden oder nicht, Tuvok ging davon aus, dass die militärische Karriere einer jeden Person, die sich an dieser verzweifelten Mission beteiligte, beendet sein würde, wenn dies alles vorüber war. Trotzdem bereute er es nicht. Natürlich hätte er gern weiter an der Akademie unterrichtet. Es gefiel ihm, jungen Geistern Wissen zu vermitteln. Aber wenn man ihn suspendierte und ihn zurück nach Vulkan schickte, wäre er auch nicht traurig.

Vielmehr machte er sich Sorgen um seine Freunde. Ihnen hatten ohne Zweifel strahlende Karrieren bevorgestanden, ehe der Ausbruch des Borg-Virus in den Augen der Sternenflotte aus Helden Feinde gemacht hatte. Dennoch befahl die Logik, dass die Besatzung der *Voyager* und vor allem der Doktor, Seven und Icheb die Ersten hätten sein sollen, die man in das Team holte, das mit der Bekämpfung der Borg-Bedrohung beauftragt wurde.

Die Sternenflotte hatte sich nicht logisch verhalten. Daher war Tuvok der Meinung, dass andere Möglichkeiten in Betracht gezogen werden mussten. Er wusste, dass viele seiner Kameraden erwartet hatten, er würde Janeways Plan widersprechen. Aber er hatte ihn vom ersten Moment an gutgeheißen.

Mit locker herabhängenden Armen stand er auf seinem Posten. Von seiner Position aus konnte er die regenerierenden Borg im Auge behalten, sollte bei ihnen etwas schiefgehen; gleichzeitig hatte er aber auch die Tür im Blick. Er konnte und würde hier stundenlang stehen und seinen Posten nur verlassen, wenn Janeway ihn rief, wenn die Borg ihre Regeneration beendet hatten oder wenn es einen Notfall gab.

Die Tür öffnete sich zischend.

Damit war Möglichkeit Nummer drei eingetreten.

Der junge Mann mit der bleichen Haut und dem hellen Haar trat drei Schritte in den Raum hinein, bevor er den grünen Schein wahrnahm. Der Mund blieb ihm offen stehen, als er Seven und Icheb entdeckte. Eine Hand riss den Phaser nach oben, die andere bewegte sich auf seinen Kommunikator zu.

Bevor er das Gerät berühren konnte, war Tuvok hinter ihm. Er drückte den richtigen Nervenknoten, und der Eindringling fiel wie ein Stein zu Boden. Tuvok fing den schlaffen Körper auf und zog ihn an eine Stelle, an der man ihn von der Tür aus nicht sehen konnte. Auch wenn der Frachtraum größtenteils geräumt worden war, fand Tuvok genug Material, um den Sicherheitsmann zu fesseln und zu knebeln. Er nahm dem Mann seinen Phaser ab, ging wieder an seinen Posten zurück und nahm dort erneut Haltung an.

Chakotay musste die ganze Zeit an den schwarzen Jaguar denken. Er konnte Sie beinahe in seinem Rücken fühlen, Ihre Schritte elegant und lautlos. Einmal konnte er nicht länger widerstehen und sah sich um. Halb erwartete er, Ihre schwarze Katzengestalt zu sehen - allerdings nicht die verspielte Katze, die sich auf einem Stein in der Sonne rekelte. Wenn der schwarze Jaguar wirklich hier war, dann als Jägerin - leise, schnell, tödlich, konzentriert. Genau wie Chakotay selbst es sein musste.

Reue überkam ihn, als er an die einfachen Sonnenmomente dachte, die er nicht genossen hatte. Worte kamen ihm in den Sinn, die er nicht gesagt hatte, Gesten, die er nicht gemacht hatte, Risiken, die er nicht eingegangen war. Nun mochte es zu spät sein. Bald würde sich die Welt, wie er sie kannte, womöglich stark verändern.

Die Worte, die er zu der großen Geisterkatze gesagt hatte, kamen ihm wieder in den Sinn: *Der schwarze Jaguar ist das Totem großer Macht, Mut und Wildheit. Das Totem großer Kämpfe, die für die Gerechtigkeit gefochten werden. Für das Bringen des Todes über jene, die ihn verdient haben, ohne dass man diese Aufgabe scheut. Der schwarze Jaguar schlägt ohne Warnung zu und tötet schnell und fair. Wenn der schwarze Jaguar erscheint, steht man kurz vor …*

Und Sie hatte die Aussage für ihn zu Ende geführt: *Steht man kurz vor einer Reise, die die eigene Standhaftigkeit, den Verstand, den Mut und den Glauben an düsteren Orten auf die Probe stellen wird. Es ist eine der größten Prüfungen, und wenn man versagt, wird der schwarze Jaguar einen bestrafen. Wenn man Erfolg hat, wird Großes daraus entstehen, für den Reisenden und für die Welt.*

Wenn es ihnen gelang, wenn sie das Borg-Virus aufhalten konnten, dann würde Chakotay erleben, wie daraus etwas Großes entstand, sowohl für den Reisenden als auch für die Welt. Es war ein großer Kampf, den sie für eine gute Sache fochten.

Er hatte nur nicht erwartet, den Kampf auszutragen, indem er durch die *Voyager* schlich und Sternenflottenoffiziere jagte. Aber nun zog er an der Seite seines ehemaligen Captains aus, um genau das zu tun.

Janeway blickte auf ihren Trikorder hinab, dann nickte sie ihm zu. Er trennte sich von ihr, huschte zu einer nahen Jefferies-Röhre. Darin kletterte er gerade weit genug hinauf, dass man ihn nicht sehen würde. Janeway wartete. Chakotay lauschte. Nun hörte er Schritte, leicht gedämpft durch den Teppich. Sie passierten ihn, und Chakotay kletterte wieder hinab und streckte vorsichtig den Kopf nach draußen.

Janeway bog gerade um die nächste Ecke. Sie schritt zügig aus, den Blick auf den Trikorder gerichtet. Als sie mit dem Sicherheitsmann zusammenstieß, tat sie so, als würde sie stolpern und fallen.

»Oh!«, rief sie, als sie auf dem Boden aufkam. Während Chakotay auf den richtigen Moment wartete, bewunderte er sie. Sie war gut.

»Admiral Janeway!«, rief der junge Mann. Es war ihm sichtlich peinlich, dass er eine Sternenflottenlegende umgerannt hatte. »Es tut mir so leid! Ich habe Sie nicht gesehen. Einen Augenblick, ich helfe Ihnen hoch!«

Janeway lachte mit genau der richtigen Menge Verlegenheit und streckte eine Hand aus.

Sobald der junge Mann Chakotay den Rücken zuwandte, schwang dieser sich hinter sein Opfer, legte die Hände zusammen und ließ sie fest auf den Hinterkopf des Wachmanns hinabsausen.

Es war ein guter Schlag, aber er war nicht gut genug. Der Wachmann stolperte, fiel aber nicht, sondern griff nach seinem Phaser. Er war zwar überrascht, aber immer noch bei Bewusstsein, und wirbelte zu Chakotay herum.

Der Tritt, der den Wachmann zu Boden warf, überraschte Chakotay. Er wusste, dass Janeway sich fit hielt, wie alle Sternenflottenoffiziere es taten. Sie hatte Erfahrung im unbewaffneten Nahkampf. Aber sie nutzte nicht oft solche Methoden, um ihre Feinde zu besiegen.

Er ließ die Gelegenheit nicht ungenutzt verstreichen. Schnell stürzte er sich auf den Wachmann und landete einen sauberen Treffer gegen dessen Kinn. Sofort erschlaffte der Mann. Chakotay überprüfte seinen Puls. Stark und regelmäßig. Bestens. Seine Vorliebe fürs Boxen hatte sich endlich mal als nützlich erwiesen.

Chakotay wandte sich um, um seinen ehemaligen Captain bewundernd anzusehen. »Das war ziemlich gut.«

Sie grinste. »Ich bin froh, dass es funktioniert hat. Es ist eine Weile her, dass ich jemand anders als die Klingonen auf dem Holodeck niedergeschlagen habe. Wir sollten seinen Phaser und seinen Kommunikator einsammeln und den Mann irgendwo verstecken.«

Chakotay warf sich den bewusstlosen Wachmann über die Schulter. Dann erst ging ihm die volle Bedeutung der Bemerkung auf, und er starrte Janeway an.

»Du trainierst gegen Klingonen?«

Wassili Andropow war in seinem ganzen Leben noch nie so erschöpft gewesen und hatte noch nie so starke Schmerzen gelitten.

Ihre holografischen Herren unternahmen nichts gegen die Peitschenwunden. Er erhielt noch nicht mal irgendeine Art von Salbe oder zumindest einen Verband. Jedes Mal, wenn sie begannen zu verheilen, wenn sie verkrusteten, brachen sie sofort wieder auf, während er sich dabei verausgabte, dieses dämliche, nutzlose Monument zu bauen. Schweiß geriet in die Wunden und brannte. Er fühlte nicht mehr die scharfe Pein frischer Wunden, sondern einen pulsierenden, dumpfen Schmerz, der sich langsam ausbreitete. Wundbrand wahrscheinlich.

Nichts, das ein Dermalregenerator nicht beheben konnte, hatte er zu Allyson gesagt. Und Robinson hatte erwidert, dass sie keinen entdecken konnte. Sie hatte er seit dem Zusammenstoß zwischen Akolo Tare und den Hologrammen nicht mehr gesehen. Er hoffte, es ging den beiden gut. Allyson war ihm nicht von der Seite gewichen.

Essen gab es nur wenig - fades, sandiges Brot und ebenso sandiges und schales Wasser. Die Hologramme zwangen sie dazu, den ganzen Tag zu arbeiten. Allyson bemühte sich sichtlich, tapfer zu sein, und stand ebenso offensichtlich Todesängste aus. Während einer ihrer seltenen Pausen bemerkte Andropow, wie sie sich Tränen abwischte.

»Hey«, sagte er sanft, »es wird alles in Ordnung kommen.«

Sie schaute aus großen, grünen Augen zu ihm auf, in denen Tränen glitzerten.

»Daran glaube ich nicht«, antwortete sie leise mit belegter Stimme. »Daran glaube ich nicht im Geringsten.«

Andropow war nicht gerade der Geschickteste im Umgang mit anderen Menschen, aber er versuchte es noch einmal. »Baines will uns lebend, damit wir als Beweis dienen können, wie schlecht Hologramme behandelt werden. Er wird uns nichts tun.«

Ihr Blick huschte zu dem getrockneten Blut in seinem Gesicht, aber sie sagte nichts.

»Okay, ›nichts tun‹ ist vielleicht die falsche Formulierung«, gab er zu. »Aber ich glaube nicht, dass wir um unser Leben fürchten müssen.«

»Vielleicht nicht um unser Leben«, sagte sie. »Aber um andere Dinge.« Unangenehmes Schweigen senkte sich zwischen sie. Er wusste, was sie meinte. Zitternd holte sie Luft. Die Tränen hatten helle Spuren in den Staub und den Schweiß auf ihrem Gesicht gegraben. »Ich war Künstlerin.«

»Sie sind immer noch Künstlerin«, versuchte er sie zu beruhigen.

Sie lachte, ein kurzes, abgehacktes Lachen ohne Humor. Dann hielt sie die Hände hoch, und er zuckte unwillkürlich zusammen. Die Nägel waren abgebrochen, die Handflächen voller blutiger Kratzer. Sie versuchte, die Finger zu beugen, aber sie waren dick angeschwollen. Als Allyson zu ihm hochblickte, war ihr gebrochenes Herz ihr deutlich anzusehen. Andropows eigenes schmolz dahin.

Diese Frau war so jung, sie hätte seine Tochter sein können. Obwohl sie sehr attraktiv war, fühlte er eher väterliche Zuneigung ihr gegenüber. Was hatte sich Baines nur dabei gedacht, eine so junge Frau zu entführen, eine Künstlerin, jemand so Zerbrechliches und Kreatives. Wenn es so weiterging, würde sie zerbrechen.

Aus einem Impuls heraus reichte Andropow ihr seinen Wasserschlauch. »Trinken Sie.«

»Nein«, protestierte sie. »Sie werden es brauchen. Sie arbeiten hart, und Sie sind verwundet.«

»Ich gehöre zur Sternenflotte, schon vergessen? Ich habe schon schlimmere Dinge überlebt als das hier«, log er. Einmal hatte er sich während einer Wanderung verlaufen, weil er sich geweigert hatte, irgendetwas mitzunehmen, nach dem er navigieren konnte. Es war Sommer gewesen, und er hatte einen Schlafsack und viel Verpflegung dabeigehabt. Das war das einzige Erlebnis gewesen, das der derzeitigen Tortur auch nur nahekam. »Bitte. Ich würde mich besser fühlen, wenn ich wüsste, dass Sie zumindest annähernd genug zu trinken bekommen.«

Sie leckte sich die vollen Lippen, die bereits an mehreren Stellen aufgesprungen waren. »Wenn Sie sicher sind ...«

»Natürlich bin ich sicher.«

Allyson lächelte freundlich und dankbar. Sie nahm den Wasserschlauch und trank ihn bis auf den letzten Tropfen leer. »Es tut mir leid!«, rief sie, als sie bemerkte, was sie getan hatte. »Ich hätte nicht ...«

»Keine Sorge. In ein paar Stunden werden wir wieder Wasser bekommen.« *Zumindest hoffe ich das.*

Sie sah ihn immer noch an und lächelte ein wenig. »Sie erinnern mich an meinen Onkel Alexander.«

»Er war stark, brillant und sah unglaublich gut aus?«

Allyson lachte laut. »Er war der netteste Mensch, den ich je gekannt habe. Ich habe meinen Vater nie kennengelernt. Deshalb war er fast so etwas wie ein Vater für mich. Er hat mich dazu ermutigt, es mit dem Malen zu versuchen. Anscheinend hat er etwas in mir gesehen, das niemand sonst gesehen hat.«

Ein Horn blies. Allyson zuckte sichtlich zusammen, und Furcht legte sich über ihr Gesicht wie Schnee über eine Blume.

»Sie wollen nur, dass wir weiterarbeiten«, sagte er. »Dieser Teil des Monuments liegt im Schatten. Lassen Sie uns dort hinüber gehen. Da ist es nicht so heiß.«

Er ging in Richtung des Schattens der großen Pyramide und hoffte, dass er recht behielt. Allyson folgte ihm, als wäre sie sein Schatten. Hin und wieder berührte sie ihn, damit sie sich nicht verloren, während sie sich durch die Menge organischer Sklaven wühlten. Ihre Berührung war so sacht wie die eines Schmetterlings.

Sie selbst glich ebenfalls einem Schmetterling, hell und zerbrechlich. Wassili schwor sich in diesem Moment, dass dem Kind kein Leid geschehen würde. Er würde sie beschützen - wenn nötig mit seinem Leben. Und zum hundertsten Mal seit seiner Entführung brodelte in ihm die Wut auf Oliver Baines.

14

B'Elanna Torres starrte ungläubig in das Gesicht ihrer Mutter. Einen Moment lang konnten sie die Blicke nicht voneinander lösen, dann rollte sich Miral von ihrer Tochter herunter.

»Mutter. Ich habe es tatsächlich geschafft. Ich habe dich gefunden«, keuchte B'Elanna.

»Mir scheint es eher, ich habe dich gefunden, Kleine. Weißt du denn nicht, dass ein Feuer unweigerlich Ärger anzieht?«, schnaubte Miral.

Torres erstarrte. Ihr war zum Heulen zumute. Es war unglaublich. Nach allem, was sie durchgemacht hatte, nachdem sie ihren Mann und ihr Baby zurückgelassen hatte, war das Erste, was sie von ihrer Mutter zu hören bekam, noch mehr Kritik.

Doch sie empfand auch Wut. Wie konnte Miral es wagen, sie so zu behandeln?

Aber ihre Mutter hatte sich bereits wieder aufgerappelt und ging in Richtung des Lagers, das B'Elanna aufgeschlagen hatte.

Sie atmete hörbar ein, wandte sich mit einem Ausdruck der Zufriedenheit ihrer Tochter zu. »Du hast etwas getötet, sehr gut. Aber du hättest das Fleisch roh essen sollen. Es ist nicht so kalt, dass du die Wärme eines Feuers zum Überleben benötigst.«

Torres hatte unterdessen ihre Stimme wiedergefunden. »Tja, hallo, B'Elanna. Schön, dass du nicht tot bist. Ich hoffe, du hattest angenehme sieben Jahre im Delta-Quadranten. Danke, dass du Ehemann, Freunde, Karriere und deine drei Wochen alte Tochter zurückgelassen hast, nur um mich zu finden. Dass du dich mit stinkendem Schlamm einge…«

»Tochter?« Miral hatte einen Spieß in die Hand genommen und wollte gerade einen Happen des gerösteten Fleisches abbeißen. Doch nun starrte sie B'Elanna an. »Du … du hast eine Tochter?«

Torres blinzelte überrascht. »Hab ich. Ich habe geheiratet und vor neun Wochen eine Tochter zur Welt gebracht. Sie war drei Wochen alt, als ich sie zurückließ, um dich zu finden. Zwei Drittel ihres Lebens habe ich nicht mitbekommen, nur deinetwegen. Worum geht es hierbei eigentlich, Mutter? Wieso musste ich das durchmachen? Ich hätte hier draußen sterben können, und das ohne einen triftigen Grund!«

Sie merkte, dass sie schrie. Es war fast nicht auszuhalten. So hatte B'Elanna sich das Wiedersehen mit ihrer Mutter nicht vorgestellt. In ihrer Vorstellung war es ein freudiges Ereignis gewesen, vielleicht sogar mit Umarmungen. Wenigstens ein wenig Dankbarkeit hatte sie dafür erwartet, dass sie die Prüfung auf sich genommen hatte.

»Ein Enkelkind«, sagte Miral heiser. »Ich habe ein Enkelkind. Eine Enkelin. Wie … wie heißt sie?«

B'Elanna konnte nicht anders. Sie war erschöpft, körperlich und geistig ausgelaugt. Ihr kamen die Tränen, als sie sprechen wollte. Sie versuchte es ein zweites Mal.

»Wir haben sie … wir haben sie Miral genannt.«

Auf einmal zog ihre Mutter sie in die Arme, drückte sie eng an sich. Torres hörte Schluchzen und fragte sich, wer von ihnen beiden gerade weinte.

Candace Roske war ein riesiger Holodeck-Fan. Es freute sie unglaublich, dass das offenbar ebenso für die *Voyager*-Besatzung gegolten hatte. Sie war sicher, das Holodeck stellte eine Notwendigkeit dar, wenn man sich so weit draußen im Delta-Quadranten verirrt hatte. Es hatte sehr wahrscheinlich einige Mannschaftsmitglieder davor bewahrt, den Verstand zu verlieren.

So wie es auch sie selbst bei Verstand hielt. In den letzten Tagen war es auf der *Voyager* sehr langweilig gewesen.

Sie hatte bereits einige der vorhandenen Programme ausprobiert. Viele waren ganz offensichtlich allein zu dem Zweck geschrieben worden, eine gute Trainingsgrundlage zu bieten. Andere waren sehr entspannend - sie mochte den polynesischen Ferienort und auch das Segeln bei Mondlicht über Lake George. Die Gouvernante hatte sie nach ein paar Versuchen aufgegeben, aber es gefiel ihr, die übertrieben sonnige irische Stadt Fair Haven zu besuchen, auch wenn der Besitzer des Pubs auf sie ziemlich trübselig wirkte.

Aber ihr liebstes Szenario war mit Abstand »Die Abenteuer von Captain Proton«. Da sie selbst einige Erfahrung beim Entwerfen von Holodeck-Programmen hatte, fiel es ihr leicht, die Figur der Constance Goodheart ihren Vorstellungen anzupassen und diese Rolle zu übernehmen. Anstatt knapp bekleidet nichts weiter zu tun, als andauernd zu kreischen, war Candace' Version von Constance genauso intelligent und cool wie Proton selbst.

Sie hatte die Anweisung erhalten, sich zum Dienst zu melden, was ihr überhaupt nicht passte, aber Watson hatte das Sagen. Nur das Feuergefecht wollte sie noch schnell hinter sich bringen. Dafür sollte die eine Stunde Zeit bis zum Dienstantritt reichen.

Candace duckte sich, als Laserschüsse in all ihrer schwarz-weißen Pracht an ihr vorbeizischten. Sie kauerte sich hinter einen Felsen und erwiderte das Feuer. Die fliegende Untertasse landete, wobei die kleine Kuppel auf der Oberseite leuchtete. Eine Rampe wurde ausgefahren.

Candace konnte nicht anders, als zu lachen. Die Aliens sahen derart lächerlich aus mit ihren riesigen Stielaugen und den sechs niedlichen Armen und Beinen. Sie verspürte das Bedürfnis, sie hochzuheben und zu knuddeln.

Zumindest, bis sie anfingen, auf sie zu schießen. Der Fels neben ihr verdampfte. Candace - Constance - hechtete in Deckung, rollte auf dem staubigen Boden ab und schoss dabei zurück.

»Constance!«, rief eine Stimme. Sie sah auf und entdeckte den Captain selbst, der ihr zuwinkte. »Hier rüber!«

In dieser Version sah Captain Proton ziemlich gut aus. Er war blond mit durchdringenden blauen Augen. Sie hatte dieses Gesicht sehr genau erforschen können ... und den Körper ..., da sie das Programm so umgeschrieben hatte, dass sich langsam eine Romanze zwischen dem guten Captain und seiner noblen Assistentin entwickelte.

Er schaffte es, einen Schild aufzubauen, der offenbar das Feuer der Aliens abwehrte. Candace sog mehrmals tief Luft in ihre Lungen, machte sich bereit und sprintete die kurze Strecke zu ihm hinüber. Dort sprang sie in Deckung und in Captain Protons Arme. Als sie zusammen hart auf dem Boden aufschlugen, schien ihr, als hätte sie Überraschung in seinem Blick gesehen.

Sie lagen Herz an Herz, Auge in Auge auf dem Boden und atmeten schwer durch die Anstrengung. Sie senkte den Kopf und küsste ihn. Normalerweise mochte er das. Dieses Mal jedoch wirkte er schockiert und wandte sich ab.

Candace wischte sich ein paar Strähnen ihres langen roten Haares aus dem Gesicht, die sich aus ihrem Zopf befreit hatten.

»Stimmt etwas nicht?«

»Nun ...« Während er sprach, griff Captain Proton nach ihrer Waffe und begutachtete sie. »Nehmen Sie es nicht persönlich, aber ich glaube nicht, dass das meiner Frau gefallen würde. Entschuldigung, Constance. Computer, Sicherheitsprotokoll deaktivieren.«

Noch bevor Candace eine Frage stellen konnte, hob Captain Proton ihre Waffe, die er zuvor auf Betäubung gestellt hatte, und feuerte.

Tom Paris sah auf die erschlaffte Gestalt der zugegebenermaßen attraktiven »Constance Goodheart« hinab. Beim Gedanken an den Druck ihrer Lippen auf seinen schüttelte er den Kopf.

»Nein, B'Elanna würde das bestimmt nicht gefallen.« Er fesselte die Frau und stellte sicher, dass die Knoten fest, aber nicht unbequem saßen, bevor er ihren Kommunikator an sich nahm.

»Das gefällt mir nicht«, stellte Miral grimmig fest. Sie aß von der Beute ihrer Tochter, leckte sich das Fett von den Fingern. B'Elanna unterdrückte ein Lächeln.

»Das habe ich auch nicht angenommen.«

»Hast du darum den Menschen gewählt?«

»Nein.« Sie war nicht wütend. Die heftige Umarmung ihrer Mutter, die ihr beinahe ein paar Rippen gebrochen hatte, hatte den Großteil der Wut aus ihrem Körper getrieben. »Ich habe ihn gewählt, weil ich ihn liebe. Er ist intelligent, mutig, attraktiv und lustig.«

»Pah!«, schnaubte Miral, wobei sie den Mund öffnete und ihre scharfen Zähne zeigte. Sie aß noch einen Bissen. »Menschen legen zu viel Wert auf Humor. Es ist besser, Mut und Ehre zu besitzen.«

»Das tut er.« B'Elanna stritt nicht mit Miral, sie stellte nur die Fakten richtig. Ihre Ruhe entging Miral nicht, die im Kauen innehielt.

»Ich dachte, du wärst noch immer die Alte, 'Lanna. Aber ich habe mich geirrt. Du schluckst nicht mehr jeden Köder, im Gegensatz zu früher.«

»Sei nicht zu stolz auf mich. Ich werde noch immer zu schnell wütend, und oft genug aus den falschen Gründen«, gab sie zu.

»Du bist noch jung. Ich habe mein ganzes Leben gebraucht, um diese Lektionen zu lernen. Und ich bin mir nicht einmal sicher, ob ich sie je gemeistert habe.«

B'Elanna zögerte. Sie hatte Miral alles über Tom und ihre Enkeltochter erzählt. Aber es gab noch so vieles, worüber sie reden mussten. Sie war so lange weg gewesen, und so viel war geschehen.

Und natürlich gab es da noch die Barke der Toten.

»Mutter ... Commander Logt hat mir erzählt, dass du eine Vision hattest, während ich fort war.«

Ungeachtet ihres offensichtlichen Hungers - Miral war dürrer und sehniger, als B'Elanna es jemals gewesen war - unterbrach die ältere Frau ihr Mahl.

»Sie war mächtig. Insbesondere, da ich dem Tode nahe war«, antwortete sie mit leiser Stimme.

»Was? Du warst krank? Niemand hat mir davon erzählt.«

Miral kicherte. »Natürlich nicht. Dir von meiner Schwäche zu berichten, hätte mich meine Ehre gekostet. Ich war sehr krank, Kleines. Ich hing zwischen den Welten, fast hätte ich diese verlassen.«

Langsam und leise erzählte Miral von ihrer Vision. B'Elanna hing an ihren Lippen, wagte kaum zu atmen, um nichts zu verpassen. Vieles von ihrer eigenen Vision war mittlerweile verblasst, wie es solche Dinge meistens taten. Dennoch wusste sie noch genug, um zu erkennen, dass Miral aller Logik zum Trotz dieselbe Vision gehabt hatte.

Als ihre Mutter geendet hatte, war B'Elanna an der Reihe. Sie erzählte, wie sie das uralte Metallbrett mit den klingonischen Zeichen gefunden hatte, wie schwierig es gewesen war, zu unterscheiden, was echt war und was nicht. Und sie berichtete, wie sie nach dieser »Reise« mithilfe ihres Captains und ihres Ehemanns Frieden mit sich und ihrer Mutter hatte schließen können.

»Ich hatte so schreckliche Angst, dass du gestorben seist und dass dies die einzige Möglichkeit wäre, mich zu verabschieden«, sagte B'Elanna mit tränenerstickter Stimme. »Und dann kam ich nach Hause, und Vater sagte mir, du seist bei der Prüfung gestorben. Ich hielt es für wahr.«

Sanft legte Miral ihrer Tochter eine Hand aufs Knie. »Wenn ich gestorben wäre, während du fort warst, wäre ich direkt ins *Sto-Vo-Kor* gekommen. Der Mut, den du in der Vision bewiesen hast, hat meine Unehre ausgelöscht ... sofern es tatsächlich irgendeine Unehre zum Auslöschen gegeben hat. Vielleicht habe ich mir das nur eingebildet.«

Sie drehte sich zu B'Elanna um, nahm deren Gesicht in ihre Hände. »Kind ... du bist für dich selbst verantwortlich. Aber eines muss ich wissen: Bist du eine Klingonin?«

B'Elanna wollte antworten, konnte es jedoch nicht. War sie eine Klingonin? War sie ein Mensch? War sie eine ausgewogene Mischung der Stärken zweier Spezies, oder war sie eine Missgeburt, ein Fehler? Sie erinnerte sich, wie sehr sie der kleinen Miral ihre klingonischen Eigenheiten, ihr Erbe, hatte ersparen wollen. Es war Toms Liebe gewesen, die er auch für diesen Teil ihrer Persönlichkeit empfand, die ihr gezeigt hatte, dass sie beinahe einen riesigen Fehler begangen hätte.

Sie hatte gespürt, dass diese Prüfung sie von all dem befreite, dass es für ihr Innerstes ohne Bedeutung war. Aber was blieb übrig?

Wer blieb übrig?

»Ich ... ich weiß es noch nicht, Mutter. Ich weiß es einfach nicht.«

Ihr war, als sehe sie Enttäuschung in Mirals Gesicht, aber dann lächelte ihre Mutter. »Die Zeit wird kommen, da du es weißt. Ein eigenes Kind zu haben, wird dich dazu zwingen, auch dich selbst zu betrachten, auf eine Weise, die du dir nicht einmal vorstellen kannst. Glaube mir, ich weiß es. Lass uns ausruhen. Wir haben noch eine lange Reise vor uns.«

Nun war B'Elanna verwirrt. »Ich dachte es ginge dir darum, dass ich die Prüfung den Regeln entsprechend absolviere. Dass ich sechs Monate in der Wildnis auf mich alleine gestellt überlebe.«

»Das stimmt. Aber ich wusste nichts von deinem Gefährten und deinem Kind.«

»Aber meine Ehre ...«

»Es liegt viel Ehre darin, sich um die Bedürfnisse des Kindes zu kümmern, das man selbst zur Welt gebracht hat. Es gibt sogar keine größere Ehre. Was denkst du, wieso es mir so wichtig war, dir deine Abstammung nahezubringen?«

B'Elanna blinzelte verwirrt. »Ich dachte, du wolltest, dass ich wie du bin ... damit ich alles Klingonische liebe.«

»Du dachtest, ich hätte das für mich selbst getan?«

»Nun ... Ja. Hast du das nicht?«

Über diese Frage schien Miral nachdenken zu müssen. »Ich verehre meine Blutlinie. Ich bin sehr stolz darauf, Klingonin zu sein. Wir sind ein großes und nobles Volk. Und wenn sich unsere Art von der anderer Völker unterscheidet, dann soll das so sein. Ich war überzeugt, du müsstest beide Seiten deiner Abstammung verstehen. Das war die Pflicht, die ich dir gegenüber zu erfüllen hatte. Hätte ich nicht alles unternommen, um dir zu zeigen, dass du nicht zur Hälfte, sondern als Ganzes Teil dieses ruhmreichen Volkes bist, hätte ich als Mutter versagt. Habe ich jemals schlecht über deinen Vater oder sein Volk gesprochen?«

»Nein, hast du nicht. Du hättest es tun können, besonders nachdem er uns verlassen hatte.«

»Hätte ich das getan, hättest du dich schlecht gefühlt, da du zum Teil menschlich bist. Ich wollte, dass du auf dein menschliches Blut genauso stolz sein kannst wie auf dein klingonisches Blut.« Sie strich B'Elanna über das mit Schlamm verkrustete Haar. »Ich wollte, dass du auf dich selbst stolz sein kannst. Wäre mir der Eintritt ins *Sto-Vo-Kor* verweigert worden, dann nicht, weil ich dich nicht zur Klingonin erzogen habe. Ich wäre nicht dorthin gekommen, weil ich darin versagt hätte, dir dabei zu helfen, deinen eigenen Stolz zu finden.«

B'Elanna starrte in das Gesicht ihrer Mutter, so vertraut und doch so fremd nach all der Zeit. Konnte es sein, dass sie so falschgelegen hatte, was Mirals Motive anging?

Und wenn dem so war, worin hatte sie sich noch geirrt?

15

Kaz wusste, dass er intellektuell nicht gerade eine Niete war. Nun allerdings stand er neben Data und dem Doktor und sah zu, wie sie Informationen beinahe in Lichtgeschwindigkeit verarbeiteten. Das sorgte dafür, dass er sich ein wenig minderwertig vorkam. Ein Androide und ein Hologramm waren auf seinem eigenen Gebiet besser als er. Schnell schüttelte er den Gedanken ab. Jeder hatte Stärken und Schwächen. Selbst Trill, Androiden und Hologramme. Es war besser, die eigenen zu kennen und zu respektieren. Auch sein Expertenwissen wurde gebraucht, und wann immer er ihnen damit aushelfen konnte, freute ihn das sehr.

In der Zeit, die sie allein auf der Krankenstation verbracht hatten, konnten sie einiges über das Virus herausfinden. Es wurde von Nanosonden gesteuert, die entweder durch Berührung oder über die Atemwege in den Körper gelangten. Dieser Ansteckungsweg sollte eigentlich niemanden überraschen, dachte Kaz, wenn man bedachte, mit wem sie es zu tun hatten. Das Virus ruhte, bis es einen Befehl erhielt, der es aktivierte.

So weit, so gut. Doch darüber hinaus ergab nichts mehr Sinn.

Wie wurde der Befehl gegeben? Konnte eine infizierte Person das Virus verbreiten, bevor es aktiviert wurde? Warum griff es bisher keine Erwachsenen mit einem gut funktionierenden Immunsystem an? Würde es das noch tun? Und wenn ja, wann? Wie kamen sie mit dem Virus in Berührung?

»Ich mag Rätsel«, gab Data schließlich zu, »aber ich wäre froh, wenn wir dieses hier schnell lösen könnten.«

»Ich bin sicher, damit sprechen Sie einigen Leuten aus der Seele, Commander.« Der bittere Tonfall des Doktors schien nicht zu seiner neuen Stimme zu passen. »Ich denke, wir haben genug Zeit damit verbracht, herauszufinden, wie das Virus übertragen wird. Ich habe eine Idee, wie wir es aufhalten können. Dr. Kaz, Sie sagten, Sie haben Informationen von der *Voyager* heruntergeladen.«

»Das stimmt.«

»Und Sie sagten, Sie haben begonnen, mit Nanosonden zu experimentieren?«

»Ja. Ihre Arbeit über die Zellstruktur von Spezies 8472 hat mir hierfür entsprechende Hinweise geliefert.«

»Wirklich?« Der Doktor streckte leicht die Brust raus.

»Dummerweise ist es uns nicht gelungen, modifizierte Nanosonden zu entwerfen, die in der Lage wären, die alten zu zerstören.«

»Hmmm«, machte der Doktor. »Vielleicht ist das nicht der richtige Weg. Auf jeden Fall sollten wir damit beginnen, so viele Nanosonden wie möglich zu replizieren. Ich bin noch nicht sicher, was wir damit machen, aber ich weiß, dass sie uns dabei helfen werden, dieses Rätsel zu lösen.«

Er blickte in Richtung des Chronometers. »Die verabredete Zeit rückt näher. Wer von uns sollte gehen?«

»Ich gehe«, sagte Kaz.

»Viel Glück«, sagte der Doktor. »Nehmen Sie Taylors Phaser mit. Wir haben hier Hyposprays für den Notfall.«

Kaz nahm den Phaser entgegen, nickte ihnen zu und verließ die Krankenstation.

Wie Janeway es befohlen hatte, trafen sie sich in Frachtraum zwei.

»Statusbericht«, sagte sie. »Zuerst einmal: Ist einer von Ihnen irgendwelchen Wachen begegnet?«

»Constance Goodheart liegt gefesselt im Holodeck«, berichtete Paris.

»Was?«, rief Chakotay.

»Eine der Wachen spielt Constance Goodheart in meiner Captain-Proton-Simulation.« Paris versuchte vergeblich, sich ein Lächeln zu verkneifen. »Der Computer hat mein Äußeres als Referenz für Captain Proton gespeichert, und sie hat das so beibehalten. Es war leicht, in die Rolle von Captain Proton zu schlüpfen und sie mit ihrer eigenen Waffe zu betäuben. Die Simulation läuft noch. Vielleicht wird jemand nach ihr suchen, aber sie müssten gegen die moolianische Flotte kämpfen, um sie zu finden.«

»Könnten sie das Programm nicht einfach abschalten?« Kaz staunte über Lieutenant Commander Paris' Fantasie.

»Ich habe das Programm geschrieben«, sagte Paris, »und man hat sich nie die Mühe gemacht, die Codes zu ändern. Ich kann die Tür nicht verschließen, aber ich habe den Computer mit einem Codewort umprogrammiert. Sie können das Programm nicht abschalten, solange ich es nicht erlaube.«

»Gute Arbeit, Mr. Paris«, sagte Janeway bewundernd. »Wie ich sehe, hat Tuvok ebenfalls einen der Wachleute ausgeschaltet.« Kaz blickte sich um und sah einen jungen, geknebelten Mann auf dem Boden liegen. Er wirkte ziemlich beunruhigt. Kaz konnte es ihm nicht zum Vorwurf machen.

»Wie läuft es in der Krankenstation?«, fragte Janeway.

»Wir hatten überraschenden Besuch von einer Wache, aber wir haben sie ausgeschaltet. Genauer gesagt war es der Doktor. Ich verstehe, warum er Ihnen allen so am Herzen liegt. Sie ist derzeit bewusstlos und liegt in einem der Leichenfächer. Aber ein Hologramm von ihr steht bei der Tür und lächelt, nur für den Fall, dass jemand vorbeikommt.«

Janeway lächelte noch breiter. »Chakotay und ich haben einen im Gang erwischt. Er liegt in einer der Jefferies-Röhren und sollte eine Weile bewusstlos sein. Wir sollten ihre Kommunikatoren in die jeweiligen Quartiere legen, falls Watson versucht, ihren Aufenthaltsort herauszufinden.

»Wie viele Phaser konnten wir erbeuten?«, fragte Tuvok.

»Drei«, erwiderte Janeway. »Ich nehme nicht an, dass Toms Constance auf dem Holodeck eine echte Waffe getragen hat.«

»Leider nicht«, sagte Tom.

Janeways Gesichtsausdruck wurde wieder ernst. »Von Harry habe ich noch nichts gehört. Ich werde versuchen, mit ihm Kontakt aufzunehmen, sobald wir hier fertig sind. Dr. Kaz, haben Sie irgendetwas über das Virus herausgefunden?«

Während er alle über ihre bisherigen Ergebnisse in Kenntnis setzte, wünschte Kaz, er könnte bessere Neuigkeiten überbringen. Immerhin schien der Doktor der Meinung zu sein, dass sie auf dem richtigen Weg waren. Janeway schwieg für eine Weile, dann ergriff sie wieder das Wort.

»Ich habe lange darüber nachgedacht, meine Herren. Wir haben die Hälfte der Wachen ausgeschaltet, aber es sind immer noch vier übrig. Einer davon ist Watson, der etwas ahnt, fürchte ich. Ein weiterer befindet sich auf der Brücke. Ich denke zudem, dass Seven und Icheb nicht so lange regenerieren können, wie Dr. Kaz es gerne hätte. Wir brauchen ihr Wissen. Zuletzt können wir Montgomery nicht ewig hereinlegen. Sobald er herausfindet, was für ein Spiel wir treiben, werden die Dinge Schlag auf Schlag geschehen.«

Kaz widersprach nicht. Selbst die kurze Zeit, die Seven und Icheb zur Regeneration gehabt hatten, würde helfen. Zudem wusste er genauso gut wie Janeway, dass es in diesem seltsamen Krieg keine Zeit zu verlieren galt.

»Was sollen wir tun?«, fragte Chakotay ruhig.

»Wir werden Seven und Icheb wecken und sie zur Krankenstation schicken. Der Rest von Ihnen wird mich begleiten. Das hier war einst unter Schiff. Holen wir es uns zurück.«

Brenna Covington lag auf dem Bett. Ihre Schädeldecke war entfernt worden, und ihr Gehirn lag frei. Sie war gleichzeitig ruhig und aufgeregt. Dem MHN vertraute sie vollkommen. Noch nie hatte es sie enttäuscht, was mehr war, als sie über die meisten Menschen sagen konnte. Es hatte lange gedauert, und sie hatte mehr als einmal die Geduld mit ihm, Grady und Blake verloren. Aber sie hatten sie nie im Stich gelassen.

Langsam wurde sie es leid, nur zum Teil Königin zu sein. Es war gut, so stark zu sein und Zugang zum Kollektivbewusstsein zu haben. Es war sogar noch besser, sich mit ihnen zu verbinden, wie sie es tat, wenn sie regenerierte; zu spüren, wie sehr sie sie liebten und brauchten. Aber es war wie der Geschmack von Honig auf ihrer Zunge. Süß, aber gerade genug, um die Lust auf mehr zu wecken. Sie wollte mehr. Sie wollte alles.

Covington wollte, dass Daten durch ihren Körper flossen wie Blut. Sie wollte in das Bewusstsein aller Drohnen vordringen, und das jederzeit, ohne je wieder von ihnen getrennt zu sein. Sie wollte die Gedanken gesunder Erwachsener hören und nicht nur den formbaren Geistern von Kindern und dem öden Bewusstsein der Alten lauschen. Sie wusste, was aus ihr werden würde, wenn sie endlich vollständig war, und sie verzehrte sich danach wie ein Verdurstender nach kühlem, süßem Wasser.

Wäre sie eine echte Königin gewesen, hätte die Prozedur nur Augenblicke gedauert. Das Royalprotokoll hätte sie ausgewählt und ihr so mühelos Wissen vermittelt, wie andere Leute atmeten. Es hätte schwache, menschliche Organe durch Metall ersetzt. Innerhalb weniger Sekunden hätte es sie zur Königin gemacht. Die Borg brauchten ihre Königin, ohne sie konnten sie nicht bestehen.

Was sie, Blake und das MHN taten, war dagegen ein Experiment. Es war nie zuvor versucht worden. Sie erschufen förmlich aus dem Nichts eine Königin, mithilfe eines Rezepts, das man erst vor Kurzem entschlüsselt hatte.

Seltsam, dass ihr gerade jetzt eine Koch-Metapher in den Sinn kam. Sie glaubte, etwas Gebackenes zu riechen. *Kekse*, dachte sie. *Kekse, die langsam im Ofen backen.*

»Ich rieche frisch gebackene Kekse«, sagte sie. Das MHN stand hinter ihr und operierte immer noch an ihrem Gehirn. Daran hatte sie sich gewöhnt. Sogar der Anblick ihrer blutigen Schädeldecke, die auf einem Teller in einem Kraftfeld lag, machte ihr nichts mehr aus.

»Ich stimuliere den entsprechenden Teil Ihres Gehirns«, erklärte das MHN. »Da kann das vorkommen. Ich hoffe, es ist eine angenehme Empfindung.«

»Das ist sie.« In Gedanken kehrte sie in die Zeit zurück, bevor die Hand in ihr Leben getreten war. Sie und ihre Mutter hatten jeden Samstag Schokoladenkekse gebacken. Seitdem hatte sie nie wieder frischgebackene Kekse gerochen. Seltsam, wie das Bewusstsein funktionierte; was es in Erinnerung behielt.

Sobald sie vollständig zu einer Borg-Königin geworden war, würde sie nicht mehr mühevoll kauen, schlucken und verdauen müssen. Ihre Geschmacksknospen würden eingehen, weil sie nicht gebraucht wurden. Alles, was ihr Körper brauchte, würde er auf deutlich effizientere Weise direkt absorbieren.

Sie hörte leise die Stimme des MHN, als käme sie von weit her. »... muss Sie unter Vollnarkose setzen, Eure Majestät.«

»Sie dürfen fortfahren.« Ihre Stimme klang belegt, und die Worte kamen nur undeutlich. Die plötzlich schweren Lider fielen ihr zu, und sie sank in die Dunkelheit. Ihr letzter Gedanke war Bedauern darüber, dass sie niemals wieder frische Schokoladenkekse riechen und schmecken würde.

Die langen Stunden setzten Allyson schrecklich zu. Andropow, Robinson und viele der anderen mit Sternenflottenausbildung waren in sehr guter körperlicher Verfassung, auch wenn sie vielleicht einen der viel gefürchteten Schreibtischjobs innehatten und nun erstmals mit zu wenig Nahrung, Wasser und Schlaf auskommen mussten. Allyson dagegen war kaum zwanzig Jahre alt und ganz offensichtlich niemals zuvor körperlichen Belastungen ausgesetzt gewesen, die den derzeitigen auch nur nahekamen.

Er konnte den Ringen unter ihren Augen förmlich beim Wachsen zusehen. Es würde natürlich Tage dauern, bis sie abmagerte, aber sie war sichtlich schwach. Zweimal war sie davongestolpert, um das bisschen Essen und Wasser wieder zu erbrechen, das sie hatte zu sich nehmen können. Einmal hatte sie deswegen die Peitsche zu spüren bekommen. Andropow war zu ihrer Verteidigung geeilt, hatte sich vor sie geworfen und den Großteil der Strafe abbekommen. Den Reiter schien es nicht weiter zu kümmern, welchen der Organischen er schlug, solange es nur jemanden traf. Er hatte gelacht und seinem Pferd die Sporen gegeben, um weiterzureiten und nach anderen Sklaven zu sehen.

»Danke«, flüsterte Allyson und blickte ihn voller Verehrung an. »Sie sind bereits so schwer verletzt, dennoch ...«

»Ein paar mehr Peitschenhiebe machen auch keinen Unterschied mehr«, log er. Er zwang sich, nicht das Gesicht zu verziehen, als er sich von ihr löste und wieder auf die Beine kam. Er stammte aus einer großen Familie und hatte immer Kinder gewollt, aber aus irgendeinem Grund war es nie dazu gekommen. Oft hatte er sich vorgestellt, wie er seinem Sohn eine Sportart beibringen würde und wie er seine Tochter zu ihrem sechzehnten Geburtstag fein ausführte. Er hätte sie behandelt wie eine Dame, damit sie sich wie jemand Besonderes fühlte.

»Wenn das hier vorbei ist«, sagte er, »würde ich gerne mit Ihnen essen gehen.«

Sie wurde rot. »Ich will nicht undankbar erscheinen, aber ...«

»Nicht auf ein Date. Ich bin viel zu alt für Sie. Aber ...« Wie konnte er die richtigen Worte finden? Es wäre schon unter normalen Umständen schwer gewesen, aber hier in der glühenden Sonne, während er seinen eigenen Gestank in der Nase hatte, schwach und verletzt - wie konnte er erklären, was er für sie empfand?

»Ich hatte nie eine Tochter«, sagte er schließlich geradeheraus,

»aber ich denke nicht, dass ich je stolzer auf sie hätte sein können, als ich es im Moment auf Sie bin. Tun Sie mir den Gefallen.«

Ihr Blick begegnete seinem, während sie durch den Sand zurückstapften, um mehr Steine zu schleppen und Mörtel herzustellen. Schließlich nickte sie.

»Ich verstehe. Gut. Aber ich muss Sie warnen. Wenn wir hier rauskommen, plane ich, mir erst mal den Bauch vollzuschlagen.«

Angesichts der Akzeptanz und dem Vertrauen in ihren Worten lachte Andropow zum ersten Mal, seit diese Tortur begonnen hatte.

16

Watsons sechster Sinn gab nach wie vor Roten Alarm. Und dieses Bauchgefühl hatte sein Leben und das seiner Kameraden mehr als einmal gerettet in den Jahren, die er nun schon in der Sternenflotte diente. Seit Janeway und ihre Besatzung an Bord gebeamt waren, hatte er ein ungutes Gefühl. Er hatte sie lange genug allein herumstreunen lassen. Es war an der Zeit, etwas zu unternehmen.

Zwei seiner Leute, Hughes und Whitman, befanden sich mit ihm in der Messe. Crais war nicht gerufen worden. Da Watson wusste, dass Kim sich auf der Brücke aufhielt, wollte er den ehemaligen Ops-Offizier nicht darauf aufmerksam machen, dass sie ihm auf die Schliche gekommen waren. Dasselbe galt für Taylor, die sich bei Data und Kaz auf der Krankenstation aufhielt. Die drei würden sie sich später vornehmen.

Aber wo waren Janssen, Colson und Roske geblieben? Janssen hatte sich nicht mehr bei ihm gemeldet, seit er zu Frachtraum zwei gegangen war, um dort nach dem Rechten zu sehen. Roske und Colson von Team zwei hatten Befehl, sich zum Dienst zu melden, was mittlerweile überfällig war.

Watson traf eine Entscheidung. »Irgendwas ist da los«, sagte er in der Gewissheit, recht zu haben. »Ich werde Montgomery kontaktieren, egal, was er gesagt hat.« Er ging zur Computerkonsole hinüber, um das Gesagte in die Tat umzusetzen. »Ihr beide geht zur Waffenkammer. Ich möchte nicht, dass ihnen die Phasergewehre in die Hände fallen.«

Dann wandte er sich an den Computer. »Admiral Kenneth Montgomery.« Er blickte den Bildschirm finster an, als sich dieser weigerte, ihm irgendetwas anderes als die Sternenflotteninsignien zu zeigen.

»Sie sind nur eine Handvoll, verteilt über das Schiff. Es sollte kein Problem sein, sie unter Arrest zu stellen«, fügte er an seine Mannschaft gewandt hinzu.

»Dasselbe habe ich mir auch gedacht«, ertönte eine kühle weibliche Stimme. Watson wirbelte herum, griff dabei nach seinem Phaser. »Lassen Sie ihn stecken, Commander. Sonst sehe ich mich gezwungen, auf Sie zu schießen.«

Watson, Hughes und Whitman starrten die vier Gestalten in der Tür an. Drei von ihnen hielten Phaser in den Händen. Der von Janeway war auf Watson gerichtet, während die beiden anderen Hughes und Whitman in Schach hielten.

»Sie sind gut, Admiral«, sagte Watson mit Bewunderung in der Stimme, während er die Hände hob. Seine beiden Sicherheitsleute taten es ihm gleich. »Ich hätte früher handeln sollen. Schließlich wusste ich, dass etwas nicht stimmt. Aber auch auf die Gefahr hin, wie einer von Lieutenant Roskes Helden aus einem ihrer Holodeck-Programme zu klingen: Damit werden Sie nicht durchkommen.«

»Wir sind keine Schurken, Commander. Wir stehen alle auf derselben Seite«, erwiderte Janeway.

»Und warum haben dann drei von uns Phaser auf die anderen drei gerichtet?«

»Leider haben wir keine Zeit, das Ganze bei einer schönen heißen Tasse Kaffee auszudiskutieren. Ich bedaure, aber wir müssen Sie und Ihre Mannschaft für die nächsten Stunden in die Arrestzellen sperren.«

Als sie sich nicht rührten, ergriff der Vulkanier das Wort. »Meine Herren, die Worte des Admirals waren keine Bitte.«

Als er an ihr vorbeiging, wandte sich Watson Janeway zu, die Augen zu Schlitzen verengt. »Ich sitze vielleicht für die nächsten paar Stunden in einer Arrestzelle der Sternenflotte, Admiral. Sie hingegen werden darin den Rest Ihres Lebens verbringen.«

Sie blieb ruhig. Ihr Blick spiegelte seltsamerweise Wärme und Mitgefühl, während sie antwortete. »Falls wir bis dahin nicht alle assimiliert wurden, können Sie darauf wetten, dass ich mit Freuden für den Rest meines Lebens die Wände einer Arrestzelle anstarre, Commander. Gehen wir.«

Harry sah überrascht auf, als sich die Tür zischend öffnete. »Admiral an Deck!« Dabei nahm er Haltung an. Crais sprang förmlich aus dem Stuhl des Captains, als würde dieser glühen, dann nahm er ebenso Haltung an. Sein Gesicht war gerötet.

»Admiral Janeway.« Er kämpfte sichtlich um Fassung. »Welch unerwartete Ehre. Commander Watson hat mich nicht davon unterrichtet, dass Sie auf die Brücke kommen würden.«

Mit einem freundlichen Lächeln zog Janeway ihren Phaser hinter dem Rücken hervor und richtete ihn auf Crais.

»Ich fürchte, Commander Watson ist nicht länger in der Lage, Sie von irgendetwas zu unterrichten, Lieutenant. Wir müssen Sie bitten, ihm in der Arrestzelle Gesellschaft zu leisten, während wir hier unsere Arbeit fortsetzen.«

Crais gaffte nur, ging aber langsam auf den Turbolift zu. Chakotay richtete seinen Phaser auf ihn, um ihn dazu zu bringen, sich ein wenig schneller zu bewegen.

»Scheint, als hätten Sie alles unter Kontrolle, Admiral«, sagte Kim. Das überraschte ihn nicht, immerhin kannte er Janeway mittlerweile recht gut. Aber Watson war ihm wie eine Herausforderung vorgekommen.

Sie lächelte. »Wir haben das Schiff übernommen, Harry. Abgesehen von unseren eigenen Leuten befindet sich jeder unter Tuvoks Aufsicht in der Arrestzelle. Konnten Sie Watsons letzte Nachricht abfangen, bevor sie gesendet wurde?«

»Gerade so«, gab Harry zu. »Die Konsolen sind dermaßen zerlegt, dass ich hier oben jede Menge zu tun hatte.«

»Nun, da niemand mehr eine Nachricht verschicken wird, um die Sie sich Sorgen machen müssen, sollte es einfacher werden. Sorgen Sie dafür, dass jeder, der versucht, uns zu kontaktieren, den Eindruck bekommt, alles sei in Ordnung, abgesehen von ein paar Systemproblemen.«

Harry ging in Gedanken verschiedene Möglichkeiten durch. »Ich werde mein Bestes tun, Admiral.«

»Falls es irgendwelche Probleme gibt, können Sie mich nun direkt kontaktieren.« Dabei berührte sie seinen Kommunikator mit dem Zeigefinger. »Wir werden alle auf der Krankenstation sein. Das gilt auch für Seven und Icheb.«

»Sie haben die Regeneration schon beendet?«

»Leider. Kaz, der Doktor und Data können ohne weitere Daten von jemandem, der mehr über die Borg weiß als sie, nicht fortfahren. Kaz sagt, dass auch die kurze Zeit in den Alkoven bereits geholfen hat. Und wer weiß, vielleicht erhalten wir alle bald eine Menge Zeit zum Regenerieren«, fügte sie düster hinzu.

Nachdem sie gegangen war, kroch Kim wieder unter die Konsole und überlegte, ob er ein holografisches Abbild erschaffen konnte, falls jemand Watson sprechen wollte.

Er hatte die Nachricht, die er in den Puffer geladen hatte, bereits völlig vergessen.

»Wie fühlen Sie sich, Majestät?«

Covington blinzelte. »Ich fühle mich gut.« Das MHN half ihr, sich aufzusetzen. Zuerst drehte sich der Raum um sie, dann beruhigte sich alles und war mit einer für sie nie gekannten Deutlichkeit zu sehen. Farben schienen kräftiger, Kanten definierter. Die Luft schmeckte besser, als sie tief einatmete, und sogar in dieser sterilen Umgebung fielen ihr die verschiedensten Gerüche auf.

»Unglaublich«, hauchte sie und strich mit der Hand über das Biobett. Die weiche Oberfläche fühlte sich für ihre empfindlicheren Hände nun rau an. »Alle meine Sinne sind geschärft.«

»Wir haben bereits darüber gesprochen, was zu erwarten sein würde.« In der Stimme des MHN schwang ein belehrender Unterton mit, sodass Covington es missbilligend ansah. »Jetzt ... sagen Sie mir, was Sie hören.«

Einen Moment lang hörte sie nur die normalen Geräusche einer Krankenstation, selbstverständlich deutlicher als zuvor.

Aber da war auch ein leises Summen. Um sich zu konzentrieren, schloss sie die Augen. Das Geräusch erklang in ihrem eigenen Kopf. Ein Gefühl des Entzückens durchfuhr ihre Nerven, als sie rief: »Ich kann sie hören!«

Bislang hatte sie ihre Drohnen nur während ihrer Regeneration gehört. Aber nun nahm sie bei vollem Bewusstsein wahr, wie sich ihre Gedanken überschlugen. Manche davon waren nachdenklich, andere glücklich und wieder andere verzweifelt.

Ihre Hand wanderte an ihre Schläfe, berührte das unter der grauen Haut sorgfältig verborgene Implantat. »Es ist so ... schwierig ...«

»Das wird so bleiben, bis die Implantate sich darauf eingestellt haben, die Fülle an Informationen zu verarbeiten. Ihr Gehirn benötigt ein wenig Zeit, um sich anzupassen. Wie wäre es bis dahin mit einem erfrischenden Glas Nährstoffe?«

Er reichte ihr ein Glas mit trüb aussehendem Wasser. Sie nahm einen Schluck, verzog das Gesicht aufgrund des Geschmacks. Bald, rief sie sich ins Gedächtnis, würde sich ihr Geschmackssinn zurückentwickeln. Sie brauchte ihn nicht. Es war irrelevant, ob Essen gut schmeckte.

Als sie das Glas geleert hatte, war auch in ihrem Kopf Ordnung eingekehrt. Sie suchte sich einen Gedanken aus, einen der lauteren:

Wo ist Molly? Ich will zu Molly. Wo sind Mami und Papi? Ich hab Angst, solche Angst, ich möchte nach Hause.

Und einen anderen, laut und deutlich:

Warum bin ich von meinem Weg abgewichen? Wieso habe ich mich ausgerechnet an solch einem heiligen Ort entschlossen, mich von ihm abzuwenden? Warum gehorcht mein Körper mir nicht? Ich bin alt, aber nicht so alt.

»Die sind einfach, sie sind bereits assimiliert. Sie passen sich an«, sagte sie laut.

Das MHN setzte sich an seinen Schreibtisch und betrachtete ihre Hirnmuster auf dem kleinen Bildschirm.

»Faszinierend. Versuchen Sie, mit jemandem in Kontakt zu treten, der zwar infiziert ist, bei dem das Virus aber noch schlummert.«

Das Wort »schlummern« ärgerte sie. Bald schon würde sie in der Lage sein, auch diese zu aktivieren. Dennoch schloss sie die Augen und suchte nach Gedanken, die nicht so klar waren wie die der anderen.

Ich verstehe nicht, wieso ich unter Quarantäne stehe. Ich habe alle Vorsichtsmaßnahmen getroffen. Ich bin Arzt, verdammt noch mal. Denken sie, ich würde ...

»Kinderspiel.« Eine Spur Arroganz schlich sich in ihre Stimme. Es wurde immer einfacher. Sie spürte, wie sich ein Lächeln auf ihre Lippen stahl.

»Sehr gut. Versuchen wir etwas anderes. All diese zukünftigen Borg gehören Ihnen. Glauben Sie, Sie können einen Borg der früheren Generation erreichen?«

»Picard wäre zu schwierig. Man hat alle seine Implantate entfernt. Und Grady sagte mir, dass sich Seven und Icheb in Stasis befinden.«

»Nun, Sie könnten ja ihren Träumen lauschen.«

Covington lächelte breit. Wie sahen wohl Seven of Nines Träume aus? Das klang nach Spaß. Aber wie sollte sie einen bestimmten Gedankenstrom innerhalb der Masse ausfindig machen?

Als hätte es ihre Gedanken erraten, machte das MHN einen Vorschlag. »Sie werden sich ... wie soll ich es ausdrücken ... reiner anfühlen. Nicht so unordentlich, deutlicher. Sobald Sie das geschafft haben, sollten wir ausprobieren, ob Sie die Borg im Delta-Quadranten erreichen können. Das dürfte interessant werden.«

Covington schloss die Augen und tauchte in das Meer aus Gedanken ein. Die Beschreibung des MHN erwies sich als zutreffend. Sie »sah« einen Strom, der ihr metallisch blau erschien, glänzend ... rein. Daran klammerte sie sich, leckte sich erwartungsvoll die Lippen beim Gedanken daran, den Träumen einer Borg zu lauschen.

Es ist gut, dass die beiden Doktoren kompetent sind. Data ist ebenso nützlich. Sie haben sehr gründlich geforscht, auch wenn sie noch nicht über die Grundlagen hinaus sind. Wir müssen sie noch gegenprüfen, um ...

Covington riss die Augen auf. Das war kein Traum. Diese Gedanken waren klar, deutlich und sehr wach.

»Holen Sie Grady, sofort!«

Montgomery ließ die Schultern sacken, als er die Daten von seinem Schirm ablas. Keinerlei Fortschritt bei der Heilung, dafür gab es vierzehn neue Fälle. Und das waren nur die, die man gemeldet hatte. Seine Untergebenen versicherten ihm, alles unter Kontrolle zu haben. Die Leute glaubten die Geschichte von der Xakarianischen Grippe, und die Erde war technologisch so weit entwickelt, dass es nur ein paar wenige Gegenden gab, von denen aus man nicht sofort die Sternenflotte kontaktieren konnte, wenn es einen »Ausbruch« gab.

Montgomery wollte nicht, dass etwas durchsickerte. Im Dominion Krieg waren wegen Formulierungen wie »nur ein paar wenige« und »höchstwahrscheinlich« Leute gestorben. Zum ersten Mal kam ihm der Gedanke, dass sie vielleicht keinen Erfolg haben könnten.

Das Türsignal erklang. »Herein.«

»Red« Grady steckte den Kopf herein. »Störe ich, Sir?«

»Natürlich, aber kommen Sie trotzdem herein.«

Red kannte ihn lange genug, um über die schroffe Art hinwegzusehen, und trat ein. Montgomery sah ihn an, und der besorgte Ausdruck auf dem mit Sommersprossen übersäten Gesicht gefiel ihm nicht.

»Was gibt es?«

Red antwortete nicht sofort. Er streckte die Finger, setzte an, etwas zu sagen, hielt dann inne, bevor er schließlich doch sprach. »Sir, ich bin nicht sicher, wo ich beginnen soll. Meine Quellen könnten sich irren, aber ...«

»Was, aber?«

»Wir müssen Seven und Icheb befragen. Mithilfe unseres Vernehmungsexperten.«

Montgomery verzog das Gesicht. Den Vernehmungsexperten sah er als notwendiges Übel an. Er hasste es, Leute zu dem Mann und seinem vulkanischen Begleiter zu schicken. Aber die Statuten der Sternenflotte gestatteten es, und er hatte sich schon einmal gezwungen gefühlt, Seven of Nine seiner »Fürsorge« zu überlassen.

»Warum?«

»Ich glaube, es gibt Machenschaften, in die die beiden verwickelt sein könnten. Um was es sich genau handelt, können wir erst wissen, wenn wir sie befragen.«

»Sie befinden sich in Stasis, und Kaz vertritt die Ansicht, dass es nicht ratsam wäre, sie zu wecken. Dort, wo sie sind, können sie keinen Schaden anrichten.«

»Sir, Sie haben den Bericht gesehen. Vierzehn neue Fälle. Und jeder Tag, an dem wir des Problems nicht Herr werden, bringt uns näher an den Punkt, an dem gesunde Erwachsene zu Borg werden. Falls Seven und Icheb etwas wissen ...«

»Verdammt, in Ordnung. Lassen wir uns von Kaz anschreien und zerren die Borg vor den Vernehmungsexperten.«

Als sie den Raum verließen, glaubte Montgomery, kurz ein Grinsen auf Red Gradys Gesicht zu sehen. Er wandte sich zu ihm um und sah ihn direkt an, konnte aber nichts Beunruhigendes feststellen. Offenbar fing er an, sich Dinge einzubilden. Er bekam einfach nicht genug Schlaf in letzter Zeit. Jetzt sah er schon überall Verschwörungen.

Kaz drehte sich um und grüßte sie freundlich, was Montgomery überraschte. Normalerweise machte Kaz einen leicht reizbaren Eindruck, sobald es um Seven und Icheb ging. Vielleicht hatte die Zustimmung, sie in Stasis zu versetzen, den Doktor etwas beschwichtigt. Nun, das würde sich ändern.

»Wir müssen Seven und Icheb für weitere Befragungen mitnehmen.« Er stählte sich für Kaz' Antwort.

»Wirklich?« Kaz runzelte die Stirn. »Ich würde das Stasisfeld nur ungern abschalten, besonders angesichts ihres Schlafmangels. Ist es wirklich notwendig?«

»Unglücklicherweise ja«, warf Grady ein. »Sie können sie wieder in Stasis versetzen, sobald wir fertig sind.«

»Also gut.« Diese schnelle Einwilligung schockierte Montgomery regelrecht. Kaz wusste natürlich, dass die Entscheidung letztendlich bei Montgomery lag. Aber normalerweise hätte ihm der Trill zumindest einen langen Vortrag gehalten. Nun, auch Kaz hatte in letzter Zeit nicht viel geschlafen. Vielleicht wurde er des Streitens müde.

»Können Sie die Befragung hier durchführen? Ich würde sie gerne auf der Krankenstation behalten.«

»Unmöglich«, erwiderte Montgomery schlicht.

»Sie zu transportieren ist keine sonderlich gute Idee«, stammelte der Arzt, während sein Blick hin und her huschte.

Montgomery sah ihn unverwandt an. Was sollte das? »Schalten Sie die Stase ab, Doktor Kaz. Und bitte ersparen Sie uns jede weitere Diskussion.«

Kaz wirkte, als wollte er trotzdem noch einmal widersprechen, überlegte es sich dann aber nach einem Blick in Montgomerys finsteres Gesicht anders. Er trat an die Kontrollen und schaltete das Stasisfeld ab.

Langsam öffneten Icheb und Seven die Augen. Kaz beugte sich über sie. »Admiral Montgomery möchte, dass ihr ihn zu einer Befragung begleitet. Tut mir leid.« Seine Betonung war seltsam bedächtig.

»Ich verstehe«, sagte Seven und wechselte einen Blick mit Icheb. Dieser schluckte sichtlich, nickte aber. Montgomery war verwirrt. Kaz und seine beiden Patienten wirkten seltsam ernst und entschlossen. Es tat ihm leid, dass er an Grady gezweifelt hatte. Hier ging eindeutig etwas vor.

Er trat zur Tür und wies zwei Wachen an, einzutreten. Normalerweise hätten er und Grady ausgereicht, um zwei entkräftete Gefangene unter Kontrolle zu halten, aber sein Misstrauen war geweckt. Die Wachen richteten ihre Phaser auf die beiden Borg.

»Das ist nicht nötig. Wir kommen ... freiwillig mit«, sagte Icheb.

Sie erhoben sich, und zu Montgomerys Verwunderung fassten sie einander an den Händen. Mit den Wachen auf den Fersen traten Seven und Icheb durch die Tür der Krankenstation und ... verschwanden.

17

Die Wachen rannten in den Gang hinaus und riefen nach Verstärkung. Montgomery wirbelte zu Kaz herum.

»Was geht hier vor?«

»Sie sind fort«, sagte Kaz traurig.

»Wohin sind sie verschwunden?«, brüllte Montgomery. Kaz antwortete nicht, wandte nur den Blick ab und starrte zu Boden.

Ein grauenhafter Verdacht bemächtigte sich Montgomerys. Er blickte zu den kleinen roten Lichtern, die an den Fußleisten der Krankenstation entlang verliefen.

»Computer, wo befindet sich Dr. Jarem Kaz?«

»Dr. Jarem Kaz befindet sich nicht im Gebäude«, antwortete der Computer.

»Sie sind das MHN.« Aus Gradys Stimme war der Schock deutlich herauszuhören.

Das MHN mit Kaz' Gesicht nickte. »Ja«, sagte es. »Werden Sie mich jetzt löschen?«

Löschen. Sie sind fort. »Seven und Icheb waren in Wirklichkeit gar nicht hier.« Während er sprach, verstand Montgomery langsam, was vorging. »Sie waren nur Hologramme. Und als sie die Krankenstation verlassen haben, wurden sie gelöscht. Stimmt das?«

»Ich wurde angewiesen, nichts zu verraten«, antwortete das MHN.

»Aber das werden Sie«, sagte Montgomery grimmig. »Grady, reden Sie weiter mit ihm. Ich muss ein anderes ach so kluges MHN befragen - falls es noch hier ist.«

Als er die Zelle des Doktors erreichte, entschied Montgomery, dass es Zeit für einen Bluff wurde. Er ging direkt auf das Hologramm zu und gab der Wache mit einem Nicken ein Zeichen. Das Kraftfeld wurde deaktiviert.

»Seven, Icheb und Dr. Kaz sind fort.«

Das Hologramm zog eine Augenbraue in die Höhe. »Verzeihung?«

»Sie sind verschwunden. Durch Hologramme ersetzt. Wissen Sie irgendetwas darüber?«

»Nein, das tue ich nicht«, erwiderte das Hologramm. Dann fügte es hinzu: »Aber ich kann nicht sagen, dass es mir leidtut. Ich wünschte nur, ich könnte auch entkommen.«

»Ich denke, das ist Ihnen gelungen.«

Das Hologramm starrte ihn an und breitete die Arme aus. »Ich habe den Eindruck, unglücklicherweise immer noch anwesend zu sein.«

»Wie lautet der Name Ihrer Tochter?«

Wieder starrte das Hologramm ihn an. »Admiral, geht es Ihnen gut? Ich bin ein Hologramm. Ich kann unmöglich ...«

»Antworten Sie! Wie lautet ihr Name?«

Er hatte recht behalten. Das Hologramm, das den Platz des Doktors eingenommen hatte, war ziemlich gut darin, seine Gesichtsausdrücke und die bissigen Kommentare zu imitieren. Aber man konnte nicht die Zeit gehabt haben, ihn über die gesamte Entwicklung des Doktors in den letzten Jahren zu unterrichten. Glücklicherweise hatte sich Montgomery eingehend über den Doktor informiert, getreu dem Motto: Kenne deinen Feind.

»Elizabeth«, erwiderte es und versuchte dabei, selbstsicher zu wirken.

»Netter Versuch«, sagte Montgomery. »Es war Belle.«

Das Hologramm sank in sich zusammen. »Er hatte eine Familie?«

»Hat ein Holoprogramm geschrieben. Das kleine Mädchen ist

gestorben.« Er wandte sich der Wache zu. »Lieutenant. Deaktivieren Sie dieses Hologramm und laden Sie sein Programm herunter. Jemand hat sich sehr viel Mühe gegeben …«

Der Schlag erwischte ihn unvorbereitet. Er stolperte und fing sich gerade rechtzeitig wieder, um zu sehen, wie Lieutenant Garris unter dem vulkanischen Nackengriff des Doktors zusammensackte. Montgomery zog seinen Phaser, bevor sein Bewusstsein Gelegenheit hatte, ihn über die Sinnlosigkeit dieser Geste zu unterrichten. Das Hologramm rannte auf die Tür zu und verschwand genau wie Icheb und Seven.

»Selbstmordkommando«, sagte Montgomery. Aber das würde bedeuten, dass ein Hologramm ein Leben besaß, das zu opfern es sich entschließen konnte.

Er schüttelte den Kopf. Über solche Details konnte er später nachdenken. Jetzt musste er die ganze Einrichtung erst mal abriegeln. Wer wusste schon, wie viele Hologramme sich hier noch tummelten.

Das Hologramm, das sich als Robinson ausgab, zuckte zusammen. Es hatte eine leichte Fluktuation in seinem Kraftfeld gespürt. Nicht genug, um sichtbar zu sein, aber genug, um zu verstehen, was es bedeutete.

Es schloss die Augen. Sie wollte nicht, dass dies geschah, aber Dainco hatte sie auf die Möglichkeit vorbereitet.

Die falsche Robinson blickte zu Andropow hinüber. Als sie ihm in die Augen sah, erkannte sie, dass er das Signal des Doktors ebenfalls gespürt hatte.

»Ich hatte gehofft, das zu überleben«, sagte er leise.

»Ich auch«, sagte sie.

Ihre Konsole leuchtete auf. »Seven of Nine und Icheb wurden gezwungen, die Krankenstation zu verlassen. Der Doktor hat Selbstmord begangen. Und sie wissen, dass Kaz fort ist.« Robinson blickte zu Andropow hinüber. »Die Einrichtung soll vollständig abgeschirmt und durchsucht werden.«

»Dann werden sie uns entdecken«, sagte Andropow. »Ich wünschte ...«

»Ich weiß«, erwiderte Robinson leise. »Ich auch. Aber was wir heute tun, wird womöglich sicherstellen, dass andere Hologramme solche Entscheidungen nicht mehr treffen müssen.«

»Haben wir noch Zeit für die Nachricht?«, fragte Andropow.

Robinson blickte noch einmal auf ihre Konsole. »Wenn wir uns kurzfassen.« Leise sprach sie in ein kleines Padd. Andropow tat dasselbe.

Dann standen sie langsam auf. Sie wussten, dass jedes andere Hologramm im Gebäude, das Oliver Baines' Revolution unterstützte, dasselbe tat. Sie hatten alle das Signal des Doktors empfangen, bevor er in den Tod geflohen war.

Als hätten sie es lange einstudiert, legten sie beinahe gleichzeitig ihre mobilen Emitter ab. Sie sahen wie einfache Aktentaschen aus, waren aber so viel mehr.

Sie zogen ihre Phaser und blickten einander ein letztes Mal an.

»Es war schön, Sie kennengelernt zu haben, Wassili.«

»Gleichfalls, Barbara.«

Sie nahmen die mobilen Emitter ins Visier und feuerten.

Allyson konnte einfach nicht mehr. Andropow hatte getan, was er konnte, damit sie im Schatten blieb und damit sie genug Wasser bekam. Aber die Arbeit und die Hitze waren einfach zu viel für die junge Frau.

Sie stand direkt neben ihm, als sie fiel. Er hörte sie husten, und als er sich zu ihr umwandte, sah er, wie ihre Augen sich nach oben verdrehten. Sie erschlaffte, und er fing sie auf. Sie wog praktisch nichts. Er trug sie aus der Menge organischer Sklaven, da er fürchte, sie könnte niedergetrampelt werden.

»Kommen Sie schon, Allyson.« Sanft schlug er ihr auf die Wangen. Trotz der Hitze, die den Schweiß in Bächen laufen ließ, war ihre Haut kalt. Aber sie atmete noch.

Ein Schatten fiel auf ihn. Andropow sah auf und erkannte ein

Hologramm auf einem Pferd. Die Sonne blendete ihn, sodass er das Gesicht nicht erkennen und den Ausdruck darauf nicht sehen konnte.

»Sie ist zu schwach zum Arbeiten«, erklärte er. »Sie braucht Hilfe.«

Als der Reiter keine Anstalten machte, zu helfen, versuchte er es noch einmal. »Ich weiß nicht, was für eine Art von Plan Baines verfolgt. Aber wenn er diese Frau sterben lässt, dann wird das ihm und seiner Sache nur schaden. Ihrer Sache. Bitte, helfen Sie ihr.«

Der Reiter nickte. »Sie haben recht. Es darf kein Blut an den Händen unseres Herrn Baines kleben.«

Bevor Andropow sich auch nur bewegen konnte, materialisierte ein Speer in der Hand des Reiters. Er stieß die Spitze tief in Allysons Brust.

Blut quoll rund um den Speerschaft hervor, und Allyson zuckte. Rot tropfte es aus ihrem Mund und warf Blasen in ihren Nasenlöchern. Ihre Augen waren weit aufgerissen und voller Unverständnis. Andropow schrie auf und versuchte verzweifelt, den Speer herauszuziehen. Als würde das helfen. Sie versuchte zu schreien, aber nur ein Wimmern kam über ihre Lippen. Vor seinen Augen verschwamm alles. Warum konnte er nicht richtig sehen? Irgendwo am Rande seines Bewusstseins begriff er, dass er weinte. Aber alles, was noch zählte, war Allyson, Allyson zu helfen. Oh Gott, sie starb in seinen Armen ...

Plötzlich wurde es dunkel und kühl. Der Speer verschwand, aber Allysons blutiger Körper blieb zurück. Es gab keine Sonne, keinen Sand, nur eine Gruppe von Leuten in einem dunklen Raum mit gelben Streifen.

Eine Tür öffnete sich, und Oliver Baines trat ein. »Unser kleines gemeinsames Abenteuer ist vorüber. Die Hologramme, die ich erschaffen habe, um Sie zu ersetzen, sind ... wurden deaktiviert.« Er räusperte sich und fuhr fort. »Sobald wir Ihre Wunden behandelt haben, Sie mit Nahrung und Wasser versorgt wurden und duschen konnten, werden Sie zurückgebracht. Sie können sich auch ausruhen, wenn Sie möchten. Ihre Kleidung ist sauber und wartet auf Sie …«

»Sie verfluchter Lügner!«, rief Andropow und sprang auf.

Baines' Augen weiteten sich. Er versuchte, davonzurennen, aber Andropow wurde von frischer Trauer und gerechtem Zorn angetrieben. Er warf Baines zu Boden und würgte ihn.

Mehrere Hände packten ihn, versuchten, ihn fortzuziehen. Vergeblich wehrte er sich. Die Hologramme hielten ihn fest, als Baines auf die Beine kam und sich die Kehle rieb.

Wieder öffnete sich die Tür, und zum zweiten Mal trat Oliver Baines ein. »Ich dachte mir, dass einer von Ihnen etwas in der Art versuchen könnte«, sagte er milde. »Daher habe ich zuerst einen holografischen Doppelgänger hineingeschickt. Er hält solche Angriffe deutlich besser aus. Fleisch ist so verletzlich.« Er blickte Andropow an und lächelte ein wenig. »Finden Sie nicht auch?«

Andropow knurrte und kämpfte gegen den Griff seiner Bewacher, aber sie hielten ihn unerbittlich fest.

»Es ist in Ordnung, Wassili«, erklang eine Stimme. Andropow wandte den Kopf und sah, wie Allyson aufstand. Sie war in Blut gebadet, und das Loch in ihrer Brust klaffte offen. Andropow schmeckte Galle auf der Zunge und zwang sich, den Blick abzuwenden.

»Sie Bastard«, sagte er zu Baines. »Sie Leichenschänder. Reicht es nicht, dass Sie unschuldige Menschen entführen, quälen und ermorden? Müssen Sie auch noch Hologramme ihrer toten Körper erstellen und sie tanzen lassen wie Puppen …?«

»Wassili, nein!« Allyson kam auf ihn zu, und das Blut verschwand von ihrer Kleidung. »Sie verstehen nicht. Ich bin ein Hologramm. Ich war immer ein Hologramm, von dem Moment an, da wir uns zum ersten Mal begegnet sind.«

Die Wächter, die Andropow festhielten, ließen ihn los. Er bewegte sich nicht, stand einfach nur wie angewurzelt da und starrte.

Als sie sich ihm weiter näherte, stand Mitgefühl in ihrem Blick.

»Es tut mir leid, dass ich Sie getäuscht habe. Aber Sie hätten mich niemals so mögen gelernt, wenn Sie gewusst hätten, dass ich ein Hologramm bin. Sie hätte mich als den Feind betrachtet, und schlimmer noch, als Programm und nicht als Person.«

»Sie sind ein Programm«, sagte er heiser.

Allyson streckte die Hand aus und streichelte ihm über die Wange. »Ja, das stimmt. Aber ich bin auch alles, was ich Ihnen erzählt habe. Ich bin Künstlerin. Und ich bin eine Person.« Sie nahm seine Hand in ihre. »Oder etwa nicht?«

Wassili starrte sie weiter an. Dann, mit einem Mal, kam ein heiserer Schrei über seine Lippen. Er zog sie in die Arme und hielt sie fest. Ihr Haar war weich an seiner Wange. Ihre Arme schlangen sich um seinen Oberkörper, und sie klammerte sich an ihm fest. Tränen füllten seine Augen. Tränen der Freude und der Erleichterung.

Sie hatte recht. Sie war eine Person. Und er liebte sie.

Als sie sich endlich voneinander lösten, hatte sich die Menge zerstreut. Nur Baines war zurückgeblieben. Er war entweder echt oder ein Hologramm. Aber Andropow war so schwach von seinen Wunden, der Anstrengung und dem Sturm der Emotionen, den er gerade durchgemacht hatte, dass es ihm egal war.

»Sie hat Sie ausgewählt, wissen Sie«, sagte Baines. Andropow wischte sich die Tränen aus den Augen. »Sie hat sich Ihre Akte angesehen und beobachtet, wie Sie mit den anderen ... Gästen ... umgegangen sind.«

»Er hat recht.« Allyson drückte ihm die Hand und blickte ihn aus leuchtenden Augen an. »Ich bin kein Charakter in einem Holoroman. Ich bin in der Lage, meine eigenen Entscheidungen zu treffen.«

»Genau wie ein sogenannter echter Mensch«, sagte Baines.

»Ich weiß nicht mehr, was echt ist und was nicht«, sagte Andropow. »Aber sie ist mir wichtig. Ich will sie nicht verlassen.«

Baines lächelte. Es war kein fieses Lächeln oder ein Grinsen, es war ein Lächeln, das aus echter Freude geboren wurde.

»Das ist es, was ich im Umgang zwischen photonischen Wesen und Organischen sehen will«, sagte er leise. »Dieses Verständnis, dieses Mitgefühl, dieser gegenseitige Respekt. Es ist möglich. Ich wusste es immer. Nun wissen Sie es auch. Lieutenant Wassili Andropow, ich brauche Ihre Hilfe.«

Andropow musterte ihn eine Weile, dann blickte er in Allysons Gesicht.

»Was soll ich tun?«

18

B'Elanna war näher dran gewesen, ihre Mutter zu finden, als sie gedacht hatte. Deren Lager lag nur ein paar Hundert Meter entfernt. Deshalb hatte Miral das Feuer entdeckt und sich an die Person herangeschlichen, die sich schließlich als ihre Tochter herausgestellt hatte.

Sie unterhielten sich, während sie die kurze Strecke zurücklegten. Als sie das Lager erreichten, musste B'Elanna zugeben, dass sie beeindruckt war. Miral hatte sich einen sehr guten Platz ausgesucht. Eine Höhle bot Schutz vor Regen und Wind. Ein Bach, von dem Miral sagte, er trockne niemals aus, lieferte frisches Wasser. Torres erkannte mehrere Bäume mit essbaren Früchten, und Miral versicherte ihr, dass es viele Wurzeln gab.

»Und auch Heilpflanzen«, sagte sie, während sie ihre Tochter nicht gerade sanft auf einen flachen Stein drückte. »Du bist verletzt. Ich werde deine Wunden behandeln.«

B'Elanna blieb nichts anderes übrig, als brav zuzustimmen. Außerdem musste sie zugeben, dass die Wunden, die sie im Kampf gegen den jungen *grikshak* erhalten hatten, nicht so sauber verheilt waren, wie sie es gern gehabt hätte. Also sagte sie nichts und zog sich schweigend aus. Ihrer vorherigen Ermahnung zum Trotz entfachte B'Elannas Mutter ein Feuer, damit sie die Wunden besser reinigen konnte.

In einer Art Kürbisflasche zerstieß Miral einige Wurzeln mit einem runden Stein, mischte Beeren hinzu und stellte daraus eine zähe Paste her. Es roch angenehm.

»Macht beinahe Appetit«, scherzte B'Elanna.

»Ja«, sagte Miral ernst. »Wenn man sie auf einem heißen Stein kocht, ist die Paste sehr lecker und liefert viele Nährstoffe. Ich werde sie vermissen, wenn wir zurückkehren.«

Die Worte wärmten B'Elanna, und sie verbarg ein Lächeln. Das Lächeln verwandelte sich in eine Grimasse, als Miral die langen, tiefen Kratzer mithilfe von Wasser und einiger fester Blätter wusch.

»Bevor wir die Paste auftragen, müssen wir sie öffnen und Infektionen auswaschen«, erklärte Miral, als ihre Tochter vor Schmerz zischte. »Sie sind tief. Es werden Narben bleiben. Gut.«

»Ich werden sie mithilfe eines Dermalregenerators entfernen lassen«, sagte Torres.

»Warum? Sie sind hart erkämpfte Beweise deiner Ehre, meine Tochter. Du solltest dich mit ihnen brüsten. Du solltest Kleidung tragen, die sie präsentieren. Dann wird jeder von deinem Mut erfahren.«

Torres diskutierte nicht. Vielleicht würde sie die Narben ja behalten. Aber sie würde ganz sicher nicht zu formellen Anlässen in einem rückenfreien Kleid erscheinen, um sie wie Trophäen herumzuzeigen. Aber bis sie heimkam und diese Entscheidung treffen musste, dauerte es noch eine Weile.

Nachdem sie Torres' Wunden großzügig mit der Paste bestrichen hatte, verteilte Miral den Rest davon auf einem flachen Stein. Mithilfe eines Stocks schob sie ihn ins Feuer. Kurze Zeit später stieg ein köstlicher Geruch auf.

»Offensichtlich verändert einen die Prüfung des Geistes tatsächlich«, sagte Torres. »Du bist eine Köchin geworden.«

Miral lachte. »Du solltest meinen *itkrik*-Eintopf probieren. Ihr Fleisch ist roh sehr zäh. Selbst es zu kochen, hilft nur bedingt. Aber mit der richtigen Würze ist es ein Festmahl, das eines Königs würdig wäre.«

»Klingt großartig. Steht das für morgen auf der Speisekarte?«

»Morgen gehen wir zurück.«

B'Elanna war verwirrt und ein wenig außer sich. »Aber um dich zu finden, habe ich mich der Prüfung des Geistes gestellt. Wenn ich nach wenigen Wochen zurückkehre ...«

»Du hast deine Ehre genug bewiesen, Kind. Vor allem, wenn du den Priestern sagst, dass du dich um einen Säugling kümmern musst. Ich denke, du würdest es bereuen, wenn sie sechs Monate alt wäre, wenn du sie wiedersiehst, nicht wahr?«

Vor Schmerz zog sich ihr Herz zusammen. Vor ihrem inneren Auge sah sie das kleine Gesicht ihrer Tochter.

»Ja«, gab sie zu, »das würde ich.«

»Dann ist es beschlossen. Die Paste wird abbröckeln, sobald sie trocken ist. Morgen werden wir unsere Vorräte zusammensuchen und aufbrechen.«

»Wirst du dich mit Dad treffen, wenn du zurück bist?«

»Ja«, sagte Miral, ohne auch nur darüber nachdenken zu müssen. B'Elanna war erstaunt über die schnelle Antwort.

»Es ist genug Zeit vergangen, es sollte nicht mehr wehtun. Und wenn doch, dann müssen wir da einfach durch. Das Kind, das du mit deinem Mann gezeugt hast, ist von unser beider Blut. Es wäre dumm, dem Kind unsere Weisheit zu verweigern, nur weil wir persönliche Differenzen haben.«

Torres starrte ihre Mutter an. Manchmal, wenn sie es am wenigsten erwartete, konnten Klingonen sehr praktisch veranlagt sein.

Seven of Nine zuckte zusammen und griff sich an die Stirn.

»Schmerzen?«, fragte Kaz besorgt. Sie waren in der Krankenstation und gingen die umfangreichen Aufzeichnungen der *Voyager* über die Borg-Technologie durch. Dann zogen sie Verbindungen zu dem, was sie über das Virus erfahren hatten.

Seven schüttelte den Kopf. »Keine Schmerzen. Das seltsame Summen, das ich zuvor beschrieben habe, ist zurückgekehrt. Es ist stärker als zuvor.« Sie hielt inne. »Jetzt ist es fort.«

Kaz und der Doktor tauschten Blicke. Der Doktor ergriff einen medizinischen Trikorder und untersuchte sie. Verärgert schob sie ihn beiseite.

»Wir haben keine Zeit, uns um meine Fehlfunktionen zu kümmern. Höchstwahrscheinlich wird es lediglich von dem Mangel an Regeneration verursacht.«

»Ist es vergleichbar mit den Gelegenheiten, zu denen die Königin versucht hat, Sie zu kontaktieren?«, beharrte der Doktor.

»Es ist ähnlich, aber anders. Doktor, es belästigt mich nicht mehr. Sie sollten sich daran ein Beispiel nehmen.«

Der Doktor zog eine finstere Miene. Dem Ernst der Situation zum Trotz musste Kaz lächeln.

»Außerdem besteht nicht die Gefahr, dass die Königin versuchen könnte, mich zu kontaktieren. Sie befindet sich nicht in diesem Quadranten.«

Kaz' Lächeln erlosch, während sich die düstere Miene des Doktors in einen Ausdruck von Furcht und Sorge wandelte. Er hob den Blick vom medizinischen Trikorder und starrte Seven an.

»Doch, das ist sie«, sagte er leise.

»Majestät«, stammelte Trevor Blake, »Sie sind dafür noch nicht bereit. Ihre Implantate könnten überlasten. Geben Sie ihnen noch ein paar Stunden.«

»Ich habe keine paar Stunden mehr«, fuhr Covington ihn an. Blake war ein Genie, aber sie ärgerte sich immer wieder über ihn. »Seven of Nine, Icheb, der Doktor und Kaz, sie alle sind verschwunden. Man muss keine große Leuchte sein, um zu erkennen, dass sie sich Janeway angeschlossen haben und momentan hart daran arbeiten, ein Heilmittel für das Virus zu finden. Ihre Forschung wird sie zu dem unvermeidlichen Schluss führen, dass es in diesem Quadranten eine Borg-Königin gibt.«

»Sie wissen nicht, dass Sie es sind«, gab Blake zu bedenken.

»Wenn sie so weit kommen, können sie sich den Rest womöglich auch noch zusammenreimen. So oder so sind sie in der Lage, unseren Plan um Jahre zurückzuwerfen. Das werde ich nicht zulassen. Nicht jetzt, da wir so kurz davorstehen ...«

Tränen füllten ihre Augen, und sie biss sich auf die Lippe, als die Erinnerungen an die Verbindung zurückkamen. Sie konnte ihre Drohnen nicht im Stich lassen. Nicht jetzt, und auch nicht später. Ihre einzige Möglichkeit, Perfektion zu erlangen, war durch sie.

»Ich muss es jetzt tun«, sagte sie, als sie sich wieder unter Kontrolle hatte. »Das MHN wird meine körperlichen Reaktionen im Auge behalten, und ich bin mir sicher, Sie werden dasselbe mit den Datenströmen tun. Fahren Sie damit fort, mich mit dem Computer zu verbinden.«

Er nickte, auch wenn er dabei unglücklich aussah, und begann.

Montgomery war stinkwütend. Direkt unter seiner Nase, verdammt. Sie waren direkt unter seiner Nase und ohne ein Wort des Abschieds verschwunden. Alle drei Gefangenen und Dr. Kaz, der ihnen ohne Zweifel zur Flucht verholfen hatte.

Er konnte es sich nicht leisten, den Ausbruch öffentlich zu machen. Er konnte sich sowieso vorstellen, wo sie hingegangen waren. Er wollte gerade Watson kontaktieren, als eine neue Serie von Alarmsignalen losging.

Er wusste, was sie zu bedeuten hatte – jemand hatte innerhalb des Gebäudes ohne Erlaubnis einen Phaser abgefeuert.

»Bestimme Ort des Phaserfeuers«, befahl er dem Computer. Dieser gab ihm eine Liste von siebzehn abgefeuerten Phasern an fünfzehn in der gesamten Einrichtung verteilten Orten. Was um alles in der Welt ging hier vor?

»Verluste?«

»Es wurden keine Verluste gemeldet.«

Verwirrt erwiderte Montgomery: »Auch keine Verletzten?«

»Negativ.«

»Wer hat die Phaser abgefeuert?«

»Es gibt keine Aufzeichnungen, dass in dieser Einrichtung registrierte Individuen Phaser abgefeuert haben.«

Das wurde ja immer seltsamer. Verbissen fuhr Montgomery mit der Befragung fort und versuchte ein paar Antworten zu bekommen, die zumindest ansatzweise Sinn ergaben.

»Gab es eine Fehlfunktion bei den Phasern?«

»Negativ.«

Für einen Moment saß Montgomery einfach in seinem Stuhl und starrte vor sich hin. Man gebe ihm einen Feind, eine Waffe und ein freies Schussfeld, und er wusste, was zu tun war. Aber wie bekämpfte man diesen Unsinn?

Dann begriff er. »Gab es irgendwelche Lebenszeichen in den Gebieten, in denen die Phaser abgefeuert wurden?«

»Negativ.«

Hologramme. Überall Hologramme, und das in einer der am besten gesicherten Einrichtungen der Sternenflotte auf diesem Planeten - wahrscheinlich sogar im ganzen Quadranten. Er stieß mit dem Finger nach einem der Knöpfe.

»Achtung! An alle Mitarbeiter: Die Bedrohung, mit der wir es zu tun haben, ist holografischer Natur. Ich wiederhole. Es handelt sich um eine holografische Bedrohung. Reagieren Sie entsprechend.«

Sie waren gute Leute, sie würden wissen, was zu tun war. Photonische Wesen aufzuspüren, hatte für ihn im Moment keine Priorität. Er wusste nicht, wer hinter dieser Sache steckte - Baines, der Doktor, Kaz, Janeway - aber seine Hauptaufgabe bestand darin, das Borg-Virus aufzuhalten. Und das beinhaltete, herauszufinden, wohin die entflohenen Gefangenen verschwunden waren.

»Computer, verbinde mich mit Commander Watson, der an Bord der *U.S.S. Voyager* stationiert ist.«

Harry Kim erstarrte, als das Licht zu blinken begann. Jemand versuchte das Schiff zu kontaktieren.

Wenn derjenige sich doch nur ein paar Sekunden mehr Zeit gelassen hätte! Hektisch beendete er seine Reparaturen und drückte einen Knopf. Ein holografisches Bild von Commander Watson materialisierte im Kommandosessel, und Harry duckte sich außer Sicht.

»*Watson*«, erklang Montgomerys Stimme.

Harry schloss die Augen. Sie hatten dies erwartet, aber so bald? Er flüsterte dem Hologramm Instruktionen zu.

»Ja, Sir«, sagte »Watson«. »Was kann ich für Sie tun, Admiral?«

»Hat es irgendwelche Versuche gegeben, die Voyager *zu betreten?«*

Harry flüsterte. Das Hologramm klang verwirrt, als es antwortete. »Negativ, Sir. Sollen wir uns auf einen solchen Versuch gefasst machen?«

Schweigen entstand. Harry wünschte, er könnte Montgomerys Gesicht sehen. Das hätte ihm zumindest einen Anhaltspunkt gegeben, wie viel der Admiral bereits vermutete.

»Es könnte sein, dass jemand an Bord gegangen ist, ohne dass Sie es bemerkt haben«, sagte Montgomery schließlich.

»Das bezweifle ich sehr, Sir«, antwortete das Hologramm entrüstet.

»Nun, lassen Sie es mich so sagen. Seven of Nine, Icheb und der Doktor sind entkommen. Zusätzlich ist auch Dr. Kaz auf mysteriöse Weise verschwunden. Ich vermute, er hat sich mit ihnen verbündet.«

Da hatte Harry seine Antwort. Und es war ganz sicher nicht die, die er sich erhofft hatte.

»Ich kann mir vorstellen, dass sie zuerst zur Voyager *gehen. Die Borg müssen regenerieren, und sie ist das, was sie kennen. Ich weiß nicht, wie sie Kaz auf ihre Seite gezogen haben, aber ... Wissen Sie was, ich komme zu Ihnen, und wir bereiten ihnen gemeinsam eine nette kleine Überraschung vor.«*

»Sir, ich denke nicht, dass ...«

»Montgomery Ende.«

Harry schlug mit der Faust auf den Boden und fluchte. »Kim an Janeway«, sagte er. »Wir bekommen Gesellschaft.«

19

Als Montgomery auf der *Voyager* materialisierte, stellte er fest, dass er derjenige war, dem eine Überraschung bereitet wurde. Er wurde nicht von Watson und seinen Leuten begrüßt, sondern von Admiral Janeway und den Commanders Chakotay und Tuvok. Alle drei hielten Phaser auf ihn gerichtet. Instinktiv griff Montgomery nach seiner eigenen Waffe, doch sie war fort.

»Ich fürchte, der befindet sich noch im Musterpuffer«, sagte Janeway entschuldigend.

»Das glaub ich ja nicht«, sagte Montgomery müde. »Ich glaube es einfach nicht. Sagen Sie es nicht, lassen Sie mich raten ... Kaz und die Borg sind ebenfalls hier, und der Doktor befindet sich in der Krankenstation.«

»Korrekt«, sagte Tuvok. »Commander Data hat sich uns ebenfalls angeschlossen.«

»Doktor an Janeway.«

»Was gibt es, Doktor?«

»Wir haben hier etwas, das Sie sich ansehen sollten.«

»Verstanden. Wir sind unterwegs.« Sie vollführte eine kurze Bewegung mit dem Phaser. »Das schließt Sie mit ein, Admiral.«

»Kathryn«, sagte Montgomery mit seltsam ruhiger Stimme. »Was haben Sie hier vor? Ihnen allen stehen großartige Karrieren bevor.

Und Sie werfen das einfach fort. Dann ziehen Sie auch noch Data und Kaz, gute Leute, in Ihre ... Ihre Wahnvorstellungen hinein. Wir können dies jetzt beenden. Ich habe nichts gegen Sie persönlich.«

Janeway lächelte. »Ob Sie es glauben oder nicht, wir sind in letzter Zeit zwar einige Male aneinandergerasselt, aber auch ich habe nichts gegen Sie persönlich. Wir verfolgen dieselben Ziele, und meine Leute haben uns womöglich gerade mit dem versorgt, was wir brauchen, um diese Ziele zu erreichen. Lassen Sie uns gehen.«

»Was haben Sie, Doktor?«, fragte Janeway, als sie und ihre Begleiter die Krankenstation betraten. Der Doktor hatte kaum einen Blick für Montgomery übrig. Kaz schaute ihn kurz an und sah dann zu Boden.

»Was wir haben«, sagte der Doktor ernst, »ist eine Borg-Königin.«

»Was?«, fragten beide Admirals gleichzeitig.

»Wir konnten feststellen, dass das Virus durch Nanosonden verbreitet wird«, sagte Data. »Wenn ein organisches Wesen mit den Borg-Trümmerstücken in Kontakt kommt, gelangt das Virus - also die Nanosonden - in seinen Körper. Bis vor Kurzem war das Virus inaktiv. Ein aktives Borg-Signal und ein bestimmter Befehl sind nötig, um es zu aktivieren. Wir glauben, dass nur die Borg-Königin einen solchen Befehl aussprechen kann, und dass dieser Befehl tatsächlich gegeben wurde und immer noch ausgestrahlt wird.«

»Weiterhin«, sagte Kaz, »glaube ich, dass die Königin versucht hat, Seven of Nine zu kontaktieren.«

»Verdammt, ich habe Ihnen doch gesagt, dass das passieren würde!«, rief Montgomery.

»Aber wie ist das möglich?«, fragte Chakotay, der genau wie alle anderen Montgomerys Ausbruch ignorierte. »Wir haben die Königin in ziemlich schlechtem Zustand am anderen Ende der Galaxis zurückgelassen. Sicher wüssten wir es, wenn sie sich irgendwo in der Nähe aufhielte. Die Borg können einiges, aber Heimlichkeit liegt ihnen nicht.«

»Dennoch weist alles auf eine Borg-Königin im Alpha-Quadranten hin«, sagte Data. »Wenn du das Unmögliche ausgeschlossen hast, dann ist das, was übrig bleibt, die Wahrheit, wie unwahrscheinlich sie auch ist.«

»Eine Sache, die uns irritiert, ist, wie langsam die Assimilation fortschreitet«, sagte Kaz.

»Assimilation geschieht normalerweise von einem Moment auf den anderen«, sagte Icheb. »Es ist seltsam, dass die Borg ein Virus entworfen haben sollen, das so lange braucht, um seinen Zweck zu erfüllen.«

»Dem stimme ich zu«, sagte Seven. »Das ist ineffizient und damit untypisch für die Borg.«

Montgomery hatte bisher geschwiegen. Sein Blick huschte von einer Person zur nächsten. Janeway hoffte, dass er nicht zu sehr mit seiner Empörung beschäftigt war, um zuzuhören.

»Dr. Kaz«, sagte er, »warum sind Sie hier?«

»Aus demselben Grund, aus dem wir alle hier sind, Commander Data eingeschlossen«, sagte Kaz leise, aber bestimmt. »Ich bin hier, weil ich hier am meisten bewirken kann.«

»Wie viel haben Sie herausgefunden, seit Sie ... gegangen sind?«

»Mehr, als wir erfahren haben, seit der erste Bericht hereingekommen ist«, sagte Kaz. »Wenn ich ehrlich sein soll, Sir, denke ich, dass wir inzwischen alle notwendigen Antworten hätten, wenn wir Seven, Icheb, den Doktor und Data von vorneherein um Hilfe gebeten hätten.«

»Werden wir sie noch rechtzeitig erhalten?« Es lag Unsicherheit in Montgomerys Stimme ... sein Tonfall war beinahe flehend.

Kaz schluckte. Er öffnete gerade den Mund, um zu antworten, als Harry Kims Stimme ihn unterbrach.

»Admiral, vor einiger Zeit ist eine Nachricht hereingekommen. Ich muss zu meiner Schande gestehen, dass ich sie heruntergeladen und dann vergessen habe, aber ...«

»Worum geht es, Harry?«, fragte Janeway.

»Sie ist von Wanderfalke.«

Jeder im Raum, abgesehen von Montgomery und womöglich Data, spannte sich an. »Stellen Sie sie sofort durch.«

»Aye, Admiral.«

»Wer ist Wanderfalke?«, fragte Montgomery. Tuvok hielt immer noch seinen Phaser auf ihn gerichtet, obwohl das eindeutig nicht mehr notwendig war. Der Admiral folgte ihnen zur Konsole des Doktors.

»Wanderfalke ist der Codename eines geheimnisvollen Freundes meines Ops-Offiziers.« Janeways Blick blieb auf den dunklen Bildschirm gerichtet. »Wir wissen nicht, wer er ist, aber bisher war er oder sie sehr hilfreich. Ich frage mich, woher Wanderfalke wusste, dass Harry hier ist.«

Alle schwiegen, während die Nachricht über den Schirm lief.

Noch einmal hallo, Lieutenant. Ich habe sehr wichtige Informationen für Sie.

»Versuchen Sie, es zurückzuverfolgen.« Aus irgendeinem Grund flüsterte Montgomery.

»Das können wir nicht«, zischte Janeway ihm zu.

Das Virus, das auf dem ganzen Planeten Menschen assimiliert, wird durch Nanosonden übertragen. Es kann nur durch den ausdrücklichen Befehl einer Borg-Königin aktiviert werden. Indem das Royalprotokoll ...

Bevor ihn jemand aufhalten konnte, streckte Montgomery die Hand aus und berührte ein paar Tastenfelder. Sofort verschwand die Nachricht.

»Was haben Sie getan?«, rief Chakotay.

»Ich versuche es zurückzuverfolgen«, fuhr Montgomery ihn an. »Das hätten Sie längst tun sollen. Wenn wir nicht wissen, wer dieser mysteriöse Falke ist, können wir nicht sicher sein, ob er uns Falschinformationen zukommen lässt oder ...«

»Harry, können Sie es zurückholen?«, fragte Janeway.

»Nein«, antwortete Harry. *»Es ist fort. Ich konnte es auch nicht herunterladen.«*

»Großartig«, sagte Chakotay. »Jetzt werden wir nie erfahren, was Wanderfalke uns mitteilen wollte.«

»Das alles ist einfach nur großer Blödsinn«, sagte Montgomery. »Dieser Unfug über das Royalprotokoll - wenn ich jemandem glauben soll, dann muss er sich schon etwas Beeindruckenderes als Beweis ausdenken als ein Werk über Etikette!«

Als Janeway herumwirbelte, um Montgomery die Meinung zu geigen, sah sie, dass Seven stocksteif dastand, wie erstarrt. Ihre vollen Lippen waren leicht geöffnet, die blauen Augen geweitet.

»Seven«, sagte Janeway angespannt. »Seven, was ist los?«

Libby fluchte. Gerade als jemand endlich begonnen hatte, die Nachricht zu lesen, wurde sie von dem Logarithmus, der eine Verfolgung verhindern sollte, gelöscht. Jemand hatte versucht, herauszufinden, woher sie kam, obwohl sie ihnen mehrmals gesagt hatte, sie sollten es nicht tun. Sie konnte es aufgeben oder noch einmal versuchen. Wenn es in die falschen Hände fiel ...

»Dann wissen sie es bereits«, antwortete sie laut auf ihre eigene Frage. Entschlossen schickte sie die Nachricht erneut ab.

»Admiral«, erklang Harrys Stimme, *»Wanderfalke sendet die Nachricht noch einmal. Ich stelle sie zu Ihnen durch.«*

»Vielen Dank, Harry«, sagte Janeway abwesend. »Seven ...«

Seven öffnete den Mund, um zu sprechen. Chakotay und Montgomery lasen die Nachricht.

»In diesem Zusammenhang bezieht sich die Bezeichnung Royalprotokoll nicht auf das entsprechende Handbuch der Sternenflotte.« Seven gab sich sichtlich Mühe, zumindest äußerlich ruhig zu bleiben. »Es ist ein Borg-Begriff und bezieht sich auf ein Computerprogramm, das benötigt wird, um eine neue Königin zu erschaffen, sollte die alte vernichtet werden.«

Janeway fühlte, wie ihr das Blut aus dem Gesicht wich, und wusste, dass sie genauso blass und entsetzt aussah wie Seven, wenn nicht noch mehr.

Seven räusperte sich und fuhr fort. »Das würde erklären, warum der Assimilationsprozess so viel Zeit in Anspruch nimmt. Jemand hier versucht eine Königin zu erschaffen, aber derjenige besitzt nicht alle nötigen Informationen, um dies schnell durchzuführen.«

Montgomery fluchte. »Ich wette, ich weiß, wer es ist. Die ganze Zeit sitzt sie allein im Dunkeln und behauptet, von Natur aus so bleich zu sein ...«

»Admiral«, in Chakotays Stimme schwang Zorn mit. »Hören Sie sich das an. Commander Brian Grady und der Borg-Spezialist Trevor Blake haben sich verbündet, um eine Königin zu erschaffen - und diese Königin ist die Direktorin der Verdeckten Operationen des Sternenflottengeheimdiensts, Brenna Covington.«

Für einen Moment senkte sich entsetztes Schweigen über den Raum. Alle waren viel zu schockiert. Dies war scheußlich, unglaublich. Aber wie Data gesagt hatte, alles deutete darauf hin.

»Nehmen Sie diesen verfluchten Phaser weg«, fuhr Montgomery schließlich Tuvok an und brach damit das Schweigen. »Ich glaube Ihnen. Ich habe Brenna Covington nie getraut. Nie. Und ich kann mir durchaus vorstellen, dass sie zu so etwas in der Lage ist. Aber Grady und Blake ... Ich frage mich, wie tief es geht.«

»Lassen Sie es uns herausfinden«, sagte Janeway. »Ich nehme nicht an, dass wir Wanderfalke diesmal antworten können?«

»Doch, diesmal ist es möglich, ich kann antworten. Aber ich soll nicht versuchen, die Verbindung zurückzuverfolgen. Was soll ich ihm sagen?«

Janeway blickte Montgomery an. Der lächelte grimmig. Nun hatte sie den Mann vor sich, der dabei geholfen hatte, den Dominion-Krieg zu gewinnen, und sie war froh darüber.

»Sagen Sie ihm, wir werden diesem Miststück das Handwerk legen.«

Gemeinsam schütteten die beiden klingonischen Frauen Wasser ins Feuer und schaufelten Erde darüber. Es tat B'Elanna leid, die

Flammen verlöschen zu sehen, aber sie wusste, dass sie heute Nacht besser schlafen würde, als sie es seit dem Beginn der Tortur getan hatte. Mirals Höhle war voll mit Fellen der Beute, die sie in über einem Jahr geschlagen hatte. Es gab Nahrungsvorräte und eine Flasche mit Wasser. Im Vergleich zu dem, was B'Elanna sich erkämpft hatte, war dies ein richtiges Heim.

Wie Miral es vorausgesagt hatte, bröckelte die Paste ab, die sie auf die Wunden ihrer Tochter gestrichen hatte. Die Wunden fühlten sich deutlich besser an und schlossen sich nun sauber. B'Elanna hätte sich dennoch lieber der Pflege des Doktors anvertraut, aber sie würde ihn ja bald sehen. Als Miral die Fackel löschte, war es in der Höhle beinahe vollständig dunkel.

»Erzähl mir mehr über die Klingonen, die du im Delta-Quadranten getroffen hast«, bat ihre Mutter, als sie sich beide auf die weichen Felle legten.

B'Elanna lächelte in der Dunkelheit. »Sie glaubten, Mirals Geburt sei ihnen prophezeit worden. Sie nannten sie die *Kuvah'Magh.*«

»Die Erlöserin«, sagte Miral.

Torres erzählte ihr, was damals passiert war. Wie sie so in der Dunkelheit lagen und sich leise unterhielten, erinnerte sie an die Pyjamapartys, die menschliche Mädchen feierten. Das war eine Tradition, die Miral nicht unterstützt hatte, auch wenn sie nun daran teilnahm, ohne es zu ahnen.

»Als Mirals Zellen dazu beitrugen, sie zu heilen, waren sie sicher, dass sie die Erlöserin war. Tom wollte sogar, dass wir darüber nachdenken, sie *Kuvah'Magh* zu nennen.« Wieder lächelte sie. »Das ist sein Kosename für sie. Wir wollten sie beide nach dir benennen.«

Miral schwieg. Torres fragte sich, ob sie ihre Mutter in irgendeiner Art beleidigt hatte. Aber dann sagte Miral: »Es ist mir eine große Freude, zu wissen, dass mein Name mit einem so wunderbaren Kind weiterleben wird. Ich möchte das *bat'leth* sehen, das der klingonische Captain ihr gegeben hat. Ich bin sicher, es ist wunderschön.«

Glücklich drehte sich Torres auf die Seite und glitt in einen tiefen, traumlosen Schlaf.

Ein leises Grollen weckte sie.

Sie rührte sich nicht, während ihr Herz raste und sie festzustellen versuchte, ob sie das Geräusch tatsächlich gehört oder sich nur eingebildet hatte. Er erklang erneut, und sie hörte, wie Miral sich leise in den Fellen neben ihr bewegte.

»Es ist ein *grikshak*«, flüsterte Miral dicht an ihrem Ohr. »Hier.« B'Elanna fühlte, wie ihr der hölzerne Schaft eines Speers in die Hand gedrückt wurde, und schluckte. Was auch immer dort draußen lauerte, war groß. Als Miral ihre Schulter berührte, kroch sie so schnell wie möglich zum Ausgang der Höhle.

Im schwachen Licht der Sterne sah B'Elanna, wie das Wesen im Lager schnüffelte. Es war tatsächlich ein *grikshak*, und er war sehr viel größer als der, den sie getötet hatte. Im schwachen Licht war es schwer, die Farbe zu bestimmen. Doch als er sich bewegte, entdeckte B'Elanna die Hauer. Ein ausgewachsenes Weibchen also.

»Verhalte dich ruhig«, erklang Mirals Stimme an ihrem Ohr. »Es greift nicht an, wenn es nicht bemerkt, dass wir hier sind.«

Torres erkannte, dass sie zitterte. Ihr Magen krampfte sich zusammen. Es war schwer genug gewesen, das junge Weibchen zu töten. Aber ein erwachsenes ...

Der *grikshak* erstarrte. Seine Nüstern zuckten, und er wandte den riesigen Kopf langsam der Höhle zu.

»Wir bekämpfen es gemeinsam, Tochter«, sagte Miral und stürmte los.

20

Nachricht empfangen und verstanden, Wanderfalke. Mehrere Leute arbeiten an einem Heilmittel, und sie sind der Meinung, dass sie kurz vor einem Durchbruch stehen. Jetzt, da wir wissen, woher die Bedrohung kommt, wird die Heilung zum Sekundärziel. Admiral Montgomery lässt ausrichten, und ich zitiere: »Wir werden dem Miststück das Handwerk legen.«

»Ja!« Libby schlug mit der Faust auf den Tisch und schreckte damit die dösende Rowena auf. Hastig schickte sie eine Antwort ab:

Sie können dem stellvertretenden Direktor Aidan Fletcher vertrauen. Er ist bereit, Sie aus dem Inneren des Hauptquartiers des Sternenflottengeheimdiensts zu unterstützen. Seien Sie darauf gefasst, dass es im Komplex höchstwahrscheinlich von Borg-Nanosonden wimmelt, die das Virus mit sich tragen. Das ist allerdings noch unbestätigt. Jeder, der hineingeht, könnte sich infizieren. Ich schicke Ihnen zwei Koordinatensätze. Der eine gibt die Lage des Kommandozentrums des Sternenflottengeheimdiensts an, der andere führt Sie in Covingtons Büro. Nutzen Sie, was Ihnen am besten erscheint. Treffen Sie sämtliche notwendigen Vorkehrungen.

Einen Moment später erhielt sie eine Antwort.

Woher wissen Sie, dass wir Fletcher vertrauen können? Falls stimmt, was Sie sagen, sind Covington, Grady und Blake in die

Sache verwickelt. Wie können wir sicher sein, dass Fletcher nicht dazugehört?

Libby schrieb zurück:

Sie müssen mir glauben, Lieutenant Kim. Ich war stets ehrlich zu Ihnen. S. D. Fletcher ist vertrauenswürdig und wurde bereits eingeweiht. Verschwenden Sie keine Zeit. Sie zögerte, setzte dann noch hinzu: *Viel Glück.*

Anschließend unterbrach sie die Verbindung. Er würde sich nicht bei ihr melden können, außer, sie selbst stellte den Kontakt her. Libby würde nicht erfahren, ob sie erfolgreich gewesen waren, bis jemand es sie wissen ließ. Dieser Teil gefiel ihr überhaupt nicht - andere loszuschicken, damit getan wurde, was getan werden musste.

Nun stellte sie Kontakt zu Fletcher her. »Ist die Verbindung sicher?«, fragte sie.

»Sicher.« Er wirkte erschöpft, aber guter Dinge. *»Konntest du deine Kontaktperson erreichen?«*

»Ja. Du wirst bald von Harry Kim und Admiral Montgomery hören«, erklärte sie ohne Umschweife. »Ich nehme an, auch vom Rest der *Voyager*-Besatzung.«

Seine Augen wurden größer, sonst zeigte er aber keine Anzeichen von Überraschung. *»Scheint, als hättest du einflussreiche Freunde. In Ordnung, wir warten auf sie und übernehmen die Sache. Libby ...«*

»Ja, Sir?«

»Hervorragende Arbeit.«

»Danke. Lass mich wissen, wie es weitergeht.«

Er lachte. *»Darauf kannst du wetten.«*

»Sind Sie bereit, Majestät?«, fragte das MHN.

Covington nickte. Sie stand in ihrem Alkoven, das MHN und Blake lediglich einen Meter entfernt. Ihr Herz raste, ihr Mund war trocken, aber sie war bereit.

»Darf ich nochmals auf die Möglichkeit hinweisen, dass dies die Leistungsfähigkeit Ihrer Implantate übersteigen könnte?«

»Dürfen Sie nicht«, knurrte Covington das Hologramm an. »Fahren Sie fort, uns läuft die Zeit davon.«

Seufzend wandte sich das MHN Blake zu und nickte. »Nur zu, Mr. Blake. Die Königin befiehlt es.«

»Ähm ... ja, selbstverständlich. Dann los. Ich werde die Leistung langsam erhöhen, Dir... Majestät.«

»Beim ersten Anzeichen von Schwierigkeiten unterbreche ich die Verbindungen«, sagte das MHN.

»Das werden Sie nicht tun. Nur wenn ich in tödlicher Gefahr schwebe. Wir haben Jahre damit zugebracht, vorsichtig zu sein, aber das ist nun vorbei. Jetzt, meine Herren.«

Von ihrem Alkoven aus sah sie zu, wie Blake die Informationen aus dem System des Sternenflottengeheimdiensts in ihr Gehirn übertrug.

Covington hatte sich schon zuvor mit ihrem Kollektiv verbunden. Sie gewöhnte sich langsam an die unzähligen Stimmen in ihrem Kopf. Inzwischen konnte sie die Gedankenströme voneinander trennen und kontrollieren. Aber dies hier war anders. Rauer, ohne menschliche Wärme. Die Informationen überfluteten ihren Verstand, und zu Beginn konnte sie kaum den Überblick behalten.

Hier ein Bericht von einem Undercoveragenten auf Vulkan. Dort die persönlichen Sicherheitscodes der Führungsoffiziere des Geheimdiensts. Die Protokolle der Replikatoren. Sie lächelte, als sie überlegte, ob sie Zimtschnecken bestellen konnte, indem sie einfach nur daran dachte.

Es wurden immer mehr Informationen. Nachrichten, Tausende von Nachrichten. Eine bahnte sich wie ein Schlag den Weg in ihr Bewusstsein. Vor Kurzem hatte Libby Webber über eine gesicherte Leitung Kontakt mit Fletcher aufgenommen. Ein Treffen an einem Strand nahe Maine war eine Sache, aber Webber benötigte keinen gesicherten Kanal für ein wenig romantisches Geplänkel. Das konnte nur eines bedeuten – Covington hatte Agent Webber schwer unterschätzt.

Sie bekam Kopfschmerzen, ihre Lippen wurden durch zu schnelle Atmung trocken.

»Wie kommen Sie damit klar?« Blakes Stimme klang fern, erreichte sie wie vom Wind getragen. Sie runzelte die Stirn. Es wäre einfacher, wenn sie seine Gedanken hören könnte. Sprache war so grob, so langsam.

Covington bewegte die Lippen, hörte ihre eigene Stimme, fremd, wie ein Krächzen. »Mehr.«

»Ich nehme jetzt die Systeme der anderen Behörden der Sternenflotte dazu. Es könnte zu Beginn etwas überwältigend sein.«

Überwältigend war kein Ausdruck für das, was sie traf. Es war, als würde man durch eine Tür mitten in einen reißenden Fluss treten. Informationen erschlugen sie förmlich und drohten sie zu ersticken. Farben überschwemmten ihr Gehirn, während Daten in ihren Verstand getrieben wurden. So viel, so unglaublich viel! Transporteraufzeichnungen, Kommando-Codes, persönliche Daten, Sicherheitsprotokolle, Statusberichte. Jede noch so kleine Information aus jedem Computer der Sternenflotte brach über sie herein wie eine Sturzflut. Sie öffnete den Mund, um zu schreien, aber nicht einmal dafür reichte die Kontrolle über ihren Körper noch aus. Ihr Herz raste. Sie konnte spüren, wie das Blut durch ihre Venen floss, konnte hören, wie sich ihre Zellen vervielfältigten, teilten ...

Ihre Ohren nahmen Stimmen auf, aber ihr Verstand war zu betäubt, um die Worte zu verstehen. Haut nahm Druck wahr, und ihr Herzschlag verlangsamte sich. Ihr war plötzlich kalt, sie zitterte stark. Ihre Beine, eben noch so starr wie Stahl, wurden plötzlich weich wie Gummi, und sie brach zusammen.

Der komplexe Strudel aus Geräuschen, Gefühlen und Informationen verging langsam. Panisch versuchte Covington ihn festzuhalten, aber es war zwecklos. Sie verlor die Verbindung. Sie hatte alle Informationen der Sternenflotte im Kopf, doch sie konnte sie nicht festhalten. *Nein!*

Sie streckte ihren Geist danach aus. Was musste sie von all diesen

Milliarden Stückchen an Informationen am dringendsten behalten? Sie rief danach, und es kam, setzte sich in dem Moment in ihrer Erinnerung fest, als es um sie herum dunkel wurde.

Als Covington wieder zu Bewusstsein kam, stellte sie fest, dass das MHN sie in den Armen hielt.

»Nein«, murmelte sie schwach, »nicht die Verbindung trennen ...«

»Ich hatte keine Wahl. Sie haben einen Herzstillstand erlitten. Wir werden in ein paar Stunden versuchen, Sie erneut zu verbinden, und dann sehen ...«

»Nein«, widersprach Covington, während ihre Kräfte zurückkehrten. Sie wand sich in den Armen des MHN, und es ließ sie los. »Ich muss mich sofort wieder verbinden. Sie wissen es. Sie kommen.«

»Woher wissen Sie das?«, fragte Blake nervös.

»Es ... es war so schwer, sich auf etwas zu konzentrieren«, gab sie zu. »Aber gerade als ich das Bewusstsein verlor, konnte ich die eine Information ausmachen, die ich wissen musste. Ich griff auf sämtliche Transporterlogbücher in den Sternenflottendatenbanken zu. Janeway, Kaz, Data und Montgomery sind alle an Bord der *Voyager*, und Libby Webber hat ihnen geholfen. Ich habe keinen Zweifel daran, dass sie Informationen ausgetauscht haben, die sie direkt hierher führen werden.«

Sie wandte sich Blake zu, der unter ihrem Blick sichtlich schrumpfte. »Ich werde meine Drohnen aktivieren müssen. Alle.«

Blake sah flehend zum MHN. »Ihre Implantate sind noch nicht bereit.«

»Sprechen Sie mich direkt an!«, befahl Covington.

»Ja, Majestät. Leider muss ich Sie darüber informieren, dass Ihr Signal noch zu schwach ist. Es dauerte Jahre, Sie so weit anzupassen. Es ... es könnte sein, dass Sie nie über die Leistungsfähigkeit einer wahren Königin verfügen werden.«

Covington fühlte sich, als hätte er ihr einen Schlag in den Magen versetzt. »Was? Das haben Sie mir nie gesagt!«

»Ich war mir nicht sicher«, stammelte Blake. »Alles war so neu. Um ehrlich zu sein, ich wusste nicht einmal, ob wir so weit kommen würden, wie wir jetzt sind. Wir erfinden quasi das Rad neu, wir mussten das alles erst von Grund auf erforschen. Alles, was wir hatten, war ein Stückchen Borg-Technologie. Den Rest versuchen wir irgendwie selbst zu entwickeln. Wir haben bisher Unfassbares erreicht, insbesondere mit so wenigen Beteiligten. Ich kann nicht garantieren, dass Sie noch mehr erreichen werden. Und ganz bestimmt kann ich Ihr Signal nicht so weit verstärken, dass Sie jeden Infizierten auf dem Planeten gleichzeitig erreichen. Sie konnten Einzelne kontaktieren, aber ...«

»Sie haben sich deutlich genug ausgedrückt, Mr. Blake«, sagte sie kalt. »Nun lassen Sie mich etwas klarstellen. Wenn Sie mir nicht helfen können, werden Sie mit mir fallen. Und ich werde Sie mit Freuden den Wölfen der Sternenflotte zum Fraß vorwerfen. Haben Sie verstanden?«

Blake schluckte. »Ja, Majestät. Aber Sie müssen begreifen, dass ich nicht das Unmögliche bewerkstelligen kann.«

Die Wut, die sie durchbrandete, überraschte sie. Seit den Übergriffen der Hand hatte sie keinen Mann mehr so sehr gehasst. Sie wollte ihn Glied für Glied zerfetzen, aber noch brauchte sie ihn, zumindest für eine Weile.

»Was können Sie bewerkstelligen? Kann ich die Drohnen erreichen, die sich in Quarantäne befinden?«

Blake, der aussah, als müsse er sich bald übergeben, schüttelte den Kopf. »Die Standorte sind zu verstreut, und es sind zu viele.«

»Abgesehen davon«, mischte sich nun das MHN ein, »was würde es Ihnen bringen? Sie sind alle eingesperrt. Es würde für Ablenkung sorgen, aber Sie müssen sich selbst schützen ... und uns. Damit wir Ihnen weiter loyal dienen können.«

»Sie haben recht. Verbinden Sie mich wieder, mit begrenztem Zugriff. Vielleicht ergibt sich daraus eine Lösung.«

Blake sah zum MHN. Dieses seufzte und wirkte verärgert, nickte aber. Blakes lange Finger flogen über die Kontrollen.

»Hier. Diesmal nur die Computer des Sternenflottengeheimdiensts. Kommen Sie mit der Datenmenge zurecht?«

Covington schwankte, als der Ansturm von Neuem begann, biss aber entschlossen die Zähne zusammen. Na also. Es war schwierig, aber nicht unmöglich zu kontrollieren. Nachdenklich sah sie zu Blake.

»Könnte ich die Infizierten aktivieren, die sich momentan im Gebäude befinden?«

Erleichterung darüber, eine positive Antwort geben zu können, breitete sich auf Blakes Gesicht aus, »Oh, ja, selbstverständlich, Majestät. Das Signal kann ohne Probleme im ganzen Gebäude empfangen werden. Sie werden sofort ...«

Die Worte blieben ihm im Hals stecken, als sich seine Augen weiteten. Ihr Lächeln wurde breiter. Ihm war klar, was sie tun wollte. Entsetzt drehte er sich zum MHN um, doch bei diesem arroganten Wesen fand er keine Anteilnahme.

»Nicht mich, Majestät. Sie brauchen mich, damit ich Ihnen weiter dienen kann!«, bettelte er.

»Keine Bange, das werden Sie«, sagte sie honigsüß. Mit einem Gedanken aktivierte sie das Virus.

Das Gesicht des Stellvertretenden Direktors Aidan Fletcher wirkte vertrauenswürdig, fand Janeway. Allerdings traf das auch auf Red Grady zu. Doch im Moment hatten sie keine Wahl, als dem mysteriösen Wanderfalken zu glauben.

Obwohl Fletcher müde aussah, als hätte er erst kürzlich unter einer Menge Stress gestanden, lächelte er.

»Admirals, mein Agent ließ mich wissen, dass ich von Ihnen hören würde. Ich versichere Ihnen, die Verbindung ist völlig abhörsicher. Kann ich davon ausgehen, dass Sie über sämtliche Informationen verfügen?«

Bevor Janeway antworten konnte, tat es Montgomery. »Um ehrlich zu sein, wenn es Ihnen nichts ausmacht, möchte ich es noch einmal von Ihnen hören.«

»Ich verstehe Ihre Vorsicht«, erwiderte Fletcher ohne Zögern und bestätigte alles, was sie gehört und auch selbst herausgefunden hatten.

»Scheint, als könnten wir einander vertrauen«, sagte Janeway. Als sie ihm berichten wollte, was sie über das Virus herausgefunden hatten, zuckte er heftig.

»Fletcher? Was ist los?«, fragte Montgomery.

Aidan öffnete den Mund, um etwas zu sagen. Die Farbe wich aus seinem Gesicht, während seine Haut gräulich blass wurde. Er kippte vom Stuhl und aus dem Bild. Trotzdem hatte Janeway erkennen können, wie sich ein schwarz-silbernes Implantat durch die Haut an seiner Wange schob.

Die Verbindung wurde sofort unterbrochen. Sie und Montgomery sahen nur noch das Sternenflottenlogo auf dem Schirm.

»Sie hat die Nanosonden im Gebäude aktiviert, wie Wanderfalke es befürchtet hat«, kommentierte Seven teilnahmslos.

»Es befinden sich über zweihundert Leute in dem Gebäude!«, rief Montgomery.

»Wahrscheinlich sind sie nun alle Borg-Drohnen unter Covingtons Kontrolle. Und jeder, der hineingeht, wird ebenfalls ein Borg«, warf Chakotay ein.

»Nicht jeder«, sagte der Doktor triumphierend. »Sie nicht.«

Alle drehten sich zu ihm um. Einen Moment lang badete er in der Aufmerksamkeit, dann fuhr er erklärend fort. »Dank der Zusammenarbeit brillanter Geister haben wir eine Art Impfstoff entwickelt. Lassen Sie es mich Ihnen zeigen.«

Er trat an die Computerbildschirme. »Vielleicht erinnern Sie sich, Admiral Janeway. Als wir uns in Konflikt mit Spezies 8472 befanden, erfuhren wir, dass ihre Biologie so weit entwickelt ist, dass die Borg-Nanosonden, die in ihre Körper dringen, von ihrem Immunsystem vernichtet werden.«

»Ich hatte selbstverständlich Zugang zu den Arbeiten des Doktors«, ergänzte Kaz. »Ich habe versucht, Nanosonden so zu modifizieren, dass sie die ursprünglichen Borg-Nanosonden angreifen und zerstören.«

»Winzige Roboter, die sich in unserem Blutkreislauf bekämpfen. Ein Spaß für die ganze Familie«, sagte Paris grinsend.

»Unglücklicherweise ist mir das nicht gelungen«, fuhr Kaz fort.

»Aber die Forschungen von Doktor Kaz wiesen uns die richtige Richtung«, ergriff nun auch Data das Wort. Der Doktor wirkte auf Janeway leicht verärgert. Er war es gewohnt, alle Informationen selbst zu enthüllen. Doch diesmal hatten Kaz, Data, Seven und Icheb an der Lösung mitgearbeitet.

»Modifizierte Nanosonden sind tatsächlich die Antwort«, fuhr Data fort. »Aber die Zeit reicht nicht aus, um Doktor Kaz' Theorie weiterzuverfolgen. Dafür müssten wir dieselbe Menge an Nanosonden replizieren, die sich bereits im menschlichen Körper befindet.«

»Also beschlossen wir, unser Augenmerk nicht auf die Vernichtung der Borg-Nanosonden zu richten, sondern darauf, das Signal zu unterbrechen, durch das sie aktiviert werden«, sagte Seven. »Sehen Sie.«

Janeway beobachtete auf dem Bildschirm, wie eine modifizierte Nanosonde mitten in ein Nest aus Borg-Nanosonden schwamm. Sie entfaltete sich, und während sie das tat, zogen sich die Borg-Nanosonden zusammen und schienen sich abzuschalten.

»Es wird den angerichteten Schaden nicht beheben«, erklärte Seven. »Das Opfer wird sich operativen Eingriffen unterziehen müssen, um die Implantate zu entfernen. Aber das stellt kein Problem dar. Was wir erreichen, ist, dass sie vom Kollektivbewusstsein und somit von den Befehlen der Königin getrennt werden.« Sie bemerkte, wie Janeway sie ansah, und lächelte leicht.

»Und wir alle wissen, wie das Ergebnis aussieht.«

»Ist das eine permanente Lösung?«, wollte Tuvok wissen.

»Nicht in diesem Stadium, unglücklicherweise«, antwortete der Doktor schnell, um seinen Kollegen zuvorzukommen. »Die Borg-Sonden sind hartnäckige kleine Biester, und auf lange Sicht werden sie unsere Sonden zerstören. Dennoch bietet es für einige Stunden Schutz.«

»Bei einer echten Borg-Königin wäre es ineffizient«, sagte Seven wieder. »Die modifizierten Sonden können das Signal der falschen Königin nur deshalb blockieren, weil es so schwach ist.«

»Wie viele dieser Nanosonden können Sie herstellen?«, wollte Montgomery wissen.

»Nicht genug, um ein vollständiges Sicherheitsteam zu schützen, das versucht, das Gebäude zu stürmen«, sagte der Doktor bedauernd. »Wir haben sofort damit begonnen, Sonden zu replizieren, als wir zu der Überzeugung kamen, dass sie Teil der Lösung sein könnten. Aber wir haben nur genug, um fünf, höchstens sechs Personen zu schützen.«

»Unser Ziel muss es sein, die Königin vom Kollektiv zu trennen«, ergriff Seven wieder das Wort. »Das ist die sicherste Herangehensweise. Da wir keine Informationen darüber besitzen, wie sie ihr Kollektiv erschaffen hat, müssen wir annehmen, dass ihr Tod die Drohnen traumatisieren würde.«

»Ich nehme nicht an, dass sich das von hier aus machen lässt«, fragte Janeway.

»Negativ. Ich muss vor Ort sein.«

»Falls wir sie erreichen, glauben Sie, dass Sie die Verbindung unterbrechen können?«

»Davon bin ich überzeugt.«

»Unser Ziel ist die Befreiung der Drohnen, nicht ihre Vernichtung.« Janeway nickte zustimmend. »Das wird alles andere als einfach.« Sie sah sich im Raum um. »Ich zähle hier mehr als sechs Leute.«

»Sie werden mich nicht hierlassen, Janeway«, brachte sich Montgomery in Erinnerung.

»Hatte ich auch nicht vor. Seven, Sie sind am besten mit der Vorgehensweise der Borg vertraut. Mr. Data, ich kann Ihnen nicht befehlen, mit uns zu kommen.«

Data legte den Kopf schief. »Ich benötige keine Nanosonden zu meinem Schutz. Demzufolge kann eine weitere Person mitkommen, sollte ich Sie begleiten. Abgesehen davon ... Ich glaube, mein Freund Commander Riker würde es so ausdrücken: Ich würde es um nichts in der Welt verpassen wollen.«

Janeway musste lächeln. »Ich wüsste nicht, was wir ohne Sie getan hätten, Mr. Data. Es wäre mir eine Ehre, wenn Sie uns begleiten. Tom, Tuvok, Chakotay - Sie kommen mit.«

»Admiral, ich laufe ebenso wenig Gefahr, assimiliert zu werden«, gab der Doktor zu bedenken.

»Sie und Kaz brauche ich hier, Doktor. Falls uns etwas zustößt und die Königin Erfolg hat, ist Ihr Wissen essenziell, wenn es darum geht, doch noch ein Heilmittel zu entwickeln. Es könnte sein, dass Sie dann die letzte Hoffnung der Erde sind. Das Team wird also aus Admiral Montgomery und mir selbst, Tuvok, Chakotay, Paris, Seven und Data bestehen.«

Sie sah die Genannten der Reihe nach an. »Abgesehen von Ihnen, Admiral, haben wir alle bereits gegen die Borg gekämpft. Sie sind ein furchtbarer Gegner, und der Gedanke, direkt in das Versteck der Königin zu beamen, gefällt mir ganz und gar nicht. Aber wir gehen dorthin, um zu kämpfen, und wir werden gewinnen. Wir müssen einfach. Es geht um die Erde, nicht nur um eine Besatzung oder ein Schiff. Wenn wir hier versagen, erhält die Erde vielleicht keine weitere Chance.

»Worauf warten wir dann?«, fragte Paris.

Janeway lächelte. »Auf geht's.«

21

B'Elanna war nur den Bruchteil einer Sekunde hinter ihrer Mutter. Miral stieß einen klingonischen Kriegsschrei aus, und die riesige Kreatur schien tatsächlich zu zögern, bevor sie eine Antwort hervorbrachte. Schnell umrundete Miral das Biest, um an seine linke Flanke zu gelangen. Nun hatte der *grikshak* einen Feind auf jeder Seite.

Wenn sie doch nur mehr Licht hätten! Torres' Augen passten sich langsam an, aber das reichte womöglich nicht. Das junge Weibchen hatte sie bei Tageslicht bekämpft. Von einem Baum aus, wo sie im Vorteil gewesen war.

Das Biest brüllte und hieb nach ihr. Vor der Höhle lag ein offener Platz, deshalb konnte sie sich leicht zur Seite werfen. Sie fühlte einen Luftzug, als die riesige Pranke an ihr vorbeizischte und sie nur um Zentimeter verfehlte. Während sie rannte, stieß sie ihren Speer nach dem *grikshak*. Es war ein blinder Hieb. Mit aller Kraft versenkte sie die Speerspitze im Boden. Einen schrecklichen Moment lang hing sie dort fest, bevor Torres die Waffe mit einem Ächzen wieder herausziehen konnte.

Auf der anderen Seite des Wesens hörte sie ihre Mutter. Der Schnelligkeit nach zu urteilen, mit der der *grikshak* von B'Elanna abließ, hatte Miral besser getroffen. Mit dem Rücken zu ihr stellte er ein einladendes Ziel dar. Nun schrie Torres selbst, als sie vorstürmte.

Der Speer sank tief in das Fleisch und blieb hängen. Blut sickerte aus der Wunde, das im Sternenlicht schwarz glänzte. Die Kreatur wirbelte herum und brüllte dabei vor Schmerz und Zorn. Der Speerschaft wurde B'Elanna aus den Händen gerissen.

Für einen Moment trafen sich ihre Blicke. Dann bückte sie sich nach einer Waffe. Alles, was sie fand, war der Stein, in den Miral eine Schneide geschlagen hatte. Er musste genügen. Dieses Weibchen war nicht so schnell wie das jüngere, das Torres getötet hatte, aber es war unheimlich stark. Hektisch begab sie sich aus der Reichweite der Kreatur, dann wandte sie sich plötzlich um und sprang auf den Rücken des Biests. Mit einer Hand bekam sie den dicken Pelz zu fassen.

Es brüllte wieder und versuchte, sie abzuschütteln. Wie ein Spielzeug wurde sie hin und her geworfen. Sie klammerte sich fest und stieß schnell und hart mit ihrem improvisierten Messer zu.

»Sie fällt«, rief ihre Mutter. In diesem Moment fühlte B'Elanna, wie die Kreatur unter ihr genau das tat.

Es wird sich herumrollen. Sie sprang so kräftig ab, wie sie konnte. Hart landete sie auf dem Boden. Der Aufprall presste ihr die Luft aus den Lungen.

Nicht einen Moment zu früh, denn die Kreatur rollte sich tatsächlich über die Erde, präsentierte ihren Bauch. Als B'Elanna erkannte, wie verwundbar das Wesen in dieser Position war, rannte ihre Mutter bereits mit vollem Schwung auf den *grikshak* zu.

Sie schrie die ganze Zeit, stieß klingonische Flüche aus und nutzte ihr Gewicht, um den Speer tiefer in den Bauch des *grikshak* zu treiben. Der Speer drang beinahe einen ganzen Meter tief ein, bevor er zu einem Halt kam. B'Elanna kam auf die Füße und rannte zu ihrer Mutter, um ihr zu helfen. In diesem Moment drehte Miral sich um und schenkte ihrer Tochter ein spitzzahniges Grinsen.

»*Q'ap...*«, begann sie.

Die Pfote des *grikshak* erwischte Miral quer über dem Oberkörper. Die Klauen drangen tief in das Fleisch ein, und die schiere Wucht schleuderte Miral durch die Luft. B'Elanna hörte mehrere Meter entfernt einen Aufprall.

Ohne auf ihre eigene Sicherheit zu achten, stürzte B'Elanna zu der Stelle, an die ihre Mutter gefallen war. Der *grikshak* brüllte und schrie, aber Mirals Stoß war tödlich gewesen. Er konnte sich nicht erheben, und als B'Elanna an ihm vorbeirannte, rutschte sie beinahe auf dem Blut aus, das aus der Wunde drang.

»Mutter«, rief sie. »Mutter!«

In der Dunkelheit wäre sie beinahe auf die blutige, zerbrochene Gestalt getreten. Torres fiel auf die Knie. Sie benötigte weder Feuer noch Sonnenlicht, um die drei riesigen Krallenspuren zu sehen - eigentlich Schnitte -, die Mirals Oberkörper geöffnet hatten. Sie waren mehrere Zentimeter breit und dreimal so lang. Organe lugten fast schüchtern durch die klaffenden Löcher.

»Oh Gott«, hauchte Torres. Sie streckte die Hände aus und versuchte, die Wundränder zusammenzuhalten. Bis zu den Handgelenken war sie mit Blut beschmiert, und alles war glitschig ... so glitschig.

Miral zischte, als ihre Tochter sie berührte. »Sie wurde gerächt«, sagte Miral.

»Nicht sprechen«, sagte B'Elanna. »Vielleicht kann ich das irgendwie nähen ...«

Miral lachte und zuckte dann vor Schmerz zusammen. Blut sickerte aus ihrem Mund. »Das bekommt kein Arzt mehr hin, Kind. Nicht einmal dein MHN könnte noch etwas tun.«

B'Elannas Blickfeld verschwamm, und sie blinzelte Tränen fort. »Mutter«, sagte sie mit gebrochener Stimme. »Du musst kämpfen. Klingonen sind stark, wir ...«

»Wir?«, unterbrach ihre Mutter sie. »Es tut gut zu hören, wie du dich mit einschließt, meine Tochter.« Sie verzog das Gesicht, dann fuhr sie fort. »Ein Mensch wäre inzwischen tot. Ich halte vielleicht noch ein wenig durch. Ich weiß nicht, wie lange. Vielleicht Stunden, vielleicht auch einen Tag.«

»Es wird alles gut.« Verzweifelt wollte Torres an diese Lüge glauben. »Du musst deinen Schwiegersohn kennenlernen und die kleine Miral. Ich will, dass sie ihre Großmutter kennenlernt.«

»Das hätte mich auch ... sehr gefreut«, sagte Miral. Sie hatte deutliche Schwierigkeiten beim Sprechen. »Aber irgendwann musste meine Zeit kommen. B'Elanna, du musst etwas für mich tun.«

»Alles.« Torres schluchzte. Ihr brach das Herz.

»Du musst das *Hegh'bat* durchführen.«

Einen Moment lang wusste Torres nicht mehr, worum es sich dabei handelte. Es gab so viele klingonische Rituale. Als sie sich erinnerte, zuckte sie entsetzt zurück.

»Nein, Mutter! Das kann ich nicht ...«

Miral streckte eine Hand aus und packte B'Elannas Handgelenk mit überraschender Stärke.

»Du wirst dies für mich tun«, zischte sie zwischen zusammengepressten Zähnen. »Verstehst du nicht? Ich hätte ...« Sie hustete, und Blutspritzer trafen B'Elanna. »Ich hätte sterben müssen, als ich die Vision von dir auf der Barke der Toten hatte. Ich war so krank ... Niemand glaubte daran, dass ich mich erholen würde. Aber das habe ich getan.«

Eine Weile kämpfte sie um den nächsten Atemzug, aber ihr Griff wurde nicht eine Sekunde locker. Schließlich fuhr sie fort. »Ich habe überlebt, weil es nicht genügt hat, dass du mich in einer Vision rettest. Du musst mich auch in der realen Welt retten. Tu mir den Gefallen. Schicke mich mit einem aus Liebe geführten Todesstoß ins *Sto-Vo-Kor.* Schenke mir Ehre, meine Tochter. Du hast mich bereits stolz gemacht.«

Sie lächelte, und der Anblick war für B'Elanna gleichzeitig ungewohnt und wunderschön. »Mutter, bitte ... bitte kämpfe.«

»Das tue ich, mein Kind. Ich kämpfe, damit ich lange genug lebe, um ...«

Und dann verstand B'Elanna. Ihre Mutter klammerte sich an das Leben, damit sie nicht starb, bevor ihre Tochter ihr Ehre schenkte, indem sie sie tötete. Zwei Gedanken kamen ihr beinahe gleichzeitig: *Das ist krank und falsch.* Und: *Sie ist kein Opfer, sie entscheidet ihr Schicksal selbst.*

»Beeil dich, 'Lanna«, drängte ihre Mutter. »Ich kann schon fast sehen, wie ...«

Irgendwie kam B'Elanna auf die Füße und stolperte fort von der Qual, die vor ihr lag. Sie fand das primitive »Messer«, das ihre Mutter gefertigt hatte und eilte wieder an Mirals Seite. Halb fürchtete sie, es könnte schon zu spät sein, halb hoffte sie es.

»Ich h-habe das Messer.« Sie biss sich so fest auf die Lippe, dass sie schon glaubte, bald ein Stück herauszutrennen.

Miral öffnete die Augen. »Gut«, flüsterte sie. »Das ist gut. Das ist ... wie es geschehen muss.«

B'Elanna konnte es kaum glauben. Sie konnte es einfach nicht. Sie wollte Miral packen und schütteln, bis sie zur Vernunft kam, wollte ihren Kommunikator aktivieren und sie zur *Voyager* hochbeamen, damit sie vernünftig medizinisch versorgt wurde. Stattdessen ergriff sie das Messer mit Händen, an denen das Blut von zwei Müttern klebte – das ihrer eigenen und das der Mutter des jungen *grikshak*, den sie erlegt hatte.

Schuldgefühle mischten sich mit Trauer. Sie hatte dieses Muttertier in Mirals Lager geführt. Sie hatte das Junge getötet und sich Kleidung aus seinem Fell gemacht. Der Geruch des Kindes hatte das erwachsene Tier direkt zu ihnen geführt. Miral hatte das verstanden, bevor sie selbst es verstanden hatte, und offensichtlich fand sie es passend. »Sie wurde gerächt«, hatte sie gesagt. Eine Mutter hatte eine Mutter getötet, der Preis für das Leben der Tochter.

Aber was geschah mit der überlebenden Tochter?

»Nimm den Dolch.« Miral bewegte kaum die Lippen. Torres musste sich weit vorlehnen, um sie zu verstehen. »Mach es schnell, ein

Stoß. Wenn es vollbracht ist, wisch den Dolch an deiner Kleidung ab und stoße den Schrei aus. Teile ihnen mit, dass ich komme.« Ihre blutigen Lippen verzogen sich zu einem Lächeln. »Ich habe keinen Zweifel ... dass meine Ankunft ... ziemlichen Aufruhr heraufbeschwören wird.«

Torres schmeckte Blut. Sie hatte sich tatsächlich zu fest auf die Lippe gebissen. Ihre Zunge fand die zerrissene Haut und strich darüber, schmeckte Salz. Ihre Sinne waren ungewöhnlich scharf. Alles war überdeutlich, und sie wollte keine Sekunde davon verstreichen lassen, ohne sie mit allen Sinnen wahrzunehmen.

»Mama, ich ... ich weiß nicht, ob ich das tun kann«, stotterte sie.

»Du kannst es. Du kannst alles tun. Hast du das immer noch nicht verstanden?« Miral erbebte vor Schmerz. »Ich fühle meine Beine nicht mehr ... Beeil dich, Tochter, oder der Moment und ich werden ohne Ehre vergehen.«

Torres nahm einen tiefen Atemzug. Den Teil von ihr, der vor der Aufgabe zurückschreckte, packte sie in eine kleine Kiste tief in ihrem Geist und verschloss den Deckel.

»Ich liebe dich, Mutter«, sagte sie.

»Ich liebe dich, meine Tochter«, hauchte Miral. Ihre Blicke trafen sich. »Wir werden uns wiedersehen«, wiederholte sie ihre eigenen Worte aus der Vision.

Mit zugeschnürter Kehle und brennenden Augen brachte B'Elanna hervor: »Im *Sto-Vo-Kor.*«

Miral nickte und fügte dann nicht ohne Humor hinzu: »Aber nicht zu bald, ja?«

B'Elanna musste lachen. »Nein«, stimmte sie zu, »nicht zu bald.«

Mirals Brust bebte. »Beeil dich ... Tochter ...«

B'Elanna blickte ihrer Mutter direkt in die Augen. Dann stieß sie einen Schrei aus und stieß Miral das Messer genau in die Kehle.

Auf das grauenhafte Knirschen war sie nicht vorbereitet. Auch nicht auf die Blutfontäne, die ihr warm und weich ins Gesicht spritzte. Sie war nicht darauf vorbereitet, zu sehen, wie das Licht in den Augen ihrer Mutter erlosch, noch während sie sie offen hielt. Für einen Augenblick balancierte B'Elanna am Rand des Wahnsinns. Kein Kind sollte das für seine Mutter tun müssen.

Mit zitternden Händen wischte sie Mirals Blut von ihrer Kleidung ab, vom Fell genau jener Kreatur, die ihr Schicksal besiegelt hatte. B'Elanna warf den Kopf in den Nacken und brüllte mit all ihrer Kraft. Sie verwandelte ihre Trauer in einen Siegesschrei. Sicher würde Kahless selbst diesen Schrei hören. Und alle würden sie wissen, dass eine Kriegerin auf dem Weg zu ihnen war.

Sie konnte sich nicht an die klingonischen Worte des Grabgesangs erinnern. Panik machte sich in ihr breit. Panik, dass sie selbst dies hier irgendwie vermasseln würde, wie sie so viel in ihrem Leben vermasselt hatte. Die Worte kamen einfach nicht.

Ich bin zur Hälfte ein Mensch, dachte sie. *Eine menschliche Sprache wird genügen.*

»Nur Qo'noS bleibt bestehen«, begann sie. Und während sie sang, wurde die Dunkelheit der Nacht von der stahlgrauen Morgendämmerung abgelöst.

B'Elanna Torres erwachte mit einem leisen Wimmern auf den Lippen. Ihre Glieder schmerzten von der ungewohnten Liegeposition. Ihr Herz fühlte sich krank und wund an, aber für einen kurzen, kostbaren Moment konnte sie sich nicht an den Grund erinnern. Als sie sich streckte, sah sie den toten Körper ihrer Mutter, und die Erinnerungen begruben sie unter sich wie eine Lawine.

Sie rollte sich wieder zusammen und weinte erneut, bis sie schließlich keine Tränen mehr übrig hatte. Dann mühte sie sich auf die Füße und torkelte hinüber zu Miral.

So schrecklich der Anblick auch war, er schenkte ihr seltsamerweise auch Trost. Dies war nicht Miral. Es sah nur aus wie Miral, war das Gefäß, in dem diese heißblütige Frau ihr Leben verbracht hatte. Nun, da sie tot war, maßen die Klingonen dem Körper keine Bedeutung mehr bei.

Das gelang B'Elanna nicht, noch nicht. Aber sie verstand nun ein wenig besser, wie die Klingonen so denken konnten. Im erbarmungslosen Tageslicht sah sie, wie schwer ihre Mutter verwundet worden war, und konnte sich vorstellen, welche Schmerzen sie gelitten haben musste. Stunden oder gar Tage mit diesem Schmerz zu leben - nein. Auch wenn ein Teil von ihr schrie, dass sie etwas Falsches getan hatte, sagte der größere Teil ruhig, dass es richtig gewesen war.

Heute hatten sie zum Tempel aufbrechen wollen. Sie wären zusammen gereist, hätten sich Geschichten erzählt, Lieder gesungen und gelacht, während sie ein neues Kapitel ihres Lebens begannen. Stattdessen würde der Weg zurück genauso einsam werden wie der Hinweg, nur mit weniger Hoffnung.

Torres nahm einen tiefen Atemzug und sammelte Steine für einen Grabhügel. Klingonen hätten sich diese Mühe nicht gemacht. Aber sie war nur zur Hälfte Klingonin, und ihre menschliche Hälfte ertrug den Gedanken nicht, dass der Körper ihrer Mutter auf dem Speisezettel der Aasfresser landete.

Sie war ein Kind zweier Völker. Ihre Mutter wollte, dass sie stolz auf ihre Herkunft war.

Heute würde sie damit anfangen.

22

»Je nachdem, wie stark sie inzwischen ist, besteht die Möglichkeit, dass die Königin auf die Systeme der Sternenflotte zugreift«, sagte Seven. »Wir müssen das Sternenflottenkommando warnen, damit sie sich darauf vorbereiten können.«

»Mr. Kim, stellen Sie Admiral Montgomery zum Sternenflottenkommando durch«, befahl Janeway. »Ken, sagen Sie ihnen auch, dass der Sternenflottengeheimdienst physisch isoliert werden sollte. Wir müssen dafür sorgen, dass die Königin und ihre Drohnen im Gebäude bleiben. Alle sollten EV-Anzüge tragen. Das wird sie zumindest ein Stück weit vor den Nanosonden schützen.«

»Wird gemacht«, sagte Montgomery grimmig.

»Sollten wir ebenfalls Anzüge anziehen?«, fragte Chakotay. Während sie sich unterhielten, hatte der Doktor Hyposprays vorbereitet. Nun legte Chakotay den Kopf schief, und Kaz drückte das Hypospray gegen seinen Hals.

»Das würde zusätzlichen Schutz bieten«, sagte Icheb.

»Ich würde es nicht empfehlen«, sagte Tuvok. »Sie würden uns in unseren Bewegungen einschränken. Und wenn die Anzüge Risse bekommen, sind wir darin genauso verletzlich wie ohne.«

»Ich stimme zu«, sagte Janeway.

»Dem Sternenflottenkommando zufolge ist sie bereits ins System eingedrungen«, sagte Montgomery. Er sah aus, als wollte er am liebsten nach irgendetwas schlagen. Ein Bedürfnis, das auch Janeway verspürte.

»Hat sie den Zugang zu den Daten gesperrt?«

Während sie sprach, ging Montgomery die Informationen durch, die man ihm geschickt hatte. »Nein, wie es scheint, hat sie sich von selbst zurückgezogen. Aber warum?«

»Vielleicht kann sie so viele Daten noch nicht verarbeiten«, sagte Icheb.

»Sperren Sie ihren Zugriff«, sagte Janeway. »Man muss sicherstellen, dass sie keinen Zugang mehr zum System hat. Sie wird es wahrscheinlich wieder versuchen.«

Montgomery nickte und sprach mit seinem Kontaktmann.

Janeway legte den Kopf zur Seite und fühlte den kühlen Druck eines Hyposprays. »Wurde jeder geimpft?« Das Team nickte.

»Dürfte ich vorschlagen, dass wir uns zuerst in die Kommandozentrale beamen?«, meldete sich Data zu Wort. »Ich kann mir dort womöglich Zugang zu den Computern verschaffen und einige ihrer Befehle rückgängig machen.«

»Gute Idee«, lobte Janeway. »Ich denke sowieso, dass wir nicht sofort in ihrem Büro auftauchen sollten. Admiral, sind Sie bereit?«

Montgomery wechselte noch ein paar Worte mit seinem Gesprächspartner, dann beendete er die Verbindung. Er wirkte hohlwangig und ausgezehrt. »Sie haben Grady festgenommen, und er spuckt alles aus. Es sieht nicht gut aus.«

»Ich bin sicher, während des Dominion-Krieges gab es Momente, in denen es ebenfalls nicht gut aussah«, sagte Janeway. »Dennoch haben Sie gesiegt.«

Als sie den Transporterraum erreichten, gab Janeway die Koordinaten ein. Sie rechnete damit, dass das Signal blockiert werden würde, aber nichts dergleichen geschah.

»Das ist seltsam«, sagte sie. »Warum blockiert die Königin unser Transportersignal nicht?«

»Sie will, dass wir kommen«, sagte Montgomery. »Ich kenne sie, Janeway. Sie ist arrogant. Sie will, dass wir kommen, um sie zu holen, damit sie die Freude hat, uns zu besiegen.«

Janeway sah ihn scharf an. »Das klingt ein wenig persönlich.«

Er zog eine Grimasse. »Ist es auch. Und dabei sollten wir es belassen. So oder so tappen wir in eine Falle.«

Janeway lächelte. »Sie denkt, wir werden in dem Moment assimiliert, in dem wir dort auftauchen, sodass sie ein paar neue Drohnen bekommt, mit denen sie spielen kann. Wir haben vielleicht nicht viel in der Hinterhand, aber das haben wir.«

Zu Kaz an der Transporterkonsole sagte sie: »Energie.«

Sie materialisierten mit gezogenen Phasern. Das war eine kluge Vorsichtsmaßnahme, da ihr Empfangskomitee aus vier Drohnen bestand. Das Außenteam feuerte, aber eine Ladung traf Tuvok mitten in der Brust. Er stolperte und fiel.

Janeway und ihr Team schossen weiter. Beinahe gleichzeitig bemerkte sie zwei Dinge: Zum einen schienen die Drohnen nicht über Schilde zu verfügen, weder solche, die sich anpassten, noch andere. Zum anderen zeigte die höchste Betäubungseinstellung, die einen normalen Menschen sofort umgehauen hätte, nicht so viel Wirkung. Sie musste zweimal direkt treffen, bevor ihr Ziel umfiel.

Nach wenigen Sekunden war das Gefecht vorüber. Chakotay beugte sich bereits zu Tuvok hinunter und drückte ein Hypospray an dessen Hals, um ihn aufzuwecken. »Es überrascht mich, dass sie mit Betäubungseinstellung gefeuert haben«, sagte er, während er dem Vulkanier auf die Füße half.

Data stand an den Kontrollen und verband sich bereits mit dem System. Die Lichter an seinem geöffneten Schädel blinkten rot und grün.

»Verarbeite ...«, sagte er tonlos. Dann: »Sie hat die volle Kontrolle über jedes System in diesem Gebäude. Ich versuche, diese Kontrolle zu beschneiden, aber ich weiß nicht, wie erfolgreich ich damit sein werde.«

»Sie weiß, dass wir hier sind«, sagte Seven. »Wahrscheinlich ist sie sich ebenfalls der Tatsache bewusst, dass wir nicht assimiliert wurden.«

Montgomery nickte. »Die Drohnen könnten versuchen, uns auf die althergebrachte Art und Weise zu assimilieren. Wir würden nicht unter ihrer Kontrolle stehen, da die modifizierten Nanosonden keine Verbindung zum Kollektivbewusstsein zulassen. Aber ich kann darauf verzichten, dass überall Implantate aus mir herauswachsen.« Er blickte zu Seven hinüber. »Nicht persönlich gemeint.«

Seven zog eine Augenbraue in die Höhe. »Kein Problem.«

»Data«, sagte Janeway, »können Sie Covingtons Büro ausfindig machen und uns sagen, wie wir dorthin kommen?«

Datas Gesichtsausdruck war starr, seine Haltung steif, aber er gab die Anfrage ein. Eine Karte erschien auf einem der vielen Bildschirme. Montgomery trat vor und drückte ein paar Knöpfe.

»Wir sind hier.« Er deutete darauf. »Ihr Büro ist hier.«

»Das sieht nicht so schlecht aus«, sagte Paris. »Eine Fahrt mit dem Turbolift und ein paar Korridore hinunter.«

»Wenn der Turbolift unter ihrer Kontrolle steht und jeden Meter Drohnen stationiert sind«, sagte Chakotay, »dann sieht es ziemlich schlecht aus.«

Nicht einmal Paris hatte eine schlagfertige Antwort darauf.

Covington fühlte sich, als würde sie einen Spagat zwischen zwei Welten versuchen. Eine war die Welt des Fleisches, in der sie ihre Mitarbeiter sehen und Befehle geben konnte. Die andere war die Welt der Maschinen mit ihren Datenströmen und Fluten an Informationen. Sie verstand langsam, wie sie sich an diesem seltsamen Ort bewegen musste, doch es war schwierig.

Ein Ruck durchfuhr sie, und eine Information manifestierte sich abrupt in ihrem Gehirn. »Sie sind in der Kommandozentrale«, sagte sie. »Der Androide hat Zugang zum Computer. Er versucht, mich zu verdrängen.«

Die Drohne, die einst auf die menschliche Bezeichnung Trevor Blake gehört hatte, wandte sich langsam zu ihrer Schöpferin um. Covington nahm ihre Gedanken so deutlich wahr wie ihre eigenen: *Wir werden nicht zulassen, dass er Kontrolle erlangt.*

Das MHN stand in der Nähe, las Daten vom medizinischen Trikorder ab und schnalzte hin und wieder mit der Zunge. Aber es wusste, dass es seine Besorgnis besser nicht laut aussprach. Dies waren die Zeit und der Ort. Hier würden sie ihren letzten Kampf ausfechten. Sie würden den Angriff abwehren, bis die Königin kräftig genug war und genug Erfahrung gesammelt hatte, dass sie die unanfechtbare Kontrolle über den Planeten übernehmen konnte.

Ein weiterer Informationsblitz. Diesmal war er schmerzhaft, als würde jemand eine Nadel hinter ihr Ohr stechen. »Sie wurden nicht assimiliert«, sagte sie leise und verwirrt. »Sie tragen nicht einmal EV-Anzüge, dennoch ...«

Zorn und Panik ergriffen von ihr Besitz. Sie mussten einen Weg gefunden haben, zu verhindern, dass sie über das Virus assimiliert wurden. Sie hatte sich darauf gefreut, Janeway und Montgomery in ihre Familie aus diensteifrigen Drohnen aufzunehmen. Aber wenn sie sich widersetzten, nützten sie ihr nichts. Tatsächlich waren sie so eine ernst zu nehmende Gefahr.

Tötet sie, wies sie ihre Drohnen an.

Es war der grauenhafteste Schusswechsel ihres Lebens. Janeway hasste es, auf engem Raum zu kämpfen. Und es wurde nicht besser dadurch, dass viele ihrer Ziele - sie brachte es nicht über sich, von ihnen als Personen zu denken - Sternenflottenuniformen trugen.

Data tat, was er konnte. Es war ihm gelungen, einen Teil der grundlegenden Sicherheitsmaßnahmen unter seine Kontrolle zu bringen. Daher konnte er Kraftfelder zwischen Janeway und ihren Leuten und den Drohnen aufbauen. Das war wirklich sehr gut, denn wie Janeway erkennen konnte, waren deren Phaser inzwischen auf Töten gestellt.

Mehr als einmal starrte ihr ein alter Bekannter mit bleichem, ausdrucklosem Gesicht entgegen. Schließlich war sie gezwungen, auf das zu schießen, was einst Aidan Fletcher gewesen war. Nur Augenblicke zuvor war er noch ein Mensch gewesen, genau wie sie. Sie verspürte Bedauern, das beinahe sofort von Zorn ersetzt wurde.

Montgomery neben ihr murmelte wütend vor sich hin. Er nahm dies alles persönlich, das sah sie ihm an, und sie konnte es ihm nicht zum Vorwurf machen. Wenn sie den einen oder anderen hier kannte, dann war er bestimmt mit Dutzenden von ihnen vertraut.

Überall erklangen Geräusche. Phaserfeuer, Möbelstücke, die zerfetzt wurden, Ausrüstungsgegenstände, die sie zerstörten, und das Ächzen der Borg, die zu Boden fielen. Janeways Atem ging schnell, und das Haar fiel ihr ins Gesicht. Sie mussten sich jeden Meter hart erkämpfen. Die Wegstrecke, die sie zurücklegen mussten, war nicht der Rede wert, aber es hätte sich genauso gut um Kilometer handeln können. Mit einem Mal verstand sie, wie die Männer sich bei den Grabenkämpfen im Ersten Weltkrieg gefühlt haben mussten, wo sie um jeden Zentimeter gerungen hatten.

Data hatte dies alles schon einmal erlebt. Schon einmal hatte er als einziges Hindernis zwischen einer ehrgeizigen, auf Eroberung bedachten Borg-Königin und dem Planeten Erde gestanden. Längst hatte er seinen Emotionschip ausgeschaltet. Er war eine Maschine, genau wie der Computer, mit dem er verbunden war, und er bewegte sich in dieser Welt sicherer als die Königin. Er spürte ihre Gegenwart, ungeschickt und linkisch. Einer Sache schenkte sie zu viel Aufmerksamkeit, einer anderen zu wenig. Es war nicht einfach, aber er konnte sich gewandt bewegen. Und das Geschick eines Androiden zwischen Schaltkreisen und Kabeln war der dünne Faden, an dem die Hoffnung hing.

Er ist erfahren und effizient, erklangen Blakes Gedanken. *Wir können ihn nicht vollständig blockieren.*

Nicht akzeptabel, antwortete seine Königin. *Seine Einmischung kommt Janeway und Montgomery zugute. Sie sollten alle längst tot sein. Stattdessen nähern sie sich stetig.*

Blakes Gesicht war ausdruckslos. Seine Finger bewegten sich nicht mehr wie die eines Musikers über die Tastenfelder. Stattdessen lagen sie flach auf der Konsole, während er diese bediente.

Der Androide hat den Zugang zu vielen Sicherheitssystemen blockiert, sogar zu solchen, über die wir zuvor Kontrolle hatten.

Das durfte nicht geschehen. Ihre Feinde waren eine Handvoll Menschen, ein Vulkanier und ein Androide. Sie hatte zweihundert Drohnen, alle in bester körperlicher Verfassung. Die Systeme des Sternenflottengeheimdiensts waren direkt mit ihrem Gehirn verbunden. Dennoch verstand Data diese Systeme besser als sie. Er fand Wege, von denen sie bisher nichts gewusst hatte, und ihre Feinde näherten sich stetig.

Sie versetzte sich wieder mehr in die Welt des Fleisches und sah das MHN an. »Sie und Blake sind die letzte Hürde zwischen mir und unseren Feinden.« Sie sprach die Worte mithilfe ihrer Zunge, ihrer Lippen und ihrer Stimme. »Ich erwarte von Ihnen, dass Sie alles in Ihrer Macht Stehende tun, um mich zu verteidigen.«

Blake war natürlich eine Drohne, er würde gehorchen. Er musste. Aber das MHN hatte einen eigenen Willen. Sie sah, wie es sich auf sehr menschliche Art nervös die Lippen leckte, und fügte hinzu: »Die werden Sie löschen, sobald sie alle Daten von Ihnen haben, die sie brauchen. Man wird Sie nicht einmal nach Lynarik Prime versetzen. Ihr Leben und meines sind voneinander abhängig.«

Er nickte, ohne sie anzusehen, und sie schloss die Augen und sank in die Welt der Maschinen zurück, um noch einmal zu versuchen, den Androiden auszutricksen.

Sie erreichten den Turbolift und ließen sich gegen die Wände sinken, als er sich in Bewegung setzte.

»Das machen Sie gut, Data«, sagte Janeway.

»Danke, Admiral.« Datas Stimme drang aus ihrem Kommunikator. *»Es ist eine Herausforderung.«*

Sie tauschte müde Blicke mit ihrem Team. Sie alle schwitzten und atmeten schwer und waren dankbar für die kurze Pause.

»Wir hatten sehr viel Glück«, sagte Chakotay. »Wir sollten eigentlich längst tot sein.«

»Ich teile Commander Chakotays Meinung«, sagte Seven. »Wir können uns in der Tat glücklich schätzen, dass ...«

Der Turbolift erzitterte und hielt an. Es wurde dunkel.

Für eine Weile herrschte Schweigen. Dann sagte Paris' Stimme in der Dunkelheit: »Das hätten wir wohl nicht sagen dürfen.«

Janeway seufzte. »Aktivieren Sie die Lampen«, befahl sie und war dankbar, dass sie daran gedacht hatten, welche mitzubringen. »Commander Data, bitten melden Sie sich.«

Statisches Rauschen erklang, dann Datas Stimme. *»Ich bedauere, Sie darüber informieren zu müssen, dass die Königin die Kontrolle über den Turbolift übernommen hat.«*

»Das dachten wir uns bereits. Was geschieht sonst noch?« Während sie sprach, hörte Janeway die leisen, beruhigenden Geräusche von Sevens Trikorder.

»Sie haben Ihr Ziel fast erreicht. Derzeit befinden Sie sich zwischen der fünfzehnten und der sechzehnten Ebene. Ich kann Ihnen den Weg weisen, aber ich muss Sie warnen, dass Sie schnell sein müssen. Die Borg nähern sich Ihrer Position.«

Tuvok und Montgomery waren bereits dabei, die Notausstiegsklappe an der Decke zu öffnen. Chakotay ging neben ihnen in die Hocke und hielt den Phaser bereit.

»Ich habe unsere genaue Position mit dem Trikorder bestimmt«, sagte Seven. »Wenn wir die sechzehnte Ebene erreichen, gibt es einen Lüftungsschacht, der genau in Covingtons Büro führt.«

Die Klappe löste sich und fiel scheppernd zu Boden. Von Instinkten geleitet, die sie durch viele Kämpfe geführt hatten, pressten sie sich alle an die Wände des Turbolifts. Phaserfeuer zischte durch die Öffnung. Chakotay, der mit dem Angriff gerechnet hatte, feuerte blind. Plötzliche Stille folgte.

Das mussten sie ausnutzen. »Los geht's«, befahl Janeway. Chakotay hob sie mit starken Armen hoch, und sie stützte sich auf beiden Seiten der Öffnung ab, zog sich hoch und kam auf die Füße. Sie befanden sich tatsächlich zwischen zwei Ebenen. Vorsichtig näherte sie sich einer halb offenen Tür.

Chakotays ungezielter Schuss hatte gute Arbeit geleistet. Zwei Drohnen lagen ohnmächtig auf dem Boden. Janeway spähte den Gang hinunter, erst in die eine Richtung, dann in die andere.

»Die Luft ist rein«, rief sie. Dann stand sie Wache, während der Rest des Teams aus dem bewegungslosen Turbolift kletterte. Seven war bereits draußen und half Paris, als das Geräusch rennender Füße erklang. Janeway gab Seven ein Signal. Diese zog Tom Paris ganz hinauf und nahm dann eine Position neben ihrem ehemaligen Captain ein.

Angespannt wartete Janeway ab und lauschte, während die Schritte näher kamen. Sie nickte Seven zu, und sie bewegten sich gleichzeitig. Janeway feuerte den Gang zu ihrer Linken hinunter, Seven den zur Rechten. Als sie das Feuer einstellten, lagen zwölf Borg bewusstlos in den Gängen.

Paris blickte auf die Drohnen hinab. »Sie hätten uns anderen ruhig noch welche übrig lassen können.«

»Ich bin sicher, da, wo die hergekommen sind, gibt es noch mehr«, sagte Janeway.

»Wir sind alle draußen«, sagte Montgomery. »Versuchen wir, diesen Lüftungsschacht zu finden.«

Sie traten über die reglosen Körper, als sie den Gang entlanggingen. Seven hielt den Blick auf den Trikorder gerichtet. Dennoch gelang es ihr, nicht zu stolpern.

Abrupt hielt sie an und sah zur Decke hoch. »Hier.« Sie deutete hinauf. Chakotay und Montgomery lösten die Verkleidung. Kurz darauf krochen sie alle schon wieder durch ein Loch in der Decke.

Da sie die Kleinste war, hatte Janeway die wenigsten Schwierigkeiten in dem engen Gang. Aber sie hörte Montgomery und Chakotay leise fluchen, während sie sich hindurchzwängten.

Seven übernahm die Führung und hielt nur hier und dort inne, um die Anzeigen ihres Trikorders zu prüfen. Soweit es ging, bewegten sie sich schweigend vorwärts. Janeway versuchte nicht einmal, Kontakt zu Data aufzunehmen. Sie wären leichte Ziele, sobald die Drohnen wüssten, wo sie sich aufhielten.

Schließlich hielt Seven inne und wandte den Kopf, um Janeway anzusehen, die direkt hinter ihr war. Sie nickte und deutete nach unten. Janeway nickte Montgomery zu, und das Signal wurde nach hinten weitergegeben. So leise wie möglich öffneten sie das Panel und zogen sich dann zurück. Sie rechneten mit Phaserfeuer, aber nichts geschah. Vorsichtig beugte sich Janeway vor, um hinunterzusehen.

Es war alles so gewöhnlich. Ein Büro, das aussah wie jedes andere. Ein Stuhl, ein Tisch, Datenspeicher, Teppichboden, Padds, die überall herumlagen, eine halb leere Tasse Kaffee. Sie blickte zu Seven hoch und formte mit den Lippen die Frage: *Ist jemand dort?*

Seven schüttelte den Kopf. Janeway kroch in Position und ließ sich mit Montgomerys Hilfe auf den Tisch herunter, wo sie in geduckter Haltung landete.

Das Büro war tatsächlich leer, dennoch kribbelte Janeways Nacken. Irgendetwas stimmte nicht. Doch dies hier war ihr Ziel. Wo war Covington? Sie half den anderen nach unten, und sie begannen den Raum zu scannen, bewegten sich dabei alle mit katzenhafter Lautlosigkeit. Es gab nur einen Zugang zum Raum, eine Tür. Janeway ging zu den Kontrollen hinüber und verschloss diese sicher.

Schließlich ließ sich Tuvok als Letzter auf den Tisch fallen und setzte das Panel wieder an seinen Platz.

»Wie nett von Ihnen, hereinzuschneien«, erklang eine vertraute Stimme. Janeway wirbelte herum, und entdeckte den Doktor, der einen Phaser auf sie richtete.

23

»Doc?« Paris war der Erste, der sprach. »Was machen Sie denn hier?«

»Das ist nicht unser Doktor, Tom«, sagte Janeway ruhig.

»Admiral Janeway hat recht. Ich bin der persönliche Arzt Ihrer Majestät. Ihr Leibarzt, wenn man so will.« Der Phaser blieb, unverwandt auf sie gerichtet.

»Natürlich«, sagte Janeway. »Sie konnte keine Borg werden, ohne sich unters Messer zu legen. Und kein Mensch wäre verrückt genug, das zu tun. Das hätte den hippokratischen Eid verletzt und alles andere, was einem echten Arzt heilig ist.«

»Es überrascht mich, dass die Königin sich von so einer veralteten Version operieren lässt.« In Chakotays Stimme schwang Verachtung mit. Seine Einstellung irritierte Janeway, aber sie zuckte nicht einmal mit der Wimper. Er wusste, was er tat.

Genau wie ihr eigener Doktor es getan hätte, versteifte sich auch dieses MHN der ersten Generation bei der Beleidigung.

»Wie unhöflich«, sagte es. »Und wie falsch. Ich habe großartige Arbeit geleistet.«

Das Hologramm schoss nicht. Es hätte es tun sollen, aber es tat es nicht. Plötzlich verstand Janeway, warum - es wollte, dass sie Covington sahen, dass sie seine Arbeit lobten.

Nun verstand sie auch, was Chakotay vorhatte, und sie spielte mit.

»Sicher nicht so gute Arbeit, wie die aktuelle Version des MHN sie geleistet hätte. Sie sind veraltet, nur ein Computerprogramm, das inzwischen durch etwas Besseres ersetzt wurde. Aber nein, wie dumm von mir. Bei einem neueren MHN hätte es Covington nicht geschafft, die ethisch-moralischen Subroutinen zu umgehen.«

Das Hologramm wandte ihr seine volle Aufmerksamkeit zu. »Jetzt spotten Sie noch, aber wenn ich Sie Ihrer Majestät vorführe, dann werden Sie es sehen. Niemand hätte bessere Arbeit leisten können. Es gibt keine Narben, alle ihre Implantate befinden sich innerhalb des Körpers. Ihre Haut ist ...«

Janeway erfuhr nie, was es mit der Haut der Königin auf sich hatte. Während die Aufmerksamkeit des MHN vollständig Chakotay und ihr galt, hatten Paris, Montgomery, Seven und Tuvok langsam ihre Positionen eingenommen. Auf Sevens Zeichen hin feuerten sie - nicht auf das Hologramm, sondern auf die Reihe holografischer Emitter, die an der Fußleiste entlang verliefen. Dem Hologramm blieb gerade genug Zeit, um zu erkennen, was geschah. Es sah Janeway entsetzt an, bevor es verschwand.

»Das war unheimlich«, sagte Paris.

»Ich hasse Hologramme wirklich«, sagte Montgomery.

»Es war ein genialer Schachzug von ihr«, bemerkte Seven. »Nur ein Hologramm war in der Lage, die Operationen mit dem benötigten Maß an Können, aber ohne jegliche Skrupel durchzuführen.«

»Sehen Sie sich das an.« Montgomery deutete auf eine große Tür in der Südseite des Raums. Sie wirkte schwer, war aus Metall und schien sehr gut gesichert zu sein. Sie passte so gar nicht in diesen effizient, aber elegant eingerichteten Raum.

»Die war vorhin noch nicht da«, sagte Chakotay.

»Ich korrigiere«, meldete sich Tuvok zu Wort. »Sie war die ganze Zeit da, sie war nur hinter einer holografischen Tarnung verborgen. Als wir die Emitter zerstört haben, sind alle Hologramme im Raum verschwunden.«

Seven schaute auf ihren Trikorder. »Etwa zwölf Meter vor uns befindet sich eine starke Borg-Biosignatur. Außerdem eine große Energiequelle.« Sie hob den Blick und begegnete dem Janeways. »Regenerationsalkoven. Dahinter befindet sich ihr Labor.«

Janeway berührte ihren Kommunikator. »Data, wir haben es in ihr Büro geschafft, und wir denken, wir haben ihr Labor entdeckt. Können Sie ...«

Auf der anderen Seite der Bürotür erklangen die Geräusche abgefeuerter Phaser. Die Borg hatten sie wieder gefunden.

»Diese Tür wird nicht lange halten«, sagte Montgomery.

»Data, können Sie am Eingang zu Covingtons Büro ein Kraftfeld errichten?«

»Ich werde es versuchen, Captain. Ich schlage vor, Sie setzen Ihren Weg sowohl vorsichtig als auch zügig fort.«

»Das haben wir vor. Phaser können dieser Tür allerdings nichts anhaben. Können Sie sie öffnen?«

Data war ein Experte darin, mehrere Dinge gleichzeitig zu tun und sie alle gleich fehlerlos und effizient zu erledigen. Nun allerdings stieß er an seine Grenzen. Er musste all die verschiedenen Kraftfelder überwachen, die er errichtet hatte, um Janeway und ihre Leute zu schützen. Außerdem musste er die Energie wiederherstellen, die Königin daran hindern, Zugang zu weiteren Systemen zu erhalten, und versuchen, eine Tür zu öffnen.

»Hinter der genannten Tür gibt es zwei Lebenszeichen. Beide Borg. Eines davon gehört der Königin.«

»Können Sie die Tür öffnen?«, wiederholte Janeway. Als Data es versuchte, stieß er auf erstaunlich heftigen Widerstand. Sie wollte nicht, dass die Tür geöffnet wurde, und konzentrierte einen Großteil ihrer Kräfte darauf, das zu verhindern.

»Sie werden Ihre Phaser verwenden müssen«, sagte Data.

Sie wechselten Blicke. Die Tür hinter ihnen ließ sich deutlich einfacher durchbrechen als die vor ihnen. Und die Drohnen hatten einen

Zeitvorsprung und wahrscheinlich mehr Phaser zur Verfügung. Data hatte mit seinen Worten gerade ihr Todesurteil unterzeichnet.

Niemand sprach mehr. Sie waren alle Sternenflottenoffiziere, und gute noch dazu. Janeway hob ihren Phaser und zielte. Der Rest ihrer Mannschaft folgte schweigend ihrem Beispiel. Sie würden es weiter versuchen, bis die Tür hinter ihnen aufgebrochen wurde, die Drohnen hereinstürmten und sie töteten.

Das Geräusch von mehr als einem Dutzend Phasern, die gleichzeitig abgefeuert wurden, tat ihr in den Ohren weh, aber Janeway ertrug es. Sie wusste, dass es durchaus das letzte Geräusch sein könnte, das sie hören würde. Sie alle konzentrierten ihr Feuer auf denselben Punkt, genau dort, wo das Schloss saß. Hinter ihnen setzten die Drohnen ihren Angriff fort.

Als der Raum plötzlich vor ihren Augen flimmerte, hätte Janeway beinahe vor Freude gelacht. Data hatte ihnen nichts von seinem Plan gesagt, damit die Königin nicht davon erfuhr. Er war dabei, sie auf die andere Seite der Tür zu beamen. Sie hoffte nur, dass er schnell genug gewesen war, dass der Königin keine Zeit blieb, das Signal zu blockieren.

Sie materialisierten in Covingtons Labor. Genau wie Data gesagt hatte, hielten sich nur zwei Personen im Raum auf. An einer Konsole saß steif ein junger Mann in Zivilkleidung. Nur dass er kein Mann mehr war. Wie alle anderen in dem Gebäude war er ein Borg. Er hatte sich mit dem Computer verbunden und ignorierte sie vollständig. Für den Moment zumindest.

Janeway hatte allerdings kaum Zeit, seine Anwesenheit zu bemerken. Ihr Blick wurde sofort vom grausigen Anblick der Borg-Königin angezogen. Das MHN hatte recht behalten; es hatte bei dieser Königin gute Arbeit geleistet. Sie stand nackt in ihrem Regenerationsalkoven und war in grünes Licht getaucht. Ihre glatte graue Haut trug keinen einzigen Kratzer. Keine Implantate ragten aus ihrem Körper oder ihrem Gesicht. Der einzige Hinweis darauf, dass es sich hier nicht um einen normalen Menschen handelte, waren die Farbe der Haut und die beiden Röhren, die ihre Schädelbasis mit dem Körper verbanden. Ihre Augen standen offen, aber momentan nahmen sie nichts wahr. Mehrere Kabel umgaben ihren Körper und ließen sie wirken wie eine Spinne in ihrem Netz.

Trotz des Schreckens, den ihr der Anblick bereitete, stieg in Janeway neue Hoffnung auf. Eine wahre Königin wäre nicht so verletzlich gewesen, hätte sich nicht so direkt an die Maschinen binden müssen, mit denen sie ihre Existenz teilte. Sie würde ungehindert umherlaufen, verbunden nur über ihre Gedanken. Sie würde mit ihnen sprechen können. Würde sie voller Verachtung und Triumph ansehen.

Die Königin, die sie vor sich hatte, war ihr bedeutend lieber.

Sie hörte, wie Montgomery einen Fluch murmelte, dann hob er den Phaser.

»Nein!«, rief Janeway. »Wir wissen nicht, wie sie mit dem Kollektiv verbunden ist. Wenn wir sie töten, stirbt womöglich jeder, der infiziert ist.«

»Wenn wir sie nicht töten, wird jeder auf der Erde infiziert«, erwiderte er, senkte aber den Phaser.

»Es wäre so oder so zwecklos gewesen.« Seven blickte auf ihren Trikorder hinab. »Sie hat zwischen uns, ihrer Drohne und sich selbst ein Kraftfeld errichtet.«

»Gute Arbeit bisher, Data«, sagte Janeway. »Zwei Meter vor uns befindet sich ein Kraftfeld. Können Sie es abschalten?«

»Negativ, Admiral«, erklang Datas Stimme. *»Seven of Nine wird fortfahren müssen, während das Kraftfeld noch besteht. Die Königin konzentriert alle ihre Bemühungen darauf.«*

»Ich kann ... unseren Plan versuchen.« Seven bemühte sich, nichts preiszugeben. »Es wird nicht einfach sein.«

»Tun Sie es«, sagte Janeway. Seven ging zu der Konsole hinüber, an der der junge Mann saß. Er ignorierte sie, bis sie die Kontrollen berührte. Dann bewegte er sich abrupt, wirbelte zu ihr herum, und Janeway sah, dass seine Assimilationsröhrchen ausgefahren waren.

Seven wandte sich ab, um ihm auszuweichen, aber die Drohne war schneller. Der Mann packte sie und machte Anstalten, ihr die Röhrchen in den Hals zu stoßen. Montgomery schoss, und der junge Mann fiel sofort um. Seven trat einen Schritt zurück, sammelte sich und verschaffte sich dann Zugang zum Computer.

»Armer Blake«, sagte Montgomery. »Ich hätte niemals zulassen dürfen, dass sie ihn bekommt.«

»Kannten Sie ihn?«, fragte Janeway.

»Ja. Er war einer der Borg-Spezialisten der Föderation. Kein Wunder, dass sie so weit gekommen ist.«

Seven hörte dem Gespräch nur mit halbem Ohr zu. Sie war mehr daran interessiert, herauszufinden, wie dieser Blake die Verbindung hergestellt hatte. Ihre langen, schlanken Finger flogen über die Kontrollen. Aber jedes Mal blockierte die Königin ihre Bemühungen, was sie auch versuchte. Sie waren wie zwei Profis in einem Tennis-Match, nur dass dieses Spiel tödlich war. Sie versuchte alles, was ihr einfiel. Nichts hatte Erfolg. Die Königin war auf der Hut und in der Lage, sich zu verteidigen.

Seven wandte sich um und begegnete Janeways Blick. Diese deutete den Stand der Dinge richtig. Sie verzog das Gesicht, nickte aber. Seven schluckte. Dies war die letzte, verzweifelte Möglichkeit, von der sie gehofft hatte, nicht darauf zurückgreifen zu müssen. Aber wenn ihr Opfer die Sicherheit der Erde garantieren konnte, dann war sie bereit, es zu bringen.

Sie öffnete die Konsole, fuhr ihre Röhrchen aus und stellte eine Verbindung her.

Die Empfindung war zugleich vertraut und tröstlich als auch fremd und Furcht einflößend. Ein Teil von Seven war entsetzt über die Leichtigkeit, mit der sie sich im Kollektiv zurechtfand. Plötzlich konnte sie die Gedanken hören. Es waren deutlich weniger, als sie in Erinnerung hatte. Natürlich. Diese Königin hatte ein kleines Kollektiv, vielleicht ein paar Hundert. Die wahre Königin hatte Milliarden.

Es wäre so einfach, wieder ihren Platz einzunehmen, Teil des Ganzen zu sein. Ein Individuum zu sein, war deutlich schwerer ...

»Was tut sie?«, verlangte Montgomery zu wissen.

»Sie verbindet sich mit dem Kollektiv«, antwortete Janeway.

»Was?«

»Infiltration«, sagte Janeway.

»Denken Sie wirklich, dass ihr das gelingt? Die Königin zu trennen, ohne sich selbst zu verlieren?«

»Es ist unsere einzige Hoffnung.«

Du versuchst, mich vom Kollektiv zu trennen, Seven of Nine, tertiäres Attribut von Unimatrix Null Eins.

In diesem Gedankenaustausch konnte es keine Lügen geben, keine Täuschung. Alle Erinnerungen und Gedanken Sevens lagen vor der Königin bloß.

Du wirst versagen.

Trevor Blake ist bewusstlos und wurde vom Kollektiv getrennt, dachte Seven. *Dein Hologramm wurde gelöscht. Du kannst nicht fortfahren. Du weißt, dass die Sternenflotte dieses Gebäude und alles darin zerstören wird, wenn das nötig ist, um dich aufzuhalten.*

Die Sternenflotte ist schwach. Sie wird es nicht über sich bringen, etwas zu tun, das sie als Mord ansieht.

Dann glaube mir das. Wenn es sein muss, wird die Voyager *allein handeln und dies hier beenden. Widerstand ist zwecklos. Du bist mehr Mensch als Borg. Wenn du dich ergibst, wird man dich vielleicht verschonen, ungeachtet dessen, was du getan hast.*

Die Königin, deren Augen leblos und blind waren, öffnete den Mund und lachte laut. Erschrocken fuhren die anderen, die das Ringen zwischen Covington und Seven of Nine beobachteten, zusammen. Janeway unterdrückte ein Schaudern. Was auch immer die Borg-Königin amüsant finden mochte, sie wollte nichts darüber wissen.

Du stellst gerade fest, dass du mich nicht von meinen geliebten Drohnen trennen kannst. Ich werde eher sterben, als sie im Stich zu lassen.

Geliebt? Im Stich lassen? Du sprichst, als wären sie dir wichtig. Ich weiß sehr gut, dass eine Königin sich keine Gedanken um ihre Drohnen macht. Perfektion ist das Einzige, was für sie zählt. Was für jeden Borg zählt.

Dann kennst du mich nicht, Seven of Nine. Ich bin eine neue Königin, eine andere Art von Königin. Meine Herrschaft wird großartig und wunderschön sein. Ich weiß, dass du immer ihr Liebling warst. Das Royalprotokoll erwähnt dich speziell. Du kannst dich mir anschließen ... Nein!

Sevens blaue Augen öffneten sich. Sie hatte dieselbe Taktik angewandt, die auch Data so effizient eingesetzt hatte - sie hatte die Königin abgelenkt. Sie wusste, was sie wissen musste, und blickte Janeway an.

»Feuer«, sagte sie.

Während Janeway noch ihren Phaser hob, um auf die Königin zu zielen, schoss Montgomery bereits. Covingtons Körper zuckte. Er feuerte noch einmal. Diesmal sackte sie mit einem langen, leisen Seufzer in sich zusammen. Ihr Kopf fiel nach vorne. Sie fiel nicht, da die schwarzen, ineinander verschlungenen Kabel sie hielten. Nun wirkte sie nicht mehr wie eine Spinne in ihrem Netz, sondern wie eine hilflose Fliege, die in einer tödlichen Falle saß.

Erleichtert schloss Janeway die Augen. Sie öffnete sie sofort wieder, als Chakotays warnende Stimme erklang. »Admiral ... Seven ist noch immer weggetreten.«

Seven stand steif da, die Lippen leicht geöffnet, ihre Augen blickten ins Nichts.

»Oh nein«, hauchte Janeway.

Das kleine Mädchen saß allein in einem Kreis aus Licht. Es spielte mit ernster Miene mit einer Puppe, die keinen Kopf mehr hatte. Annika Hansen, gekleidet in ein wallendes rotes Kleid, ging zu dem Kind hinüber und kniete sich neben es.

»Hallo, Brenna«, sagte sie.

Das Mädchen schaute auf. »Du musst dich vor der Hand in Acht nehmen«, sagte es. »Sie wird dich finden. Sie wird dich an den falschen Stellen berühren. Sie wird machen, dass du lügst und schreist und weinst und hasst.«

Bilder blitzten vor Annikas innerem Auge auf; schreckliche, groteske Szenen der Gewalt, Schläge, ein kindlicher Körper, der von erwachsenen Händen betatscht wurde. Sie zuckte davor zurück, aber sie wurden direkt in ihr Gehirn heruntergeladen. Sie fühlte alles. Tränen rannen ihre Wangen hinab und sie schluchzte.

»Was geht da vor? Die Königin ist tot.« Montgomery sah verwirrt aus, als Seven of Nine zu weinen begann. Tränen rannen ihr seltsam ausdrucksloses Gesicht herab.

»Irgendwie ist sie immer noch verbunden«, hauchte Janeway. »Ich denke, die Königin ... könnte das Royalprotokoll auf sie übertragen haben.«

Montgomery sah sie an. »Dann sagen Sie mir, warum wir sie am Leben lassen sollten.«

»Weil sie dagegen ankämpft.« Janeway starrte Seven gebannt an. »Komm schon, Seven. Widerstehe.«

Nun stand die erwachsene Brenna vor Annika, nahm Annikas Hände in ihre, zwei große Frauen mit hellem Haar, die einander so ähnlich waren und doch so unterschiedlich.

»Nimm es«, bat Brenna. »Nimm es. Nimm sie. Du weißt, was ich durchgemacht habe. Du weißt, was ich für sie fühle. Sie brauchen eine Königin. Sie brauchen dich. Du kannst besser sein als die ursprüngliche Königin. Du kannst die Grenzen der Programmierung

sprengen. Du kannst in deinen Drohnen geliebte Kinder sehen, keine Gegenstände, die man benutzt und dann wegwirft. Sie können großartig sein. Du kannst sie zur Perfektion führen. Es gibt nichts, was sie mit dir zusammen nicht erreichen können.«

Annika hielt Brennas Hände fest. Dies war kein Trick, keine Lüge. Das Royalprotokoll, das Brenna Covington verändert und angepasst hatte, durchströmte sie. Sie fühlte bereits, wie es einige Teile ihres Körpers verschloss, während es andere öffnete. Wie es sie erkundete und Informationen herunterlud. Brenna hatte recht. Sie hörte bereits die Stimmen des verwirrten Kollektivs, die sich ihr zuwandten, Trost suchten. Sie könnte eine neue Art von Königin sein, eine gütige, liebende Monarchin. Sie könnte ihre Leute zur Perfektion führen und …

Nein. Sie würde sich nicht verführen lassen. So gut es auch klang, es war eine Illusion. Die Borg standen für die Unterdrückung von Individualität, egal, wie die Königin von ihren Drohnen dachte. Brenna fühlte ihre Entscheidung.

»Nein«, rief sie, »bitte, lass sie nicht allein!«

»Es tut mir leid«, sagte Annika ernst. Langsam und mit einiger Willensanstrengung schloss sie das Royalprotokoll aus, die Stimmen der Drohnen und ihre letzte, beste Chance, Teil von etwas Größerem zu werden.

24

Als Seven die Augen öffnete, sah sie, wie Dr. Kaz und Admiral Janeway auf sie herablächelten.

»Wie fühlen Sie sich?«, fragte Kaz.

»Das ist eine komplizierte Frage«, antwortete Seven. »Wie lange habe ich regeneriert?«

»Drei volle Tage«, sagte Janeway. »Sie haben es gebraucht.«

»Was ist geschehen?«

»Eine Menge.« Kaz untersuchte sie mit einem medizinischen Trikorder. »Wir hatten alle eine Abschlussbesprechung. Sobald Sie und Icheb sich fit genug fühlen, wird das Sternenflottenkommando auch mit Ihnen sprechen wollen. Niemandem wird etwas vorgeworfen, falls Sie sich das fragen sollten. Auch Data und mir nicht. Da wir eine so wichtige Rolle bei der Lösung dieses Problems gespielt haben, ist die Sternenflotte bereit, unsere ... Einmischung zu übersehen.«

»Ich bin erfreut, das zu hören«, sagte Seven. »Wie ist der Status des Virus?«

»Sobald Sie die Verbindung zum Kollektiv getrennt hatten, waren alle frei. Wir haben den Halluzinationen-Aspekt der Xakarianischen Grippe ziemlich ausgereizt. Selbst diejenigen, die Implantate entwickelt haben, scheinen willens, zu glauben, dass sie sich alles nur eingebildet haben.«

Seven runzelte die Stirn. »Sicherlich glauben nicht alle, dass sie lediglich unter Halluzinationen gelitten haben.«

»Nein«, sagte Janeway. »Aber wir konnten diese davon überzeugen, dass es besser ist, zu schweigen.«

Seven antwortete nicht. Sie dachte an den Vernehmungsexperten und fragte sich, wer die Überzeugungsarbeit geleistet hatte und wie.

»Wichtig ist«, fuhr Janeway fort, »dass die Bedrohung vorüber ist und es keine Panik gegeben hat.«

»Was werden Sie jetzt tun?« Seven sah sowohl Janeway als auch Kaz an.

»Ich bin ein wenig unzufrieden mit meiner derzeitigen Position«, gab Kaz zu. »Ich mag es, in so großem Rahmen etwas beitragen zu können, aber ich vermisse die familiäre Umgebung eines Schiffes. Ich habe um eine Versetzung gebeten, bin aber nicht sicher, wohin ich gehen werde.«

Janeway sah ihn scharf an. »Das werde ich im Hinterkopf behalten, Dr. Kaz. Ich für meinen Teil werde an der Sternenflottenakademie unterrichten. Tuvok und ich denken darüber nach, gemeinsam einen Kurs zu geben. Außerdem gibt es da ein kleines Projekt, über das ich noch nichts erzählen darf, das mich aber sehr freut. Und Sie«, sagte sie und überreichte Seven ein Padd, »haben womöglich auch einige interessante Projekte vor sich.«

Seven sah auf das Padd hinab. Es enthielt ein Angebot der Sternenflotte an sie, zusammen mit dem Doktor ein Expertenteam zu bilden.

»Es sieht aus, als hätte man Ihren Wert und den des Doktors endlich erkannt«, bemerkte Janeway.

»Ja«, sagte Seven abwesend. Janeway sah sie mit schräg gelegtem Kopf an. Kaz bemerkte, dass etwas nicht stimmte, und entschuldigte sich.

»Seven ... was ist geschehen? Als Sie miteinander verbunden waren?«, fragte Janeway sanft.

»Sie hat das Royalprotokoll auf mich übertragen. Für einen Augenblick war ich die Borg-Königin«, sagte Seven leise.

»War es … schrecklich?«

»Nein.« Seven begegnete Janeways Blick. »Es war wunderbar. Admiral … Covington war kein Monster. Sie war eine Frau, der Schreckliches angetan wurde. Und sie hat sie geliebt.«

»Wen?«

»Die Drohnen. Sie hat ihre Drohnen geliebt. Genau wie ich.«

»Es kommt mir irgendwie falsch vor«, sagte Carla, während sie und Janeway bei Croissants und Café au Lait in einem Bistro in Paris saßen. »Es ist eine Lüge.« Sie wirkte besorgt, eine finstere Miene lag auf ihrem attraktiven Gesicht.

»Ich weiß.« Janeway trank einen weiteren Schluck und versuchte, nicht das Gesicht zu verziehen. Warum versuchte sie nur immer wieder, Kaffee mit Milch zu trinken? Paris hin oder her, nächstes Mal würde sie ihn schwarz bestellen. »Aber du musst das gegen die Panik abwägen, die entstehen würde.«

»Du hast wie immer recht.« Carla starrte noch immer in ihre übergroße Tasse. »Was wirklich falsch war«, sagte sie leise, »war, dass ich gedacht habe, du hättest daran Schuld.«

»Das war eine absolut logische Schlussfolgerung«, sagte Janeway. »Wir konnten ja nicht wissen, dass Kevin an dem Tag am Strand auf dem Bruchstück eines Borg-Schiffes herumgekaut hat. Also hattest du jeden Grund, anzunehmen, dass ich ihn irgendwie mit dem Virus infiziert habe.«

»Vielleicht. Aber es hätte nicht meine erste Vermutung sein dürfen. Es tut mir leid.«

»Mir tut es leid, dass ihr dies alles durchmachen musstet«, antwortete Janeway. »Aber wie Shakespeare schon sagte: Ende gut, alles gut. Und jetzt …«, sie beugte sich vor, »… sollten wir wirklich das leckere französische Gebäck probieren, während wir hier sind.«

Endlich schaute Carla hoch, und es freute Janeway, das vertraute schelmische Grinsen auf ihrem Gesicht zu sehen.

Als Janeway in ihrem Apartment materialisierte, fühlte sie sich unangenehm vollgefressen. Sie und Carla hatten nicht nur das gute französische Gebäck probiert, sondern auch den guten französischen Käse, guten französischen Wein und gute französische Desserts, die größtenteils aus Sahne zu bestehen schienen. Ihr Computer gab einen Signalton von sich, und sie eilte zu ihm.

»Admiral Montgomery«, sagte sie überrascht. »Was für eine unerwartete Freude. Was kann ich für Sie tun?«

»Ich wollte Sie wissen lassen, dass wir noch einmal von Baines gehört haben«, sagte Montgomery. *»Allerdings zum letzten Mal, glaube ich.«*

»Wirklich?« Sie bemühte sich, ihre Stimme ruhig zu halten. Bisher hatte niemand sie mit Baines in Verbindung gebracht. In der ganzen Aufregung, die dem Auftauchen Montgomerys auf der *Voyager* gefolgt war, hatte der Admiral wohl ganz vergessen, sie zu fragen, wie sie an all den Sicherheitsvorkehrungen vorbeigekommen war.

»Mehrere Leute, darunter auch Personal der Sternenflotte, wurden entführt und nach kurzer Zeit wieder freigelassen«, erklärte Montgomery. *»Er hat sie durch einige Reifen springen lassen. Wie es aussieht, hat Baines sich einen Spaß daraus gemacht, Menschen dazu zu zwingen, sich wie die holografischen Charaktere in einem der etwas ... blutrünstigeren Holoromane zu verhalten.«*

»Wirklich«, sagte sie noch einmal. Also hatte Baines auf ihre Bemerkungen bezüglich des Holoromans des Doktors gehört, aber wie immer hatte er alles falsch verstanden. »Wurde jemand verletzt?«

»Nicht ernsthaft. Es gab einige Fälle von Misshandlung durch die Hologramme. Peitschenhiebe und Schnitte und Ähnliches.«

»Peitschen?«

»Er hat sie freigelassen, weil sie darüber berichten sollten, wie Hologramme leiden.« Montgomerys Gesichtsausdruck machte deutlich, für wie lächerlich er die ganze Sache hielt. *»Und kurz darauf haben wir einen Hinweis erhalten, der uns zu Baines' Leiche geführt hat. Es sieht nach Selbstmord aus.«*

»Aber das ergibt keinen Sinn«, sagte Janeway. »Er hat doch für den Kampf gelebt, den Kampf für die Rechte der Hologramme. Warum sollte er sich selbst umbringen?«

»Bei einem so verrückten Kerl, wer kann das schon sagen?«

Janeway fühlte Trauer in sich aufsteigen. Baines war kein schlechter Mensch gewesen, nur schrecklich fehlgeleitet.

»Wie auch immer. Ich dachte, Sie wollten das vielleicht wissen. Es hat sich alles in Wohlgefallen aufgelöst. Abgesehen von einer Sache, die mich immer noch beschäftigt.«

»Die wäre?«

»Ich will wissen, wer Wanderfalke ist. Derjenige, der Ihnen diese geheimnisvollen Botschaften geschickt hat.«

»Spielt das wirklich eine Rolle? Er hat uns sehr dabei geholfen, die Identität der Borg-Königin aufzudecken. Vielleicht sollten wir Wanderfalke einfach in der Versenkung verschwinden lassen.«

»Hmpf.« Montgomery blickte ernst drein, aber seine Augen leuchteten. Er machte sich daran, einen weiteren Kampf auszufechten.

Janeway lehnte sich in ihrem Stuhl zurück und dachte nach. Sie fragte sich, was aus der Bewegung für die Rechte der Hologramme werden würde, nun, da ihr Anführer tot war. Sie würde nicht einfach verschwinden, so viel stand fest. Vielleicht würde sich der Doktor mehr dafür einsetzen. Er hatte mit Stolz davon gesprochen, welche Fortschritte er mit *Photonen fordern Gerechtigkeit* machte. Ohne Zweifel würde es ein Bestseller werden. Sie fragte sich, was in Baines' kleinem Szenario wohl geschehen war, ob irgendjemand tatsächlich gelernt hatte, umzudenken, nachdem er wie ein Hologramm behandelt worden war.

Es war Wassili Andropows erster Tag wieder auf der Arbeit. Er hatte eine Abschlussbesprechung hinter sich und ein Gespräch mit einem Counselor. Die Sternenflotte war offensichtlich der Meinung, für ihn getan zu haben, was sie konnte. Andropow hielt es den ganzen Tag über kaum aus, so dringend wollte er wieder nach Hause.

Als er sich in seine Küche beamte, warteten sie schon auf ihn. Er breitete die Arme aus, und Allyson fiel ihm lächelnd um den Hals. Andropow umarmte sie fest und drückte ihr einen Kuss auf die Stirn.

Dann streckte er dem dunkelhaarigen Hologramm, das etwas abseits stand, eine Hand hin.

»Willkommen daheim, Wassili«, sagte Oliver Baines.

Dünnes, hohes Weinen weckte Tom Paris aus einem angenehmen Traum, in dem B'Elanna nach Hause zurückgekehrt war und sie sich wieder miteinander vertraut machten. Er blinzelte und lächelte trotz der späten Stunde. Es tat gut, seine Tochter wieder bei sich zu haben, trotz des lauten Geschreis. Es fühlte sich ... normal an. Nach allem, was in letzter Zeit passiert war, war normal richtig gut.

Er ging zu ihr, um sie hochzunehmen, und hörte ein leises Signal aus der Richtung des Computers. Wer konnte ihn zu dieser Stunde erreichen wollen? Janeway nicht. Nicht mehr. Er setzte sich, Miral im Arm, und berührte die Kontrollen.

»B'Elanna!«, rief er aus. Dann fügte er sofort hinzu: »Du siehst schrecklich aus. Du bist doch nicht verletzt, oder?«

Sie sah wirklich schrecklich aus. Sie war mit Schlamm bedeckt und mit etwas, das wie getrocknetes Blut aussah. Sie wirkte überdreht, war sehr dünn, und sie sah aus, als würde sie demnächst weinen.

»Sie ist tot.«

»Oh, Liebling. Es tut mir leid.« Er drückte Miral an sich, die beim Klang der Stimme ihrer Mutter ganz ruhig geworden war.

B'Elanna schluckte. *»Es ist in Ordnung. Ich ... Tom, es gibt so viel, das ich dir erzählen muss. Und mein kleines Baby. Ich habe euch so vermisst ...«* Sie schluckte einen Schluchzer herunter. Nachdem sie sich etwas gesammelt hatte, fuhr sie fort. *»Ich habe mit Commander Logt und den Wächtern gesprochen, und sie haben zugestimmt, dass wir hier leben und lernen dürfen.«*

Es dauerte einen Moment, bis die Information in sein verschlafenes Hirn durchsickerte. »Auf Boreth? Warum solltest du so etwas tun wollen?«

»Ich weiß, das kommt plötzlich für dich, aber nach allem, was ich erlebt habe ... Ich weiß, dass es richtig ist. Wärst du bereit, das zu tun?«

Er wusste es nicht. Niemals hätte er sich träumen lassen, auf dem heiligsten Planeten des Klingonischen Reichs zu leben. Sie sah seinen Gesichtsausdruck und sagte: *»Komm einfach für eine Weile her. Lass mich dir von der Prüfung erzählen. Lass mich dir von ... von allem erzählen. Bitte.«*

Er liebte diese Frau von ganzem Herzen. Er konnte ihr nichts abschlagen und war einfach nur dankbar, dass sie noch lebte. Etwas Wichtiges musste geschehen sein, um ihren Hass auf ihr klingonisches Erbe in den Wunsch zu verwandeln, im Tempel zu leben und es zu studieren.

Nun gut. Wenn sie auf Boreth leben wollte, dann würden sie auf Boreth leben.

»Wir nehmen das erste Schiff zu dir. Ich liebe dich.«

Die Wochen zogen angenehm ins Land. Janeway nahm einen Posten im Sternenflottenkommando an. Es gelang ihr, die Arbeit dort mit ihrem »Projekt« in Einklang zu bringen, gemeinsam mit Tuvok einen Kurs an der Akademie zu geben.

Schließlich meldete sich Chakotay bei ihr. Nach mehreren Wochen bei seiner Familie wollte er nach San Francisco zurückkehren. Janeway lud ihn sofort zum Abendessen ein. »Genau wie früher«, sagte sie. Er stimmte gerne zu.

Mit einem Lächeln auf den Lippen, weil sie sich auf einen schönen Abend freute, replizierte sie Lamm für sich selbst und für Chakotay ein aromatisches Risotto mit Wildpilzen. Außerdem öffnete sie eine Flasche alten Merlot. Als er ankam und sie ihm ein Glas reichte, nahm er es dankbar an.

»Es riecht gut hier«, sagte er und hob sein Weinglas. »Gibt es einen speziellen Anlass?«

»Eine Ruhepause«, sagte sie und meinte es so. »Es war am Anfang so seltsam, wieder zu Hause zu sein. Und dann gab es natürlich die Hologramme und die Borg. Langsam beruhigt sich alles. Ich habe meinen Rhythmus wiedergefunden.«

»Vermisst du deine Küken?«

Sie starrte ihn an. »Verzeihung?«

Er lächelte. »Auf der *Voyager* hast du auf mich oft wie eine Glucke gewirkt, die ihre Küken beschützt. Jetzt sind sie erwachsen geworden und, um ein altes Klischee zu verwenden, haben das Nest verlassen.«

Sie deckte den Tisch fertig und zündete eine Kerze an. »Natürlich vermisse ich meine Küken. Aber es scheint ihnen gut zu gehen. Icheb ist wieder an der Akademie.«

»Das ist großartig. Wie kommt es?«

»Tuvok zufolge wurde einer der Jugendlichen, die an dem Angriff beteiligt waren, von der Akademie ausgeschlossen. Zwei sind vom Unterricht freigestellt worden, und eine junge Frau hat eine Verwarnung erhalten.« Als sie in die Küche ging, rief sie über ihre Schulter: »Wie es aussieht, ist Icheb mit dem Mädchen zusammen.«

»Icheb vergibt schnell«, sagte Chakotay. »Aber Vergebung in der Größenordnung ist erstaunlich. Gut für sie beide. Das spricht für sie. Ich habe außerdem gehört, dass Harry wieder mit Libby zusammen ist.«

»Eine wunderbare junge Frau, und so talentiert. Klingt, als wäre unser Junge bereit, sich niederzulassen.« Janeway trug ein mit Essen beladenes Tablett herein. »Da wir gerade vom Niederlassen sprechen. Tom und B'Elanna und ihre süße kleine *Kuvah'Magh* studieren nun auf Boreth die klingonische Kultur.«

»Wirklich? Während der Prüfung des Geistes muss etwas Wichtiges geschehen sein«, sagte Chakotay. »Habe ich dir erzählt, dass sich der Doktor gestern bei mir gemeldet hat? Er hat mir ein Vorabexemplar von *Photonen fordern Gerechtigkeit* geschickt.«

»Wie ist es?«

»Ich habe noch nicht gewagt, es mir anzusehen. Angeblich hat Seven es stark kritisiert.«

»Es überrascht mich, dass er es ihr gezeigt hat.«

»Vielleicht hat es sich angeboten, weil sie nur ein paar Räume von ihm entfernt arbeitet. Da wir gerade von Arbeit sprechen, wie läuft der Kurs, den du zusammen mit Tuvok gibst?«

»Wir stecken mitten in einem Kampf. Er will bei den harten Fakten bleiben, ich will es interessant gestalten. Ich schätze, wir werden uns irgendwo in der Mitte treffen.« Sie sah Chakotay scharf an. »Also bleibst du das einzige Küken, um das sich die Glucke noch Sorgen machen muss.«

Er rückte ihr einen Stuhl zurecht, dann setzte er sich neben sie. »Um mich musst du dir keine Sorgen machen.« Er faltete seine Serviette auseinander. »Ich habe beschlossen, der Sternenflotte wieder beizutreten.«

»Wenn das so ist ...«, Janeway erhob sich, ging noch einmal in die Küche und kam mit einer eisgekühlten Flasche Champagner zurück, »... haben wir tatsächlich etwas zu feiern.«

Jetzt lachte Chakotay und schüttelte den Kopf. »Ich denke nicht, dass diese Entscheidung eine Flasche Champagner rechtfertigt.«

»Oh, es ist mehr als das.« Sie warf ihm einen schelmischen Blick zu. »Zumindest hoffe ich das.«

»Nach all den Jahren verwirrst du mich immer noch. Was ist es?«

Sie ließ gekonnt den Korken knallen und schenkte ihnen beiden zwei Gläser ein. Verschlagen grinste sie Chakotay an. »Ich habe die Erlaubnis erhalten, diejenige zu sein, die dir ein Kommando anbietet.«

»Ein Kommando?«

»Wenn du möchtest.«

Er wirkte überrascht. Offensichtlich hatte er damit nicht gerechnet. Schließlich fragte er: »Welches Schiff?«

Sie wartete, kostete den Moment aus, bevor sie ihm die großartigste Neuigkeit mitteilte, die sie sich vorstellen konnte.

»*Voyager.*«

ÜBER DIE AUTORIN

Die mehrfach preisgekrönte Autorin Christie Golden hat bisher in den Bereichen Science-Fiction, Fantasy und Horror zahlreiche Romane und Kurzgeschichten geschrieben. Dazu gehören das TOS-Hardcover *»The Last Roundup«*, drei Voyager-Einzeltitel - *»Die ermordete Sonne«*, *»Marooned«* und *»Seven of Nine«* -, die *Dark Matters*-Trilogie (*»Cloak and Dagger«*, *»Ghost Dance«*, und *»Shadows of Heaven«*), der *Voyager*-Teil der *Portale*-Serie, *»No Man's Land«*, die Novelle *»Hard Crash«* für *Have Tech, Will Travel* und die Tom-Paris-Kurzgeschichte *»A Night at Sandrine's«*, die in *Amazing Stories* erschien.

Zusätzlich zu diesen Star Trek-Romanen hat Golden drei Fantasy-Romane geschrieben - *»King's Man and Thief«*, *»Instrument of Fate«* und unter dem Pseudonym Jadrien Bell *»A. D. 999«*, das 1999 den Colorado Author's League Top Hand Award in der Kategorie »Best Genre Novel« gewann. Außerdem schrieb sie einige Kurzgeschichten zu weiteren Fernsehserien, unter anderem zu Buffy und Angel.

Sie fühlt sich geehrt und freut sich sehr, die Chance zu erhalten, die Abenteuer der *Voyager*-Besatzung nach dem Ende der TV-Serie fortschreiben zu dürfen. Sie hofft, dass den Lesern ihre Vorstellung von der Zukunft der *Voyager* gefällt.